从警春秋

咏楠 / 著

群众出版社

图书在版编目（CIP）数据

从警春秋／咏楠著 .—北京：群众出版社，2015.6
ISBN 978－7－5014－5369－6
Ⅰ.①从… Ⅱ.①咏… Ⅲ.①纪实文学—中国—当代 Ⅳ.①I25
中国版本图书馆 CIP 数据核字（2015）第 141216 号

从警春秋

咏楠 著

出版发行：	群众出版社
地　　址：	北京市丰台区方庄芳星园三区 15 号楼
邮政编码：	100078
经　　销：	新华书店
印　　刷：	北京通天印刷有限责任公司
版　　次：	2015 年 6 月第 1 版
印　　次：	2015 年 6 月第 1 次
印　　张：	9.75
开　　本：	880 毫米×1230 毫米　1/32
字　　数：	250 千字
书　　号：	ISBN 978－7－5014－5369－6
定　　价：	35.00 元
网　　址：	www.qzcbs.com
电子邮箱：	qzcbs@sohu.com

营销中心电话：010－83903254
读者服务部电话（门市）：010－83903257
警官读者俱乐部电话（网购、邮购）：010－83903253
文艺分社电话：010－83903973

本社图书出现印装质量问题，由本社负责退换
版权所有　侵权必究

目 录

一个真实的警察（代序）/ 1
前　言 / 7

上　篇　炼成警察
从警之门 / 11
曾经酒鬼 / 37
柑橘红了 / 71

下　篇　践行使命
抉　择 / 89
取土司 / 127
澄清"野鸳鸯" / 169
白帝城之殇 / 186
西域追捕 / 212
清剿特大地下钱庄 / 274

一个真实的警察（代序）

唐 玲

楠，一种高大的乔木。词典里称其木材纹理细密，质地坚硬，富有香味，价格昂贵，多用于造船和建造宫殿。王叔给自己取的笔名为"咏楠"，可见其对楠木所表现出的品格的偏爱。王叔明明退休了却还不去享清闲，仍然每天面对着电脑，十指快捷地敲打键盘（我始终没有搞明白，他这个年龄段的人，怎么会把电脑用得这么熟）。他每每拍着脑袋说："这里有好多灵感在窜，真的都想写下来，当了一辈子警察，总得给社会留下些东西。"

六年前，我通过舅舅认识了这位我老爸还得称一声哥的叔叔。其实，之前我就听我舅舅评价过他："王哥这个人真是太正直了！"于是，我对这位从未谋面的王叔充满了好奇。待见到他的真容时，我才觉得现实远比想象更有说服力。会面那天，我一进门就看见一个身穿一件厚重的黑色呢大衣的人，背对着我，窝在沙发里默默地抽烟。经人介绍才知道，这位"黑大衣"就是传说中的王叔，因为个子小，害得他整个人都被衣服裹挟住，肩还微向前佝着，皮肤偏暗，与"高大威猛"这类形容词直接绝缘。

他很沉静，大部分时间他都是在听别人说话，听八十岁的外婆叨叨，亦听三岁的口齿不清的小侄女支吾，必须说话时，声音清浅、语气熨帖，两颊略下坠的肉配上厚底镜片又显出些老书生的样子。反正他"从里到外"就是和高大威猛、一身正气的警察形象不大沾边儿。

席间，他用被烟熏得发黑的手指端着一杯鲜橙多和一帮人干杯，多少显得有些不够爷们儿，他却扶扶眼镜笑得一点儿都不尴尬。这场面颇为不和谐，众人不依不饶，谓之烟酒一家，几乎未见一个嗜烟如命的人能滴酒不沾，当然对酒精极度过敏的人除外。但他却没用这靠谱的理由，而是坚持用鲜橙多替代酒，大家不解我也困惑。

王叔说："我曾经也是酒鬼，为了祭奠一位我尊敬的同事，也为了二十多年前对老领导的承诺，我戒掉了。"

我以为他撒了一个并不高明的谎。"真的假的？"

"君子无戏言！"这句话说完，他那被厚眼镜片挟持多年的小眼睛里，突然放出灼灼的光。

这个人真的可以为了一个口头承诺，在应酬频繁的官场上，举着鲜橙多"撑"这么多年？这里边到底有多少精彩得令我咋舌的故事呢（详见《曾经酒鬼》）？

见我听完之后还在沉思，他接着说道："正是当年那段经历警醒了我，让我真正懂得了'警察'这两个字的分量。"也许，滴酒不沾就像是他一辈子在恪守的一个神圣仪式。自此，我心中因对他的不了解而产生的"偏见"也在慢慢松动，开始觉得他有点儿"警察味儿"了。

后来我读大学，在飞离重庆、返回重庆中辗转，也在时光流转中经历着我的失意和成长。学校放假了我也会偶尔过来和王叔聚一聚，将他这一良师斗胆称为益友也不为过。我们一起聊文章、聊故事、聊人生，倒也真心能豁然一下。

于是，我也慢慢知晓了他职业生涯中各种新奇、好玩、惊险的故事。他曾经放弃难得的升官机会，只为了实现维护法制秩序的理想。他见义勇为、救死扶伤，多次为伤者义务献血，他还长年资助困难群众和失学孩子。他做这些不计名利，不计报酬，仅仅是想履行一个人民警察的职责。他的一言一行不禁让我对人民警察这个群体产生了更多的敬意。

然而正在我觉得王叔如此钟爱这个职业，必然是他年轻时毫不犹豫的选择之际，却偶然得知他当警察也只是一个苦涩而又美丽的误会（详见《从警之门》）。"要不是因为当时特殊的社会原因，我也许能成为中国最优秀的记者也说不准。"他依然一副乐天派的样子，没有看出任何的悔意。

当时我刚刚踏出大学校门，带着大部分大学生常有的毛病，对自己的职业有这样那样的挑剔、不满和所谓的迷茫，也总是在寻找所谓的"最适合、最喜欢的职业"。

一听他说这话，我忍不住连声反问："说真的，如果当警察并不是你最初的选择，那你怎么能对这并不是你向往的职业始终充满热情呢？人真的能始终对自己的职业抱有激情吗？反正……反正我这才工作没多久，就觉得有些索然无味了。"

"至少我是。"他十分肯定地说。

"你是怎么做到的？"

他竟滔滔不绝地对我谈起了人生观、价值观和责任感："有了这些，你就会对社会、工作和生活充满激情。蝼蚁之力虽小也能对社会有所推动！"

"这句话也太那个啥了吧！"我当时真觉得这个理由够土的。

"丫头，你还处在青春的躁动期，对很多事情可能还不理解。当你经历了人生的磨炼，对社会有了真正的认识，能带着剖析的眼光看待周围事物时，你就会知道这些东西对人生的意义了。"

于是，他说起了老曹——王叔在江津当派出所副所长时，遇到的那个老警察——的故事。老曹一辈子都在当地的场镇、丘陵、江水沙滩、柑橘林里忙忙碌碌。他一生恪尽职守、一心为民，虽然只是一名平凡的民警，却有着让人钦佩的品格（详见《橘子红了》）。

"其实我也是在当上人民警察以后，才真正认识了社会，才真正确立了信仰，修正了自己的人生观。真的，公务员可不是谁都能当好的。"他这么说，也是这么做的，他时刻告诫自己作为一名共产党员所应履行的神圣职责。

蝇营狗苟、追名逐利者，断难做到"先天下之忧而忧，后天下之乐而乐"。与之相对应的王叔，面对生活的窘境能以平常心待之，可是，当"机遇"降临时，他却能毅然地选择维护社会的公平正义（详见《抉择》）。作为重庆地区公安法制建设的开拓者之一，他见过各种类型的执法现象：像如今已成为重庆市公安机关优秀执法典型的黔江公安局，遥想当年"土司"坐地为王的景象，似乎还历历在目（详见《取土司》）；那位捧着与局长合照并以此为倚仗的所长（详见《白帝城之殇》）；还有那位好心办坏事的基层领导（详见《澄清"野鸳鸯"》）等。当然，队伍里也有自甘堕落，最终沦为违法犯罪分子的人。书中还有许多没有写出来的惊心动魄的人和事。他说："十个指头还有长有短呢，社会就是这样复杂，人们觉悟的提高需要有一个过程。对有缺点的同志应当施以援手，满腔热情地帮助他们提高。"

王叔所表现出的警察素养其实代表了一个群体，就像他在书中提到的那些勤勉敬业的警察兄弟：如《曾经酒鬼》中的翟同智、王景埔，平均年龄五十一岁还跑遍大半个中国追逃的"老家伙"（详见《西域追捕》），又比如那位在非正常时期被冠以"无过错责任"而解职的刘建中，还有被莫须有罪名羁押的周魏强（详见《清剿地下特大钱庄》），以及董舵、周德勇等众多性格迥异的好警察。总之，这支队伍所表现出来的强烈事业心和责任感,以及为了维护法制秩序而努力奉献的精神,让我因为以前对警察这一群体不甚了解而产生的"偏见"轰然倒塌,反而在各种社会舆论的不断冲击下逐渐产生了一种信念。我坚信在共和国这片土地上,有这样一群人——他们为了祖国的繁荣稳定而奋斗一生,他们廉洁奉公、勤勉为民。

王叔跟我时常提到他子承父业的儿子,一个靠自己的努力不断前行的年轻警察。从考上中国人民公安大学到被北京市的公安局录用,从基层派出所到如今走上北京市公安局党校的岗位,他一路靠个人的努力披荆斩棘、不断进步。面对儿子事业上的一帆风顺,王叔却不止一次地表现出了担心:"这小子太过于顺风顺水了,戾气太多,容易被捧得晕头转向,容易走向急功近利,当个优秀的警察少了磨砺可不一定是好事。"

我曾说过王叔是以艺术家、思想家的气质在从警。这本书能够顺利地出版,我由衷地替他高兴。在书中,王叔以从容的文笔,有如乡野仕人气质,将一群包括他在内的人民警察刻画得淋漓尽致,深入地展现了人民警察的风貌、情怀和信仰。

前 言

三十多年从警生涯，先后从事过驻站民警（相当于现在的社区民警）、刑警、治安警、看守警、法制民警等多个警种，尤以法制民警干得时间最长。亲眼见证了重庆市公安机关法制建设的进程，经历了很多人和事，感悟颇多，体会颇多，遗憾也很多。

我们都不是生活在真空里，都与社会有着紧密联系，社会当然会对我们的人民警察队伍作出评价。这支队伍究竟怎么样，怎样才能当好人民警察，影响他们成长、决定他们是否优秀的因素，以及人生观、价值观的形成，等等。这些问题一直伴随着我的从警生涯。带着这些问题走到如今，离答案似乎越来越近了，有时几乎触手可及，但它却又十分遥远，甚至遥不可及。这正应了那句名言：人类的求索永无止境！

基于此，我有选择地选取了一些自己从警生涯中有着特殊意义的事件，如实奉献给读者。当然，有些事件还非常博人眼球，甚至可能会产生一些轰动效应，但是本书没有收录。理由如下：一是自己对此类事件的认识尚不成熟；二是考虑到可能产生负面影响，于社会不利；三是此类事件涉及面广，且涉及保密问题。

这些东西写出来既有可能产生不良后果，也容易沦为个人发泄私愤之作。我从社会责任和良知的角度出发，没有将其选入。经过反复斟酌入选本书的事件，既能代表一个时期的队伍状况，也能在一定程度上反映公安机关法制机制及其运行概况，相信对于公安法制队伍的建设有一定的益处。写下这些，既是对先驱者的祭奠，也想给后来者以启迪、参考。

本书不想以猎奇事件博人眼球，也不想指手画脚空洞说教，更不想扮演救世主角色，仅仅是自己亲历的一些事件的真实反映。如能于社会有益，吾愿足矣。

上篇 炼成警察

"警察味儿",是人民警察所特有的一种精气神——一个老警察如是感言。

人民警察特有的精气神既伴随着这支队伍扬威、亲民、履行神圣职责,支撑起共和国大厦;又熏染、塑造出一批又一批有志青年,使队伍不断充实、发展、壮大。警察味其实就是这支队伍灵魂的外化!

揣摩"警察味儿",越品越有滋味。

探其根,溯其源,翻阅从警片断,豁然开朗:哦,原来警察是这样炼成的!

从警之门

一转眼从警几十年，从基层民警到刑警、队长、所长直至进入重庆市公安局法制总队从事法制工作至今，一直坚守着坚决维护党和国家利益，誓死捍卫法律尊严，全心全意为人民服务的信念。正是在这种信念的支撑下，使我在从警道路上从容面对风风雨雨，冷静应对随时可能出现的挑战，甚至是生死考验，一步一个脚印，走出了虽不辉煌，但却很坚实的道路。

这既得益于组织上多年的思想政治教育，又得益于诸多老前辈的传、帮、带。特别是人民警察队伍在党的领导下形成的忠于党、忠于祖国、全心全意为人民服务理念潜移默化的影响，对于我职业信仰的形成起着至关重要的作用。我从踏进警队的那一刻起，就与这种理念发生交汇、碰撞，最终形成自己牢固的信念和精神支柱。

其实，叩开从警之门，成为一名人民警察，并非我的初衷。那是一个苦涩而又美丽的误会。

青年时代的我，已经有了舞文弄墨的喜好。在知青时代就给生产大队开创了在县广播站播送稿件的纪录，喜得支书老怀叔的寿星眉、山羊胡须一阵前所未有地乱颤。被招工到铁路之后，我进一步发挥这一特长，短短三年时间，就在《山西日报》、《人民铁道》报、《铁路工程报》等大小报刊发表了几十篇通讯、新闻、杂文等，成为小有名气的通讯员，并被借调为编外记者，专事铁路系统新闻采访。我认定这一行大有前途，潜意识中觉得自己当记者只是迟早的事。我确定了为早日成为记者而努力的目标，并为此而勤奋工作。那段日子里，涉世不深的我眼前一片玫瑰色，天高地阔，绚丽多姿。

无奈造化弄人，命运和我开了一个大大的玩笑，使我弃文从武，无意中竟然走进公安机关，成为一名光荣的人民警察。

1978年岁末，严寒笼罩着山西大地，千里冰封，万里雪飘。城市被冰雪浓妆素裹，白茫茫、灰扑扑的一片。落叶乔木铁黑色的枝干顽强地冲破冰雪伸向灰色的天空，更加衬托出严冬的肃杀。这天清晨，我走出了太原火车站，来到迎泽大道上，等候开往报社的公共汽车。

此时的我二十四岁，已经是具有三年工龄的铁路通信工人。身穿藏蓝色布面的翻毛羊皮大衣，头戴猪肝红色栽绒帽，足蹬高帮翻毛皮鞋（这些都是铁路劳保用品），脖子上围着一条红黑相间的羊毛围巾。外表看上去精力充沛、神采飞扬，一改知识青年插队落户时满手老茧、一脸风霜的落魄形象。我从报社内勤那儿得知，报社正在紧锣密鼓地发函、派人到我原籍进行政审，准备将我正式调入从事记者工作。我为此而暗自兴奋，自然不敢有丝毫懈怠。

昨天下午，我正在两百公里外的榆社铁路招待所里伏案写稿。

"王记者，王记者，有电话！"服务员刺耳的吆喝声骤然把我的思路打断了。我扔下笔，气恼地走到服务台抓起听筒。

"嗯。"我用浓重的鼻音不耐烦地哼了一声。

"小王，我董焕仁。"略带嘶哑、沧桑味极浓的嗓音透露出睿智、亲切。

是董总编。我一惊，心顿时扑通扑通地跳了起来。

当时，董总编是我最敬仰的前辈。他青年时代从燕京大学投奔延安，先后转战于军、政、秘密等多条战线。一生经历了无数的风风雨雨，坐过国民党、日寇的监狱，还遭受过党内审查。"文化大革命"中更是被造反派将锁骨打断，落下残疾。但他始终坚守着信仰和追求，并为之勤勤恳恳、任劳任怨地付出一切。他的个人品格，更是叫我难以望其项背。我和他之间一直恪守着君子之交淡如水，从稿件中认识、因稿件而熟悉以至成为忘年交。准确地说是董老在无私地帮助我，但绝无任何物质上的往来。当初，因为我的稿件见报率达到了空前高度，我出于感激之情，用稿费买了两瓶酒送到董老办公室。结果，董老微笑着请我在馆子里喝了一瓶，然后我揣着两瓶酒钱回去了。我每次到报社都要向他请教一番。借调到报社后，他更是对我悉心指导。从他那里，我获得了海量的社会科学以及人文科学方面的知识，令我受益匪浅。这对于仅初中毕业的我，具有奠定人生基础的意义。

董总编简单问了问我稿件采写情况，对稿件提了些意见，并叮嘱我要注意身体。他还特别问到了回报社的车次、时间，最后才轻描淡写地说了句，交稿子时到他那儿去，有事情要和我谈一谈。

平时，一般都是内勤与我联系，或是我往他办公室里打电话。他直接给我打电话好像还是第一次，而且，显然不是为稿子的事。正是这突兀的电话，让我原本阳光灿烂的心不由得忐忑起来。

当时，党的十一届三中全会已经召开，全国上下百业待兴。但极左坚冰尚未完全打破，作为党和政府喉舌的报社，进人必须通过严格的政治背景审查。我的父母亲均是干部，"文化大革命"

中被妄加罪名尚未得出结论。我为此饱受磨难,上学、参军、入党皆成泡影,最后是父亲战友鼎力相助才进入铁路系统,成为一名铁路工人。这成为我那个时代的梦魇。如今,这令人厌恶的梦魇会不会又让我的记者梦灰飞烟灭呢?

正因如此,我虽然表面看上去神采飞扬,其实内心里忧郁、失落与希冀交相混杂,既为前途而担忧,又寄希望于十一届三中全会精神能够立竿见影。我沿着宽广的迎泽大道一侧走向公交车站,脸冻得红彤彤的,帽檐上积了厚厚一层白霜,脑子里就这样翻江倒海着……

迎泽大道是当年山西省为迎接毛泽东莅临视察而专门修建的一条宽广的大道,在国内率先采用隔离带分割了双向的车流,还用青松翠柏进行了绿化,这在当时非常气派。天气晴好,在太阳照射下,青松翠柏披着皑皑白雪,晶莹剔透与苍翠交相辉映,呈现出盎然生机。这使满腹心思的我眼前一亮,不由得有些振奋,心中的希望又陡然增加了几分。

就在我搓手跺脚抵御严寒,伸长脖子眼巴巴地等待公共汽车的时候,身旁突然站上了一个瘦削而精神矍铄的老头儿。他花白的头发向右分开,修整得一丝不苟。脖子向左歪斜,围着一条酱紫色羊毛围巾,身穿一件老旧的灰色哔叽大衣,正是董总编,他正用平和的眼神微笑着打量我。

"年轻人腿脚快啊,紧赶慢赶还是差点儿错过了。"出乎意料地见到董总编亲自来接我,我不由得愣住了。可他却很平静地摘下挂在胸前的无指棉手套,干瘦而柔软的双手亲切地握着我的手问寒问暖:"……天太冷,年轻人可别冻坏了身体。我叫了辆车,咱爷儿俩车上好好唠唠。"

董总编亲切地拥着我上了一辆北京吉普车。这种草绿色帆布车篷在严寒里基本起不了什么作用,但在那个年代,能够坐上这样的小车,定非寻常之辈。这让我有点儿不知所措。

"车虽然单薄点儿，但有这么个篷遮挡一下，至少能少遭些冻。"他与我并排坐着，握着我的手喋喋不休地讲述奇闻轶事。客观地说，他表达能力并不是很强，并没有在车内造成热烈的气氛，但他讲述的轶事里都包含着很深刻的哲理。他一直不遗余力地继续着，我很难有插嘴的机会。第一次发现他还有这么可爱的一面，我的心情又开朗了几分。

　　覆盖着冰雪的道路湿滑不堪，反光耀眼夺目，吉普车小心翼翼地前行，没有颠簸，更不可能风驰电掣。再加上董总编娓娓而谈，不间断地输送着我那个年龄段所急需的科学营养，我陶醉、徜徉在这种怡然自得的氛围里，感觉心情挣脱了一切羁绊，就像长了翅膀一样，在冬日的温暖阳光下翱翔……

　　不知前面发生了什么情况，司机来了个紧急刹车，"嘎吱"一声，吉普车在溜滑的冰雪上画了一个优美的圆弧，原地掉头一百八十度，我们被重重地甩到车厢一角里。好在速度不快，没有造成什么损伤，只是这令人陶醉的氛围荡然无存。

　　但正是这一甩，让我从这种氛围里跳了出来，脑子蓦然清醒。这分明是董总编精心营造的一种氛围，一定是在掩饰什么。我的心一下子提到嗓子眼儿：糟糕，当记者八成是黄粱一梦了。

　　在编辑部总编办公室里，董总编从暖瓶里倒了些热水，摘下毛巾放在脸盆里，让我擦脸，随后沏了两杯茶放在办公桌上，才扶了扶眼镜，在座位上坐下来。

　　我擦着脸，就感觉董总编的眼光在我身上游走、探究。这令我如芒刺在背，更加忐忑不安。其实，自从跳出董总编精心编织的氛围，我就已经约略猜出，调我到报社当记者基本上是泡汤了，因此也作好了思想准备。但是，当这种预感越来越接近现实，真相即将呈现时，愤懑、伤心的情绪顷刻涌了上来，使得我喉头一阵抽动，眼眶发潮。我狠狠深吸了一口气，用毛巾在脸上重重地搓了几下，将这种不合时宜的激动压下去，装出一副坦然相坐下来，洗耳恭听。

董老心情沉重地告诉我：报社先后三次发函，两次派人去我原籍外调，终因我父亲在"文化大革命"中的政治问题……他无奈地摇了摇头，走出座位来到我跟前，轻轻地抚着我肩膀。"孩子，你如果想哭就痛快地哭一场，这样你的心里会好受些。"他的嗓音有些嘶哑，苍老的眼睛也有些湿润。

我虽然有思想准备，但还是如瞬间跌入冰窖一般，一阵酸楚涌上喉头，眼眶里储满泪水，胸膛剧烈地起伏，就像要爆炸一样，恨不能找个由头好好地发泄一番。但我还是攥紧拳头，竭力抑制住了自己，沙哑着嗓音艰难地挤出几句话来："董老，你放心。我……我能……经受得住。"

"好样的，这才是老八路的后代。我就是担心你经受不住。"董老轻轻吁了口气，如释重负，凝重的神色缓和下来，拍了拍我的肩膀，背着手在室内踱起了步。

泪眼婆娑的我看着他踱来踱去，此时我可以说是心如死灰，一切都绝望了。突然间，他停住脚步，歪着头用一种探究的眼神定定地看着我，问道："今后有什么打算？有没有想过从事其他方面的工作？"

平时，我从董老的眼神里读出的多是关爱、鼓励、赞许，可今天感觉到他眼神里有很深的含意，包含着很多内容。他的迟疑更让我加深了这种感觉。这不由得让我有了压力，我很快就调整好了情绪："我……我想……还没想好。但是，您放心，我不会沉沦。至少，我会当好一个铁路工人。"

董老歪着的头若有所思地点了点，终于下了决心一样毅然坐回椅子上，他神情凝重地盯着我："有个想法，你可以好好考虑一下，然后再作决定。"

他已经向铁路局公安处作了推荐，公安处同意录用我。但因为我父亲的问题，现在只能以以工代干的形式从事公安工作。他认为，我的性格和思想素质是比较适合从事这项工作的。

"去直接地主持正义！警察是维护国家政权的暴力机器，是武装性质的治安力量。主要任务是打击违法犯罪、维护社会治安，是最能体现社会公平正义的队伍。当警察与从事新闻工作对于宣传社会公平正义有异曲同工之妙，当警察还更直接一些。"

他睿智地微笑着，指了指自己的脖子："这就是社会失去了法制、公平、正义的纪念。"

这一出乎意料的消息顿时让我愣住了，我几乎不敢相信自己的耳朵，一阵激动，差点儿从椅子上跳起来："真的？这……"才经历了巨大打击的我被这突如其来的消息从冰窖里瞬时拉到了天上，顿时热血沸腾。这真可谓失之东隅，收之桑榆。

"董老，我今后该怎么做？"我沉吟了一会儿，才恢复了理智。

董老严肃地看了看我，嘴角浮起一丝微笑。"这得问你自己了，你是不是做好了全心全意为人民服务、为社会发展作贡献的准备。古代先哲尚且具有'先天下之忧而忧，后天下之乐而乐'的情怀。杜甫虽茅屋为秋风所破，却大庇天下寒士俱欢颜……"

一如既往，董老摇头晃脑，哗啦啦地一口气背了好长时间才罢休。"你别看这些都是进入博物馆的东西，这可是中国共产党确立全心全意为人民服务宗旨的思想文化根源。你得好好领会。"

董老还特别强调，当好一个人民警察，必须要有坚定的政治立场，学会用马列主义观点看问题，充分认识社会复杂性。必须学好《马克思主义哲学》、《政治经济学》、《科学社会主义》。他从书架上找出这些书，整整齐齐地放在我面前："《毛泽东选集》你应该有。这些是我们党的基础理论。基础不牢，地动山摇。建议你每天抽出一个小时学习，坚持数年必有……哎，你怎么啦？"他惊讶地张着嘴，愣住了。

我泪流满面，不能自制地抽噎着："董老，你这样帮我，我都不知道怎么……怎么……"

董老久久地盯着我，就像看着一个素不相识的人一样。他好一阵才把眼光移开，摘下眼镜仔细地擦了又擦，呵了口气，又仔细地擦拭一番，戴上，微微笑了笑，说话了。

"我们这一代人，很快就要退出历史舞台，需要后继有人。我希望你在要害岗位上锻炼，成长。先进分子越多，社会就越先进，国家就越发达。这也是国家的需要、社会的需要。你懂吗？别让我老头子失望。"

董老的教诲打开了我的眼界，实实在在影响了我整个从警生涯，我就这样带着董老的嘱托走进了公安机关，成为一名不在编的人民警察。但这只是刚刚叩响从警之门，还没有成为真正意义上的人民警察。这不仅仅是由于我以工代干的身份，更重要的是尚未将人民警察忠于党、忠于祖国、全心全意为人民服务的理念融会贯通。

有幸的是我进入公安机关后，遇到了真正具有人民警察品格的好领导，促成了我较快向合格的人民警察转变的过程。

董总编带着我走进铁路公安处大院，就见迎面台阶上下来一个膀大腰圆的警察，虎虎生风地迎了过来。

董总编介绍这个人就是公安处副处长王景埔。他年龄四十岁左右，身高一米八出头，四方大脸，蒜头鼻，一脸络腮胡子使面部只露出少许，两只眼睛炯炯有神而又带着探究神情。他犹如一阵风一样来到我们面前，毕恭毕敬地向董总编问了好，把我从头到脚打量一番，顺口说了句："小南蛮子，得好好捶打捶打。交给我了！"

在他面前，就像面对一座山样的感觉，我顿时就觉得自己十分渺小了。为了保持自己的尊严，我只得强撑着木讷地握手、应答，至于董老是怎么介绍的完全不知道了。

跟着跑了几天刑侦，我对公安工作的陌生和十足书生气让王景埔直摇脑袋。我甚至和几个难兄难弟玩枪,不仅打光了子弹,还误伤了放羊老汉的牧羊犬……终于,在一次审查中我轻信花言巧语,使一名犯罪嫌疑人以解手为借口逃走。怒不可遏的王景埔,终于火山样爆发了。他脸涨红成猪肝色,瞪着炯炯有神的眼睛,就像要吃人一样,飞起脚踢得我屁股痛了好几天。末了,他还咬牙切齿地说道:"不打磨好你这少爷坯子,我就不姓王!明天就给我滚,滚到翟老猫那儿去。"

翟老猫名叫翟同智,是电务段公安科科长。他形象非常差劲,瘦高个子,小脸大颧骨,稀疏发黄的头发向脑后梳,两颗突出的大门牙被香烟熏得焦黄。当他哇哇哇地吼叫起来时,从牙缝里会飞出些许唾沫星,叫你尴尬不已,活脱脱一个老山猫形象。我灰溜溜地到他那儿报到时,真怀疑自己成了南霸天的小喽啰了。

但就是这个其貌不扬的翟科长,却着实叫我领悟到了什么是公安工作,什么是真正的人民警察。他使我明白了群众路线是公安工作的生命线。

我的新岗位是驻电务工程段一队民警,负责通信、信号、电力等电务工程施工治安防范和安全。电务工程施工的特点是点多线长,流动性大,少有固定。施工战线常常跨几个分局,长达几百甚至上千公里。队部驻扎在太行山深处一个名叫张庄的地方。这是一个在中国新民主主义革命史上占有一席之地甚至名扬海内外的村庄。抗日战争时期这里是八路军抗日根据地,村里的烈士纪念碑上烈士的姓名被密密麻麻地刻满了正反两面(在太行山上,几乎每个村里都有烈士纪念碑)。第一届美中友好协会主席、著名的美国友人韩丁受埃德加·斯诺影响,在抗日战争期间长住张庄,写下了《翻身——一个中国村庄的革命纪实》、《觉醒的黑土地》等书,详细介绍了张庄人民在中国共产党领导下组织起来建立民主政权、抗击日寇侵略、开展土地革命的过程。这些著作在西方国家引起的关注不亚于斯诺的《红星照耀中国》。解放战争时期，这儿又是著名的上党战役核心战场，八路军围攻长治城，消灭史泽波的前沿指挥部就设在此。这些历史积淀当然对我有着很大的影响。但是，没经过专门培训，对公安工作一窍不通的我，只能像只没头的苍蝇一样，机械地按照翟科长的交代，早出晚归，检查、巡查、调查，没日没夜地东奔西走，恨不得使出浑身解数来做好工作，希图给"凶恶"的翟科长留下好印象。我以为这样就可以少挨骂，争取早日转正。

怀着这样的心态，我经历了生平第一次真正触及灵魂的洗礼。

那是一个激烈得叫人窒息的时刻。王里堡村一个名叫幺三的村民乘施工队伍休息时，偷走了几公斤废弃的镀锌铁线。那时，国家法制建设才刚刚起步，甚至还没有一部系统的刑法典，加上我对公安工作的肤浅理解，我将这件事当成一件案件来办，专门向段里要了一辆工程车，带着两名工人去查处。我坐在车上，指手画脚地叫小夏去把那名村民叫过来，准备带到段里请示翟科长再作处理。小夏得令，兴奋得摩拳擦掌，兴冲冲地跑向公路边那座很简陋的土窑洞。

小村庄里一片安静闲适，绿树掩映，知了鸣叫，鸟儿啁啾，时有鸡啼，偶有狗吠。（现在回想起当时场景，真是一片平静祥和，堪称世外桃源。那情景至今也难以从脑海中抹去。）没一会儿，这宁静被打破了。就见小夏揪着那个穿着破破烂烂的村民的胸口拖拽着向公路而来，从窑洞里追出一个蓬头垢面、衣衫补丁叠补丁的女人，她怀里抱着一个婴儿，呼天抢地、跌跌撞撞地追赶过来。

这些刁民真不懂法！这是我的第一个念头。竟敢阻挡我执法，真是胆大包天！这是第二个念头。我跳下车，冲到跟前，对着那女人狠狠地推搡，几下将那女人推得跌倒在地上。任她呼天抢地地哭号，任那婴儿哇哇地哭叫，我扭头就要扬长而去。

"哎呀，公安打人了，大家快来呀，幺三家的遭人打了……"瞬时间，平静的村庄里沸腾起来，呼喊声此起彼伏，村民们分头从各个角落里争先恐后地冲出来，几十人将我们团团围住，愤怒的指责、辱骂、唾沫铺天盖地地飞向我们。

我第一次面对这样的场面，脑袋"轰"地炸开了，就像打翻了糨糊样混沌一片，茫然不知所措。少顷，我鼓起勇气，惊慌失措地站上车门踏板，指手画脚地"教育"村民，严厉警告他们妨碍公安人员执法要受到法律制裁。没想到这番教育却更加激起了村民们的愤怒，招来了更加激烈的抓扯。警服被扯烂，脸上被抓出好几道血痕，村民们愤怒地吼叫着要把我拉下来捶扁。这让我最后一丝勇气跑到爪哇国去了，赶快拼命挣脱抓扯，躲进驾驶室里，任他们辱骂、吐唾沫，再也不敢吭半句。

我避而不露面更加激怒了村民们，他们采取了更为激烈的方式来发泄心中的愤怒，及至最后发展到踢打车门，把个小工程车推得像狂风巨浪中的小船一样。

"糟了……转正……受伤……烈士……"我孤立无援，惊慌失措。脑子已经失去了逻辑思维能力，浮现的尽是这些不连贯的字眼。

就在我彻底陷入绝望之际，外边突然发生了骚动，一阵厉声的斥骂从远处传来。隔着车窗看出去，就见一个头扎着与锅底灰颜色差不多的羊肚毛巾，身上披着一件光板羊皮大氅，瘦长脸上灰扑扑的老头儿挥着一尺多长的柳木旱烟袋急匆匆地赶来，披在身上的大氅就像翅膀一样飞舞着，嘴里愤怒地倾吐着辱及祖宗八代的字眼。他一阵风似的冲到跟前，对着愣住的人们拳打脚踢，烟袋锅子磕，嘴里骂，完全是一种近乎疯狂的状态。刚才还激愤如火山爆发的人们顿时四处奔逃作鸟兽散，混乱不堪的场面一下子冷清下来……

两天后,翟科长领着我走进了村支书家的窑洞,炕头上赫然坐着的正是那个老头儿,正就着小炕桌喝着旱烟。

"老家伙,你还没有死吗?"翟科长摘下帽子扔到炕桌上,盘腿坐到了炕上,伸手就要酒。

老头轻轻地将帽子拿开放到一旁。"俺就等你这老山猫来披麻戴孝呢,嘿嘿……文先,给老山猫端上来。"

虽然发出笑声,但脸上没有丝毫笑容。

村治保主任张文先,一个六十多岁的胖老头儿,一对小眼睛,满脸皱褶,背躬得厉害。臃肿的棉袄、黑乎乎的棉裤看不出本色,很随便地用腰间的一根布带束着。他动作迟缓,端着烫好的酒慢慢放在炕桌上,酒杯摆开,一一斟上,从始至终没有说一句话。

"娃,你也坐。"他用旱烟袋指了指炕沿。

我正要坐上去,翟科长龇着两瓣大门牙,狠狠地一瞪眼:"这是你坐的地方?没个老少。坐下边!"已经被他骂得狗血淋头的我,至今没有喘过气来,这时自然不敢有半点儿违拗,只得乖乖地坐在炕下凳子上,更不敢去端酒杯了。

两人在炕上盘腿而坐,就着小炕桌,嗑着瓜子,喝着小酒,商量事情的处理。显然是因为抓不抓人,抓几个人而意见不同,气氛有些僵。两人把酒杯磕得叮当响,语言间也都有些赌气的味道。

我本是当事人,却不敢插半句嘴,只能百无聊赖地看着,间或傻笑一下。

老支书因为喝了酒,本就粗糙不堪、黝黑的长脸上泛起潮红,但小眼睛却炯炯有神,一副胸有成竹的样子。

翟科长小脸上的大颧骨一抹红色,蜡黄的额头皱纹间渗出丝丝毛汗,一副愤激相数落着:"我……我他妈的人、人被你们打了,车、也砸了,你不给我个交代,我天天赖在你家喝酒……"

"喝死也不管埋……俺村的后生仔可不敢惹事,你们是政府……算了,不和你扯淡了,还是等老马来了再说……看老马咋说……"

"哦,在背后说我,当心闪了舌头!"

就跟应声虫一样,门帘一挑,进来三个警察。领头的是个胖胖的大块头中年人,右脸上一道被犯罪嫌疑人留下的伤疤从眼角拖到下巴,破坏了他的容貌,使这个快人快语的县公安局局长显得面目可怖。

简单寒暄后,就直接进入了正题。根据我介绍的情况,马上开展调查。

老支书就坐在炕头上抹搭着眼皮,任由张文先一个一个地叫人。被叫进来的均是当天闹腾得最厉害的那几个人。当幺三被叫进来时,蓬头垢面的他浑身颤抖,嗫嚅着不知说了几句什么就扑通一声跪在地上鸡啄米般地磕头。民警将他拉起来,他仍然还是筛糠般颤抖着。

"幺三,你个狗东西,丢你先人祖宗的脸咧……"一直抹搭着眼皮,任凭马局长处置的老支书这才突然抬起眼睛说话了。他声色俱厉,一鼓作气数落了好一阵,告诫他再穷也不能做贼,偷国家的东西哪个都不能容忍,是要犯法的。"……我知道你婆姨有病,你又没有劳力,娃又小,难咧。补窑那算多大点儿事?你说个话,村里老少爷们儿都会帮你,也不能去做贼呀……"

这顿数落让马局长和翟科长都没办法吭声了。

"你还有廉耻,还知道磕头认错?学习了党的政策坦白从宽……"

一席话说得马局长、翟科长面面相觑,互相微笑着对视了一下。

"行了,看在支书面子上,我们就饶了你,也算铁路支持地方嘛。"翟科长龇着大门牙几乎要笑出来。

"人家铁路表现出高姿态原谅你,你能不能保证今后不再犯了？再犯可要重处！"马局长装出一副严肃相，对幺三一顿教育。

幺三感激涕零趴下又磕头，我赶快冲上前将他拉了起来……

最后，只拘留了将我抓伤的那个男子，其余参与的人根据轻重或予以训诫，或当场检讨，或写下保证书。

一切处理完毕，马局长最后批评了我一句，让我脸上火辣辣的，恨不得找个地缝钻进去："小伙子，以后执法要有群众观点，要学会站在他们的立场去想问题。"

此言一出，一向凶神恶煞的翟科长马上变得温驯，毕恭毕敬、万分亲热地拍打着马局长，一句话顿时就叫我热泪盈眶了："哎，哎，老马，老马，这都是我的责任，我的责任。他才工作没有几天，我没有及时给他讲解这里边的道道。我赔罪，我赔罪。"一向凶神恶煞的翟科长浑然一副讨好相，献媚般地拍拍马局长，恭恭敬敬地递上香烟，打火点着。他自己斟了三杯酒，逐一一饮而尽："啧啧，真他娘的得劲……我认罚，我认罚……"

老支书眼神里露出一丝笑意，马上接嘴："娃年轻，经的事多了就好咧。"

事毕，在张文先带领下，翟科长领着我看过幺三那破得实在不能住人的窑洞、有间歇性精神病的妻子，还有炕上单薄、破烂得无法想象的棉被。特别是翟科长指着窑洞顶告诉我：幺三偷走的镀锌铁线就是用来绑架子加固窑顶的。窑顶一道长长的裂缝足有两寸宽，像一道闪电一样从窑洞顶上划过，就连我这个南方人都看得出来，这里已经危险到再不能住人了，可他们还得在这样的情况下继续住下去。

我被深深地震撼了，真后悔当初那种幼稚的举动，愣在那儿嗫嚅着说不出话来。

翟科长焦黄的脸上挂着一层霜，恶狠狠地瞪着我，眼里全是愤怒，就像要把我生吞活剥了一样："你小子给我看清楚，这就是农民，最基层的老百姓。他们是我们国家政权赖以存在的基础。你好好想一想，应该用一种什么样的态度来对待他们！"

我愧悔交加，面红耳赤地走到幺三妻子面前，深深地鞠了一躬："对不起，请你原谅！"

我就这样被这龇着两瓣大门牙的老山猫狠狠地修理得几乎体无完肤，全部的自信、自大、骄狂等都跑到爪哇国去了……

也就是从这时开始，我才真正思考，人民警察究竟是什么？怎样才能成为一个真正的人民警察？

翟科长非常及时地帮我解答了这个问题。也许是因为这件事反映出我离人民警察的标准还有很大的差距，他特地花工夫对我进行了单独训练。在近半年时间里，他领着我走遍了铁路沿线几十个村庄，让我学会了和那些穿着三尺半大裤腰、扎着看不出本色的羊肚毛巾、吸着辛辣刺鼻旱烟的老汉、婆姨们（他们都是纯义务的治保主任、委员）打得火热。那三脚踢不出个屁来的张文先更是与我亲热得不得了。起初我还不以为然：和这些目不识丁的老农民打交道，真看不出有什么意义。翟科长告诉我，这就是群众路线，是公安工作的生命线。要相信他们，依靠他们，离开了他们，你就什么也干不成。

"你小子还不知道，这些人有多能干！"他龇着门牙如是说。

事实验证了翟科长所言，这些主任、委员们的能力真的出乎意料。往往案（事）件还未被发现，行为人就已经被这些老汉、婆姨们发现，甚至扭送来了。需要什么情况，一进村，他（她）们早就准备好了，如数家珍般地一一道来。这样一来，我的工作大大改观，治安防范工作一下子就进入了良性循环。最为关键的是，因为他们的缘故，我负责的区域治安安全防范工作一下子就上了个台阶。

张文先是我认识的第一个村社治保主任，我与他混得特别熟，工作配合得天衣无缝。（后来，就是他竟然石破天惊地帮我联系上相关关系，使我不费吹灰之力就调回了梦寐以求的重庆，本文不再赘述。)

"小王公安，你给拿点儿小钱儿，我们组织专人来给你们看护这些东西，包你一年到头不出任何问题，你信不信？"他眨巴着小眼睛，慢悠悠地说着，却是一副胸有成竹的样子。

电务施工应该是铁路工程施工中最易遭受不法侵害的部位。铁路电务包括通信、信号、电力设备，具有很强的实用性和易于拆卸等特点，因而成为违法犯罪人员首选目标。电务施工完毕，施工队伍已经撤场，偌大的车站及站与站区间已经安装好的设备，一般情况下是派一两个工人照看。但是根本顾不过来，被盗、被损坏的情况屡见不鲜。这一点是治安防范的难点，也是最令我焦头烂额的地方。

"那要出了问题怎么办呢？"我半信半疑。

"俺知道，你们那些家什丢了任何一件，俺把房子、婆姨、儿女都卖了也赔不起。但我保准不会出问题。"

"你拉倒吧，想喝酒就明说。"

我不以为然地丢下他扬长而去，任他在那儿眨巴着眼睛，微微苦笑。

后来，翟科长来检查工作时，我把这事当成个笑话讲给他听。谁知，他还没有听完就把眼睛瞪大了，脖子一梗，大门牙一龇，就要发作。但他想了想，神情一变，拉着我就往外走："走走走，赶快去找，赶快去找他。这可是个好办法，走走走……"

合同刚签订，村里的喇叭就哇啦啦地响起来了："老少爷们儿都听好了。现在俺们村已经和铁路上签订了合同，铁路上付了钱给我们，丢了东西就丢了我们全村人的脸。今后谁要去铁路上偷东西就是跟咱全村过不去，全村老少爷们儿都可以对他吐口水、给他泼大粪、扒他的窑。另外，不论是哪个，只要逮到一个在铁路上偷东西的，村里就奖励麦子二十斤……"

确保王里堡站设备安全是我从警的成功起点。翟科长及时总结并以此为典型在全段推广，与施工沿线村社治保会签订治安防范承包协议，由此开展了具有实质意义的"路地联防"，而且收到了立竿见影的效果，有效地防止了侵犯铁路财产及其他治安案件的发生，辖区治安刑事案件大幅度下降。这让我豁然开朗，真正明白了群众路线的涵义，明白了治安防范的巨大威力其实深藏于广大人民群众之中。我又举一反三，将其移植到电务段内部安全防范上来，实行以工程队、班组为单位的安全防范责任制，防范铁路内部治安刑事案件发生。这些在二十世纪七十年代确实是新鲜事物。为此，我受到了公安处的表彰嘉奖，并被调回刑警队，再次成为王景埔手下的一员。

王景埔副处长也是我在公安队伍中一位颇为尊敬的师长。他思想政治素质过硬，业务精湛，治安、刑侦一肩挑，成绩卓著，使公安处始终保持了破案率居高不下的业绩。他本人也因为战功累累，多次受到各级政府直至公安部的表彰、嘉奖。他秉承了东北人粗犷、豪放、爽朗而又宽厚的性格，这使他周围聚集着一大帮死党、拥趸。在他的麾下，刑侦治安诸员大将，个个生龙活虎，工作起来雷厉风行。我一进入刑警队就不由自主地被卷入其中，成了他的追随者。

当王景埔的部下说简单又不简单。简单在于他把我们当成小弟弟一样，悉心呵护。不简单就在于跟着他你就得像永动机一样把全部精力放在工作中，成天泡在案子上，走南闯北、调查侦查、追逃打流、查缉抓捕，不要去想着什么休息、享受，似乎人生的全部内容就是侦查破案。我这才发现，原来王景埔是个十分认真的人，哪怕被盗了一块轨道垫板，都要倾全力侦破。他告诫我们：有案必破的意义就在于，有效地遏制了侵入铁路盗窃、破坏案件的发生。破案与治安防范是两只拳头，双拳齐出，才能有效保障整个铁路系统正常运转。正是这样，跟随着他的我们很累很累，累到全身都像要散架一样，但是，大家的精神状态却特别好，好到一天没有摸到案子就会浑身不自在（这绝不是现在说空话，当时我们这帮小伙子的精神力量被调动到极致，几天几夜连轴转是家常便饭），人人都恨不得成为侦查破案的顶尖高手。这就像当初董总编有意设置的使我忘却烦恼的氛围一样，在这种气氛下，我一心只想着怎样才能最大程度地展现出自身的价值，何时转正成为正式民警对我而言好像已经无足轻重了。

　　1981年12月底的一个深夜，太行山阴云密布，小雪花簌簌地飘荡，洒落大地。洼地里的白和高岗上的黑犬牙交错，更显得夜晚阴森森的。在王里堡村旁的一个小土岗上废弃的农家养羊的窑洞口，我和王景埔紧紧地依靠在一起，身上除了警用大衣外，还压着两床张文先送来的黑得看不出本色的棉被。棉被散发出浓重的脚臭、汗臭、旱烟味，羊圈地面上厚厚的一层羊粪更是臭气熏天，再加上我们两人身上的烟味，几乎令人窒息。我们就在这样的环境中，警惕地监视着坡下村庄入口处那座小土窑洞的动静。

　　这是省公安厅转来的一份特别通报上的一名犯罪嫌疑人的家。该嫌疑人在广州铁路局辖区作案时，造成一名抓捕民警重伤后潜逃，有可能窜回老家王里堡。相关公安机关请求我们协助缉查。经过慎重研究分析，并向地方公安局通报了情况，刑警队派出四名侦查员蹲坑守候。一个星期过去了，没有丝毫动静。就在大家信心开始动摇，我亦因枯燥、一直见不到结果而感到厌烦的时候，王景埔来到现场，并指名要和我一起值班。当时，我心里虽然有些打鼓，但也不得不装出信心十足的样子。这让他露出赞许的笑容。

　　"辛苦不？喝口儿！"他特别好酒，无论何时何地酒不离身。这时他也不忘抿两口，并将酒瓶递给我。

　　这是湖南产的酒鬼酒。因为他妻子是湖南人，他常常诙谐地说，爱酒就是爱老婆。他身边就一刻也没有离开过酒鬼酒。酒的醇香使窑洞里的气味好多了。

"不辛苦。"我朗朗地回答，其实言不由衷。

"胡说！哪儿有不辛苦的？"他狠狠地睨了我一眼，络腮胡子一阵抽动，兀自说道，"当警察一定要实，实实在在。一就是一，二就是二，来不得半点儿虚的。可不像你原来舞文弄墨，虚构啊想象啊什么的。就说这蹲坑，你踏踏实实认真蹲点，犯罪分子一出现就有可能被逮住了；不认真，就一定逮不住。你说是不是？执行这项任务有啥想法？"

我还真不知该如何回答。自己的事都忙不过来，其他单位的事有必要下这么大的工夫吗？这才是我真实的想法。

"考虑问题要有大局观念。我们也有请其他单位帮忙的时候。如果全国各地公安机关都能主动全力配合，犯罪分子还能有藏身之地？抓住这家伙，社会上就少了一个赖崽崽⋯⋯"他习惯于把违法犯罪人员统统称为"赖崽崽"。

"哦，你还没有转正。有什么想法吗？好像还没听说你有什么情绪。"

这句话触动了我的心病。我这才发觉自己渴望早日转正的心情还是十分强烈的，心脏猛烈地跳动起来，不由自主地竖起了耳朵。

他自顾自地说下去。他肯定了我无怨无悔、不向组织讲条件、踏踏实实工作的态度后，突然一转话题了解起我的家庭情况来，还特别细致地问到了我父亲是否落实了政策。待得到了肯定回答后，他令人不易察觉地轻轻呼出了一口气。

他似乎是斟酌了又斟酌后，才点点头缓缓说道："不错，我还得和你谈谈。"

"知道我们警察是干什么的吗？"

"国家机器的组成部分。"我脑海里浮现出这样的字眼，但没敢说出来。

"警察队伍是党和政府的工具,政治上要求非常强。警察要坚定不移地站稳党和人民利益的立场,就得以较高的综合素质为保证……"

"综合素质是指……"

见自己的话被打断,他愠怒地看了我一眼,接着说下去:"政治思想、业务技能、道德修养,这些都是决定一个人民警察是否优秀的重要因素。我希望手下个个能征善战,办案顶呱呱。可只会办案却不一定是好警察。思想动机不纯,道德水平低下,甚至是为了升官发财当警察,这些人很有可能成为公安机关里的害群之马……"

他一边说,一边时不时地抿酒,到天亮时,一瓶酒鬼酒差不多就见底了。

第二天清晨,睡梦中的我和王景埔被一阵吵嚷声惊醒,值白班的侦查员押着那名犯罪嫌疑人回来了。

自此之后,我努力提高自己的业务能力,不断完善自身的道德水准,认真学习各方面知识,希冀自己的综合素质能有一个质的飞跃。为此,我潜心研读了大量的业务理论书籍,先后报考了法律、汉语言文学两个专业的自学考试,成为全国第一批自学考试学员。这些努力为最后进入直辖市公安机关法制部门从事执法监督、公安立法,并参与地方政府乃至国家立法活动打下了良好的基础。

在这种氛围里,我心无旁骛,把所有的精力都用在工作和学习上,再没有想过个人的问题。没有想到,在浑然不觉中,从警之门却悄悄地向我敞开了。

1983年,举国上下齐动员,声势浩大的严厉打击严重刑事犯罪活动以极大的声威席卷神州大地,全国人民被充分发动起来,织成了陷违法犯罪活动于灭顶之灾的天罗地网,一大批违法犯罪分子落入法网,社会治安迅速好转。我们公安处更是热火朝天,侦查破案如火如荼地开展。侦查员们纷纷请战，要求承担最艰巨的任务。

可能是对我另眼看待的原因吧，王景埔在刑警队已经吵成了一锅粥的分配任务会上一锤定音："老侦查员发扬风格让出来，给小南蛮一个机会……可是，你给我听着，战役结束前必须破案，至少韦景山必须落网。但是，不准蛮干，发现情况能抓就抓，有困难的话，及时通知我们或请当地公安机关协助。我可不希望你少了个零件回来。"

就这样，侦破全处第一大案——韦景山违法犯罪团伙案——的任务落在我肩上。韦景山带领其团伙在铁路沿线无恶不作，光命案就有两起。严打斗争开始后，除了几个小喽啰落网外，三名主要成员一直处于亡命奔逃之中。长期和公安机关打交道的他自然明白我们对其相关关系进行了监控，在任何一个地方停留都不会超过三天。这让追捕异常艰难。

我把目标紧紧盯在韦景山身上，带着刚从警校毕业正在实习期的小宁用了三个多月时间奔走于晋、冀、鲁、湘，终于查找到了其姐姐的住所。

这是一个藏在太行山深处的小车站。三股铁道中间的一股供列车正常通行，其余分别为上下客货所用。每天上下午各有一班客车停靠，供周围几个村庄村民出行及农副产品输出。两排小平房，沿铁道西边一字排开。中间部分为运转室、候车室、货场等车站办公场所。靠南边部分则是十来个职工的宿舍。通过站长了解到，韦景山的姐夫是搬道工，两年前刚从其他站上调来。姐姐在车站管后勤，就在这站上开着一间小卖部，卖些日用杂货。两人表现都不错，人员关系也很正常，近期没有发现有外人来过。

我们和韦景山的姐姐进行了正面接触。

这两年的群众工作基础，对于我们做好工作起了决定性作用。加之夫妻二人都遵纪守法，明事理，在车站表现很好。在车站领导陪同下,我们师傅、大姐地叫着,喝着茶水、嗑着瓜子聊了一阵,就把工作做好了。

"有个情况不知对你们有用没有。"韦景山的姐姐迟疑了一下,毅然告诉我们,前不久,一个列车员在列车上遇见过韦景山。韦景山特别详细地打听了她的情况,并说要来这儿玩两天。后来,韦景山在中途就下车了。

"王公安,你们放心,这鳖养的来了我亲自抓起给你们送来。"姐夫拍着胸脯说。

"咋说话哪?老毛病不改。"姐姐睨了姐夫一眼,给我们续上茶水,搓着手笑了笑,"请喝水。你们别见怪,他这人说话粗鲁。小山子虽然是我弟弟,犯了国家的法就该受到惩处。他来了我一定动员他投案自首。弟弟不争气,给你们添麻烦了……"

我们通过铁路内线电话向王景埔作汇报。他的心情似乎有点儿沉重,听到前段时间的工作时,只是"嗯嗯哦哦"的。当汇报到发现韦景山姐姐和所做工作时,他显然一下子兴奋起来,详细问清楚相关情况后,说道:"好!"王景埔在话筒里长长地出了口气,听得出来是卸下了一个沉重的包袱。他告诉我,我们的侦查印证了他的分析。韦景山的踪迹一直从北向南移动。而且,几个月的逃亡生活,费用肯定是问题,因此可以肯定他会去找他姐姐。他让我们一定要监控住这个点。

"这下,你完成任务有一定把握了。"最后,他如是说。

监控很方便。小站地处深山,离村庄有一定距离。除了铁路客运列车外,其余的只有机耕道,没有客运汽车。我和小宁每天观察这两趟列车上下乘客。只要把两趟列车监控好,就八九不离十了。

这天下午,客运列车徐徐进入车站,费力地喷出一大口气,停稳了。车门打开,穿着朴实的村民从车厢走上了站台,一直冷清的车站有了生气。站小,上下车的人不多。我穿着铁路工作服，帽檐儿扣得低低的，在站台徘徊，对下车旅客情况一览无余，直到旅客完全散尽也没有发现可疑情况。

今天因为小宁拉肚子在旅馆里休息，我一个人在站台上百无聊赖，已经绕着车站前后转了数十圈，当然，核心是盯着小卖部那个位置。转了一阵，我觉得腹部胀得难受，便走进旁边厕所里拉屎。

我刚刚蹲下，就听墙外传来叽叽咕咕的说话声。起初我还以为是听岔了，但是，那声音却真真切切地传过来："真服你了，韦哥。鬼大爷都想不到我们会从前方站下车走过来，只是，真抢呀？那可是你姐哟！"

"不抢，你吃个卵！你们两个听好，动手时利索点儿，不要伤了我姐，完事后往山上跑。等差二哥（警察）赶来，我们早就进了大山里。"

我全身的血一下涌上来，便意早就无影无踪了。我轻轻提上裤子，立起身从墙上的花砖窗口看出去。

三个蓬头垢面、形象邋遢的年轻人正贴着外墙站着，商量着什么。他们一个个浑身肌肉绷得紧紧的，眼神僵硬、紧张。中间那个人三十来岁，身材瘦削，狰狞地咬着后槽牙，目光仇视着世间的一切，正是我们苦苦寻找的韦景山。梳着分头的是二把手徐泉。另外那个从小就在铁路上流浪，偷、抢、拐骗、敲诈勒索无所不为，他一直没有正式名字，我们最后只得用对这个团伙的称呼"拉兹"来称呼他。

苦苦追寻这么久，就这样与嫌疑人相遇，而且是全部三个主犯，我不由激动得浑身发抖，手不由自主地向腰间伸去，抖动着握住了枪把，深深吸了一口气就要猛虎扑食般冲出去。但刚要起步，我又及时停住了。

也就是一瞬间，我就抑制住了激动，变得出奇冷静，脑子里反复盘桓着。一对三，通知小宁前来、向处里报告或找地方公安机关协助都来不及了。数量上占劣势倒不可怕，我是警察，代表法律和正义，且有枪在手。历次跟随王景埔及同事们抓捕，一般情况下，嫌疑人都是乖乖地就范。今天最坏的结果就是受点儿伤呗。可是抓捕的地点、时机怎么选择呢？这儿地势开阔，很难保证嫌犯不逃脱。一旦他们进了山，搜索起来会非常困难，搞不好又会让他们溜走。王景埔一直要求我们见到犯罪分子绝不放过，如果今天犯罪分子从我手里溜走了，他不把我骂得狗血淋头才怪。

干！至少要抓住韦景山。我下了决心。这并不是因为王景埔铁青的脸和能够叫人战栗的眼神；也不是怕今后在同事们面前抬不起头来；更不是因为还没有转正，需要好好表现。而是因为这几年的熏陶，使我不知不觉中已经有了"警察味儿"。这是人民警察队伍所独有的坚忍不拔、克服困难、一往无前、战胜一切违法犯罪分子的勇气和决心的外在表现，是我自从进入人民警察队伍就一直向往、敬仰的。这种潜质也是我在公安机关长期浸润下潜移默化，一点一点积累，不知不觉之中产生了质变而形成的。无论什么性格、特质、学历、经历的人，只要他有当一个优秀人民警察的愿望，在这支队伍里摔打过一段时间，慢慢就会不自觉地形成。这种"警察味儿"对违法犯罪分子来说是绝对的威胁，感受到它就感受到了灭顶之灾；对人民群众则意味着平安，会令他们产生足够的安全感。当时，我并没有察觉自己已经有了这种变化。直到多年以后，总结从警经历时才发觉从这时起自己已经开始具备这种味道了。

三个家伙还在商议着，韦景山煞有介事地布置："这个地儿人少，进屋把门一关，鬼大爷都不知道，我把我姐姐看住，不让她动，你们两个找钱和吃的，越多越好……"

听着他们的布置，我心里有底了。他们实施抢劫的时候基本是在一个狭小的空间里，这时抓捕最有利。尽管只有我孤身一人，心里确实有些忐忑，但拼了命也不能让这三个家伙逃脱，即使跑掉也不能是在我没有任何作为的情况下，为此我宁肯付出血的代价。

目送着他们向小卖部走去，我悄悄检查了一下五四式手枪里的子弹，压得满满的，不多不少整整八发。我轻轻推上膛，打开保险，隐着身子注视着。这三个家伙佯装无事，闲逛一样走到站台一端的小卖部前，左右打量一下，迅速推开门钻进去了。

我提着枪顺着墙根溜到跟前，听了听，里边并没有挣扎喊叫或打斗声（当时恰好韦景山姐姐去邻居家送货，小卖部里空无一人）。我也没有多想，深深吸口气，"哐当"一脚踢向门板。哪知门板被从里边闩上了，只抖了抖，差点儿把我摔个跟头。我情急之下拼尽全身力气，用肩膀猛撞向门板，门被哗啦啦地撞飞了，我提着枪一头冲了进去，指着室内的人大喝："不许动！"

就见迎面的韦景山和徐泉握着寒光闪闪的匕首，惊骇地愣在那儿，对我的喝令没有任何反应（事后才知道，他们完全被吓呆了，对眼前突然冲进来的我竟没有丝毫反应）。我就这样和这两个家伙对峙着。其实，此时的我第一次单枪匹马面对这种情况，心里十分紧张，大脑一片空白，只是机械地连声喝叫："放下刀，放下刀，动就打死你们……"

正对峙间，歪在墙上的门板"咣"地翻开，被门板撞破鼻子、满面鲜血的拉兹钻出来，嘶叫着："跟差二哥拼！"

匕首带着寒风向箭一样刺向我左胸，愣怔着的韦景山和徐泉也顿时清醒，挥着匕首扑了过来。

这可不是长期跟随着景埔大哥一道抓赖崽崽，只要大喝一声，无不乖乖地束手就擒。要说平时贪玩上山打猎，打过野鸡、野兔之类的，但这一遇到了实战，竟懵了，不知道开枪，只是想着该不该开枪……

就在电光石火之间，三把匕首直奔我而来。我本能地边挥着枪抵挡，边向右侧身一让，就觉得左腹一凉，心里"咯噔"一下:糟了,挨了一刀。这一瞬间,我陡然起了杀机,脑子一热,扣动了扳机。"砰砰砰"三发子弹呼啸着出膛而去……

就见拉兹惨叫一声,扔掉匕首,抱着腿坐在地上鬼哭狼嚎起来。韦景山和徐泉被吓破了胆,蹲在地上双手抱头,簌簌发抖。

也就是在这一瞬间,我突然找回了自信,立即精神抖擞,用枪口逼着三个家伙,目眦唇张,歇斯底里地喊叫着,让这三个家伙靠在一起:"快点儿,快快快,不听老子的就开枪,打死你们几个狗娘养的!"

枪声和喊叫声早就惊动了车站。站长带着几名工作人员赶来,七手八脚地将三个家伙连捆带铐控制起来。我这才松了口气,平静下来,叫他们赶快去给旅馆里的小宁送信。

直到小宁提着枪,满头大汗地赶来,一直坐在门槛上的我才彻底放松下来,检查一下左腹处,原来那一匕首刺穿衣服后,紧贴着腋窝表皮掠过,只是有点儿小擦伤,渗出了斑斑血珠。万幸,万幸。我这才大大松了口气。

"你、你、你,你个浑蛋,你不要命了?勇敢不是冒险。老子宁肯抓不到人,也不能把你伤了。"回到公安处,王景埔气急败坏地跳着脚把我好一顿臭骂。

不善言词的老处长冯至善轻轻地敲桌面,把气急败坏的王景埔劝到一边,拉开抽屉,将一份油墨打印好的文件放在桌上,轻轻地说道:"小王,好样的。看看,喏,调令!"

从警之门就此真正打开了,从现在开始,我已经是一名正式的人民警察。但我没有任何兴奋的感觉,只是拿起这份油墨打印的调令,看也没有看就顺手塞进裤子口袋里。

此时的我,对董老、后来英勇牺牲的王景埔烈士、后来坐在轮椅上光荣退休的翟同智等人有了更清楚的认识,是他们坚定的信仰、高尚的情操激励着我在人民警察队伍里经风雨见世面,几经磨砺,一步一步成熟起来……

曾经酒鬼

　　长于某事曰精，精于某事曰鬼。饮酒到了"鬼"的地步，必定是嗜酒如命，成天与酒相伴，酩酊大醉之流，故谓之为"酒鬼"。我已经近三十年与酒绝缘，且是公安机关"五条禁令"的绝对拥护者。遇有饭局，哪怕五粮液、茅台、诗仙太白之类的名酒，任它晶莹剔透、白玉无瑕、玉液琼浆；任它滋味芬芳、甘霖饶舌、齿间留香；任它推杯换盏、勾人魂魄、九转百肠……均拒而远之。应对形形色色的劝酒，或以从来不会、酒精过敏以及祖上遗训禁止饮酒之类子虚乌有的东西来搪塞；或拂袖而去，哪怕高官权贵丝毫不给情面。这令同事们初时瞠目结舌，继而大感不解，王大哥有着民警、刑警、所长、队长直至进入直辖市公安系统最高机关从事执法监督的工作经历，尤以刑警队经历为最——刑警队，刑警队，案子未破人先醉！这是刑警与酒的关系的真实写照。再加上襟怀坦荡、个性耿直爽朗，应当是善饮、豪饮才对呀。特别是那些年轻民警，更是马蜂一样围着我转，单刀直入加旁敲侧击，激将法加群起而攻之，想破解个中缘由。无奈我一概微微一笑，或告诫他们饮酒误事，或顾左右而言他。对酒如此坚拒的我自称曾经酒鬼,至少在资格上是令人生疑的。但是,对酒敬而远之的我却又如鲠在喉,不得不一吐为快。这是因为,我信守着一个承诺,以此告慰长眠地下的英灵。

当年的我曾经差点儿成为一个名副其实的酒鬼。

1981年,我被调入铁路公安处刑警队开始了刑警生涯。这时,我虽然已经有两年多的基层民警工作经验,但本质上还是对公安工作处于认识初期,只是觉得刑警是诸警种中的天之骄子。那时的想法是当刑警就得像领头人王景埔那样威风凛凛,站起是棵松,躺下一座山,我认为只有这样才是真正能令违法犯罪人员胆寒的人民警察。

王景埔是我们公安处的副处长,身高一米八二,是一个五大三粗的东北汉子,络腮胡子把脸部遮蔽了大部分,使他整个人看上去黑乎乎的。特别突出的是他那双小眼睛发出的光锐利无比,能让心中有鬼者魂飞魄散。他性格粗犷、豪放,工作雷厉风行,虽身为副处长却一直坚持带领刑警摸爬滚打,奋战在刑侦第一线。他业务精湛,治安、刑侦一肩挑,成绩卓著,战功累累,使我们公安处始终保持了高破案率,多次受到处、局、铁道部、公安部的表彰嘉奖。据说他立功有十余次,但我从来没有听他对自己的功劳哪怕有一丝炫耀。老处长冯至善多次骄傲地说:"只要有景埔在,我们的破案率就会一直在同行业里领先。"

正如俗话所说:跟着好人学好人,跟着巫婆跳大神。在王景埔同志身上,我学到了很多人民警察的优秀品质。学到了政治上坚定不移,忠诚于党和人民,全心全意为人民服务的品质;学到了吃苦耐劳,英勇顽强,战胜一切违法犯罪,慎重对待每一个案件等人民警察必备的精神;学到了勘查现场细致入微,搜集证据全面细致,分析案情周密严谨,查缉追捕一往无前等侦查破案必备的技战术;甚至还学到了用小眼睛逼视犯罪嫌疑人,摧毁其心理防线的心理战术……这些奠定了我从警的业务基础。但很不幸,因其形象过于高大,在学到他优良品质的同时,他的不足之处也被我尽数学了来。

来到他身边工作,我才知道他嗜酒如命,且酒量大得惊人,每天手不释杯,顿顿不离酒,鲜见他醉倒,是名副其实的酒鬼。但不管什么情况,只要一上案子他就像上足了发条一样,精神抖擞,斗志昂扬,工作效率出奇高。

从进入公安队伍第一天见到他,他就给我留下了深刻的印象,平时工作中时有接触,但并没有真正了解。翟科长带着我到刑警队报到那天,他的形象气质又一次给了我很大的震撼。推开办公室的门,王景埔正站在办公桌前怒火冲天,两只眼睛就像是要喷出火来一样,瞪得溜圆,恶狠狠地瞪着面前的民警。那张脸黑得瘆人,长满络腮胡子的腮帮上肌肉愤怒地抽动着,可见气愤之极。

"陈革军(化名,下同),你再不改,老子扒你一层皮!我告诉你,我这儿没有领导干部子弟,只有人民警察。你竟敢给老子做出这种下三滥的事来,信不信我把你送到检察院去?"声音洪亮,震得室内嗡嗡直响。他每说一句,脑袋就狠狠地点一下,不时把办公桌拍得山响。

那个被他叫作陈革军的民警看上去几乎是吓破了胆,惊慌失措,脸色苍白,浑身汗淋淋的,要不是咬牙强忍着,肯定得号啕痛哭了。

也许是我们的到来解救了他,王景埔走到他面前,一字一句咬牙切齿地说道:"下去后写出检查,必须深刻。老老实实退赃,听候处理。滚!"

"这家伙在办案中收了当事人现金,绝对不能容忍,必须离开刑警队。要不是看他有个在铁道部的老子的话,不把他开除了才怪……老猫哥,这就是小南蛮?嗯……调教得有效果……还记得当初我踢你那两脚吗,没有记恨我吧?"王景埔脸上浮现出少有的笑容。因为我是这支队伍里少有的南方人，个子也最小，从此，被称为小南蛮。

我刚来公安处报到时，基本没有公安业务概念，侦查破案更是一窍不通，竟因为轻信将一个重大案件犯罪嫌疑人放走，气得他将我踢得屁股疼了好几天。他把我发配到翟科长手下当驻站民警，让我认识什么是公安工作。初时我还不理解，经过两年基层锻炼，我对公安工作有了较为深刻的认识，这才真正走上了从警之路。

简单寒暄了几句，翟科长就告辞要走，任王景埔怎么也拦不住："你还不是想灌我一顿，我老头子还想多活几天呢。滚开！"他拂开王景埔匆匆走出了办公室。

王景埔宽厚地笑了笑，赶快叫秘书室派人送他走了。

谈话，交代纪律及注意事项，和刑警队的同事们见面、介绍情况，安排工作诸事项。下班时，王景埔带着我和全体刑警到附近一家餐馆里为我接风。当时我就傻眼了，内勤吩咐了一声照老规矩办后，餐厅的服务员哗地搬出来一箱白酒，砰砰砰地开瓶声不绝于耳。眨眼间，每人面前摆上了一瓶。

那可是正宗的六十五度老白汾酒啊！我从来对酒既没有胆，也没有量，敬而远之，偶尔象征性地喝一点儿也就是应个景。这满满一瓶酒喝下去后果可想而知。

就在我嘬着牙花子左右为难时，王景埔洪亮的嗓音响起来："弟兄们，欢迎小南蛮加入我们这个队伍，从今天开始，他就是我们的小兄弟。大家是不是应该帮助他？"

"应该！"十几个喉咙异口同声地回答，声音回肠荡气。

"是不是应该做个榜样？"

"应该！"声音荡气回肠。

"那没说的，先让小王看看我们这支队伍的精气神，这就是我们的精神面貌。目标，半瓶。"

我暗自庆幸自己来到这么一支豪气冲天的队伍。从警以来，我深感自身过于文弱，书生气太过浓厚，需要培养刚猛的男子汉气概，这样一支队伍正是最好的摇篮。可是，接下来的场面就叫我瞠目结舌了。

只见十多个刑警队员齐刷刷地抓起酒瓶，也不用杯子，对着瓶嘴一仰脖子，"咕嘟咕嘟"就下去半瓶。然后，齐刷刷地把目光看向我。

我心里犯着嘀咕，头皮发紧，抓起酒瓶不是，不抓也不是。

"还咧什么嘴，干了。"

"我……我，我不会喝……"我嗫嚅着不知如何是好。

王景埔的脸陡然像刚才教训陈革军那样黑得瘆人，眼神似乎能够把人吞没了："不喝酒当什么刑警？喝下去！不喝就给我离开刑警队！"

我目睹了王景埔教训陈革军那一幕，领教了他的厉害，知道自己不可能违拗他。众目睽睽之下，我眼眶里涌动着委屈的泪水，心一横，慢慢拿起酒瓶，强忍着酒精刺激"咕嘟咕嘟"喝了下去。顿时就觉得天旋地转，身体轻盈地飞升起来，知觉在渐渐消失。最后，两眼一黑，就什么也不知道了。

不过，在知觉最后消失前，我依稀听见王景埔赞许的声音："翟老猫推荐的人不错，这小南蛮可以造就……"

三天后，我才从床上爬起来，走马灯似的开始了刑警生涯。这就是我走向酒鬼的开始。

王景埔确实是公安战线上出类拔萃的人物，侦查破案能力堪称一绝，其破案速度往往令人瞠目结舌。我第一次跟随他侦破五阳郭三贵破坏施工设备案件就给了我极大的震撼。

这天，我们接到报案，五阳站工地铲运机上的发电机被人卸走了。王景埔率领我和另外两名同志一起奔赴现场。这是当时国内少见的美国进口的大型铲运机，仅一名司机一次就能够铲起重达十吨的泥土运往指定地点倾倒,并直接碾压成型,是当时机械化程度最高、最先进的工程机械,全局才五台,是局里的重要机械。这么贵重的设备零部件被破坏,当然是当作特大案件来办。王景埔点了刑警队副队长张志友、侦查员小石和我跟随他直奔位于晋东南的五阳。

这是我进入刑警队之后第一次跟随王景埔办案,既新鲜刺激又兴奋。一路上,心里一直在憧憬着即将开展的侦查场面。在当驻站民警这两年里,我做到了恪尽职守,拼命想当一个政治业务能力出类拔萃、响当当的警察,特别向往警察之魂——刑警。它可是站在公安工作之巅,集各项基础工作之大成的拳头警种,其业绩正是公安基础工作成果的集中体现。青年时代的我初进警营,最大的愿望就是当一名英勇善战的刑警,在打击违法犯罪中建功立业。如今终于走进了这个行列,真恨不得马上把全部刑警技能、理念、气质等都学到手。

乘坐了七个多小时的火车后,我们到达了五阳车站,驻站民警小孙已经在站台上等候了。简单交换情况后,王景埔大手一摆,说了声"走"。我们马不停蹄地跟随王景埔直奔现场而去。

现场就在站外不远处,那台进口的铲运机就像被去了势的公牛一样静静地伫立在工地上,再没有往昔那种雄赳赳的磅礴气势。在离铲运机五米左右的地方,王景埔的脚步戛然而止。我被小石轻轻拉了拉,也跟着站住了。

王景埔脸色凝重,仔细地端详着现场。

小石拿出相机,咔嚓咔嚓地拍照。

我不明就里,只是学着王景埔的样儿伸长脖子向现场张望。但我只看到一台铲运机和未完工的工地,还有就是工地左边是条河,右边山坡上有个村子,其他什么也没有看出来。

王景埔前后左右四处张望一番,连天上地下都看了个遍,才慢慢腾腾地向铲运机跟前走去,一边走一边打量着脚下。

我见此也跟着向铲运机走去，心里在揣测着：这铲运机的发电机在什么部位，是怎么偷走的呢？这个贼还真有胆子，敢在这么大型的机械设备上偷零件，是个什么样的人呢？

我这样胡思乱想着，越想心里越急，加快了步伐，直奔铲运机而去。

"哼，一边去！"突然间，我被正蹲在地上看着什么的王景埔伸出的一只胳膊挡住了。他脸黑得像天要塌了一样，鼻子里哼哼着，用小眼睛狠狠地瞪着我，那神情几乎要把我生吞活剥了。

正在拍照的小石向我伸伸舌头，做了个鬼脸，悄悄地将我拉到后面去了。

王景埔兀自蹲在地上看他的。

他看的是两只清晰的脚印！险些被我给踏坏了。

他仔细打量这两只脚印一阵后，吩咐小石："拍下来，做模型。"起身向铲运机走去。

我再也不敢造次，只得悄悄地跟在他后面，认真地看他怎么做。

一人多高的铲运机趴在地上，失去了往日雄风，冰冷的钢铁身躯看上去没有丝毫生气。可王景埔却像正在诊治的医生一样，在机身上爬上爬下，钻来钻去。时而这里瞅瞅，那里瞧瞧，时而歪着身子打量半天，甚至还将脸凑到机身上仔细端详。在这过程中，他很少说话，只是在吩咐拍照、取指纹时才吐出三个字："拍（取）下来。"

我看得一头雾水，小石他们却非常严肃认真，一丝不苟地照着吩咐执行。

转眼间，两个多小时过去了，现场勘查总算完成，天色已近黄昏。王景埔拍拍手，看了看我们，随口说了句："怎么样，有想法没有？"

见没有人回答，他把大手一摆，信心十足地说道："走，到村里整酒去。"带着我们就朝那小村子去了。

五阳村有两百多户人家，分布在一面山坡上，面朝车站和站旁的一条小河。一座座窑洞鳞次栉比无规则地散布着。正是做晚饭的时候，家家炊烟袅袅，处处鸡鸣狗吠，间或还有大人训斥、细娃啼哭、婆姨吵闹声。小孙带着我们走进村里，显然引起了村民的注意，不时有人从院门内或院墙头探头张望，时而有人打招呼。

走进村治保主任家，兴致一直较好的王景埔不由得有些失望。原来，这个姓赵的治保主任竟是个小脚老太婆。

"赵主任，这是我们公安处的王处长，来找你们有点儿事。"

王景埔把情况谈了，赵主任疑惑地看了看驻站民警："小孙，俺们咋不知道呢？怎么也该给俺们说说呀。"

王景埔的眼睛陡然间就亮了，死死地瞪着小孙："你个小兔羔子是怎么搞的？要求你们要紧密联系当地治保组织，你怎么就当成耳边风？这么大的事你都不跟赵主任通气！"

"啊，老王，别发火，小孙也是一天到晚忙不过来。来来来，炕上坐，我让娃去叫赵书记来陪你喝两盅。"

少顷，披着一身老棉袄，头上扎着毛巾的赵书记推门进来。王景埔赶快从炕上起身下来迎接，慌得赵书记连连摆手："使不得，使不得，你坐你坐。"

"哎，赵书记，在这一亩三分地上，你就是大掌柜，来这儿就得听你的。你上座，你上座。"

王景埔一直谦让着要赵书记坐炕头。两人推让一阵后，还是赵书记坐在了炕头上（这是北方的规矩，最年长的人或是长辈才有资格坐炕头，足见王景埔对当地基层组织的尊重。这些对我的影响非常大，在我成长过程中起了不可估量的作用）。

"承蒙王处长看得起，俺就坐了。大姐，把你最好的酒拿出来，咱姐儿俩得陪王处长好好喝两盅，快叫娃摊俩鸡子（鸡蛋)。"

赵主任吩咐儿媳妇去安排后,一盘腿就坐在了炕沿,和我们一起讨论起案子。

王景埔先了解了村里重点人物的情况,特别了解了年龄在三四十左右的,详细到会何种技术、最近活动、是否在家等情况,掂量了一下后直截了当地告诉这两位村领导:这个破坏铲运机的人就在这个村里,年龄在四十左右,懂得机械、电器知识,让他们围绕这方面摸一下人头儿。

此言一出,不要说两位村干部,就连我这个警察也为之愕然。和王景埔并排坐着的赵书记停止了介绍情况,愕然盯着王景埔,半响没有吱声。赵主任本来身子倚在炕桌上,认真而详细地介绍着情况,闻听此言,有些佝偻的身板一下挺直了,微笑就僵在脸上,像是面对陌生人一样盯着王景埔,好长时间没有回过神来。

只有小石和张志友显然司空见惯,只是微笑。

王景埔表情严肃认真,一板一眼地解释:现场勘查发现,作案人往返都是朝这个村的方向。通往其他村的路不从这个村里穿过,犯罪分子不会蠢到扛着二十几斤重的电机专门从村里绕一圈再回自己家住的村,这等于是增大了被发现的几率。从现场的脚印看,这人穿的是一双旅游鞋,至少在八成新以上。走路着力情况和步态都反映出这人应该是身强力壮,所以才能扛着二十多斤的电机走回村。再加上拆卸过程非常熟练,太年轻了不行,至少经验不足,年老者也不符合。所以,应当是三十多岁的人。再就是拆卸电机手法熟练,应当是在电器方面比较懂行的人所为。

赵书记疑虑顿消,他折服地点了点头:"老弟,这样看来俺村里符合这个条件的人不多。"

"圈子小了就好办。铁匠炉或是搞修配手艺的,还有懂电器的这类人,从这里去找。"

书记和主任两人对看了一眼,异口同声地回答:"有啊。"两人便如数家珍般一一道来。

村里有个铁匠炉,是师徒两人照管着,主要是修理农具,打点儿铁钉、镰刀之类的小铁器。

"这两人表现怎么样?"

"不错呀。是俺本村的人,老实本分。"书记说。

"徒弟也小,才十七八岁,都看不出来有啥问题,只是师傅被铁路上处理过一次。"

我一听就兴奋起来,眼睛也睁大了,急急忙忙地问道:"是怎么回事?"却被王景埔白了一眼。

"就是上个月,师傅路过工地时,拾了一块铁路垫板揣回去,被铁路上发现,罚了十元钱。"

"他当时是什么样的表现?"王景埔用并不地道的山西话问道。

"还能怎么样?这老实疙瘩就老老实实认罚了呗。"赵主任说。

酒端上来,是当地产的一种散装白酒。一盘韭菜炒鸡蛋、一盘花生米被摆上炕桌。赵主任亲自拿来酒具,是一溜八个拇指大小的陶瓷酒杯,锡做的小酒壶。她给我们每人面前摆上一个酒杯,亲自提着锡壶将酒一一斟满。然后,端起面前的杯子朗声说道:"俺村穷咧,没什么好茶饭招待,不周之处多担待。我老婆子先敬大家。"说毕,一饮而尽。山西农村老百姓普遍不富裕,这已经是最好的招待了。

我们一起围着边喝边聊。

"哦,你们的电工……"王景埔突然想到这个人。

书记和主任正端着杯子的手一下停住了,两人面面相觑地对视一下后,方若有所悟。

赵书记说道:"郭三贵,这娃可是懂电,会摆弄机器的。"

"这娃平时不咋被人待见,大姑娘、小媳妇们都躲着他,但电呀、机器什么的一摆弄就会,也算是个能人哩。可还没有发现他有偷鸡摸狗的习惯。"

赵主任想了想突然又说道:"你还别说,这娃还真有可能。别的娃我可踏实哩,就这娃我心里没有底儿,总感觉吃不准,要不然把他找来问问?"

王景埔问清了郭三贵的身高体貌特征,胸有成竹地点点头:"别慌,你们只要搞清楚他昨晚是不是穿了一双旅游鞋,有没有外出就行了。"

"那你们先喝着,我去去就来。"赵主任吱儿一声喝尽了杯中的酒,跳下炕,颠着小脚出门去了。

主任这一走,我们便频频向赵书记敬酒。在这种场合下,个个都会奋勇当先,唯恐被人瞧不起。这是王景埔给刑警们造就的一种氛围,无论在哪种场合,都要像在战场上杀敌一样英勇顽强、不屈不挠。

张志友先敬了一杯,说自己是景埔大哥的小兄弟,大哥敬的人,兄弟当然得敬。小石早就准备好酒壶,赵书记刚喝完就迫不及待地给他斟满,说是第一次见到大哥的大哥,心里十分激动,这杯酒如果不敬的话,一个星期都睡不着觉。前面的同志敬得这么诚恳,好话都说尽了,我当然也不能落后,只好老老实实端起酒杯,毕恭毕敬地说道:"我是最小的,前面大哥和哥哥们都敬了,我也得敬。这是向大哥们学习,也是向老书记致敬。"

"小老弟是个实在人,俺得把这酒喝了。不过,我还真不胜酒力了。"

两圈下来,赵书记却仍然微微笑着,对所有的酒均来者不拒,一概笑纳。

王景埔诧异地看了看赵书记,小眼睛眨了几下,调皮地笑了笑。他摩挲一下青幽幽的络腮胡,叫张志友去拿了两个小陶瓷碗来。

这赵主任是个很会持家的女人，不像别人家，陶瓷器皿一般都有许多磕损、污渍。她家的这些碗一个个都完好整洁如新，给人一种舒适感。王景埔抓起酒壶，将酒全部倒进两只碗里，然后，谦恭地端起一碗，向赵书记说道："老哥哥，这碗酒我敬你。既是感谢村领导对我们工作的支持，也是我个人对你的敬意。我先干为敬。"一仰脖子，酒就进了喉咙。

赵书记迟疑了一下，呵呵一笑："就冲小老弟看得起俺老头子，我咋也得干咧。"他先大口喝了一口，梗了一下，一铆劲儿，终于将一碗酒喝进肚子里。

支书此言一出，反而更激起王景埔的兴致，马上哗啦啦地倒上两碗酒，双手各端着一碗互相碰了一下后，一边往赵书记手里递，一边说道："老哥哥，你看得起我的小兄弟，是赏我最大的脸。这杯酒咋说也得喝了。"

"哎哎哎，这咋中呢！你们这么多人，我我我……"

赵书记显然已经不行了，被将在那儿，推托不是不推托也不是。两人正在磨缠着，赵主任兴冲冲地提着一双旅游鞋进来了。一看这阵势，她赶快接过王景埔端着的酒："书记有病咧，俺代他喝了呗。"也不管同意不同意，咕嘟咕嘟地就喝干了碗中的酒。她把碗往桌上放下，提起鞋晃着说："看看，他昨天穿的就是这双鞋。"

劝酒暂时告一段落。小石提起鞋递过去，王景埔掂在手上仔细端详一番后，果断地说："嗯，没错！志友，你再比对一下。"志友早就打开了勘查包，取出刚才浇灌的石膏模型认真比对一番后肯定地说："完全吻合。"

"酒先到这儿，办正事。"王景埔眼里陡地冒出了锐利的光，大手一摆，"收拾这个赖崽崽。"

在赵主任的带领下，我们顺利将郭三贵抓获，将他带到了大队部。

我不由对王景埔佩服得五体投地。这家伙无论是年龄、身高还是体态都跟王景埔描述得几无二致。

王景埔被赵书记叫去商量晚饭的事情了，剩下我们三人审讯郭三贵。

这家伙不是一个省油的灯。面对我们三个剑拔弩张、凶神恶煞、拍桌子打巴掌的警察，仍然一副无所谓、桀骜不驯的样子（在那个年代，王景埔就对我们要求非常严格，绝对禁止打骂、刑讯逼供，我们只好摆出一副凶神恶煞的样子来吓唬嫌疑人）。这更把我们气得七窍生烟。

王景埔走进来，我们自动停止了审讯，室内一下安静下来。王景埔盯了郭三贵一眼，围着他转了一圈后点了点头，顾自走到桌前，端端正正坐在椅子上。

我立即精神一振，全神贯注起来，看王景埔是怎样降服这个家伙，撬开他的嘴巴。

王景埔挺胸昂首，端正地坐在桌子后面的椅子上，嘴角挂着一丝轻蔑的微笑，小眼睛目不转睛地盯视着，犀利的目光就像一把利剑直刺站在桌前的郭三贵。

他就这样紧紧地盯着，一动不动，也不出声。室内空气就像是凝固了一样，沉闷得几乎要爆炸。

郭三贵起初仍装出一副满不在乎的样子，可是，渐渐的，他绷紧的肌肉缓缓松弛下来，头慢慢垂到了胸前，接着，浑身开始了颤抖，到最后就像一摊泥一样瘫在了地上。

"说吧。"王景埔前后总共只说了这两个字。

"我说，我交代。"郭三贵像鸡啄米一样直点头。

抓紧时间做完笔录，起获赃物，将郭三贵关押在大队部一间牢固的房间里，派了四名民兵轮流看守。这一切做完，已经是晚上八点多钟了。赵书记已经安排好晚饭，并且喊来了大队会计和几个生产队长作陪。

这一松懈下来，就觉得像做梦一样，整个过程就像出膛的子弹，直奔目标而去，没有任何悬念，没有跌宕起伏，没有波澜曲折，一气呵成。下车仅仅几个小时，犯罪嫌疑人就落入法网，起获赃物，案子彻底告破。由此，我对王景埔佩服得五体投地。如果说以前对他的崇敬仅仅是其外在气质使然，而现在，则是其内在与外在相结合的真正整体上的崇敬。跟着他好好学，必定能够成为一个好刑警。

就在我胡思乱想时，王景埔点到我了："小南蛮，卖什么呆？一杯酒就把你吓成这个熊样儿？"

我豁然醒悟，酒战已经开始了。大家都端着酒杯等着我呢。

尽管在赵主任家里已经喝得差不多了，但有王景埔做榜样，再怎么也要干。我咬咬牙，一仰脖子，把酒倒进嘴里。

"给我喝干净，滴酒罚三杯！刑警不准拉稀！"在王景埔厉声呵斥下，我将杯中余酒再次倒进嘴里，还亮了亮酒杯，表明真正喝干净了。

尽管赵书记一再声明，不劝酒，只喝个高兴，但从第一杯酒敬完后，按捺不住的王景埔就频频开始挑战，酒战从此开始。轻言细语敬酒，甜言蜜语劝酒，吆五喝六斗酒，豪言壮语赌酒。不知什么时候，酒杯已经换成酒碗，酒战进入了白热化。王景埔兴致更高，率领着我们三人驰骋在酒战场，并不势均力敌的我们直杀得天昏地暗，日月无光……

这种场合，我必须好好表现。我已经接受了男人不喝酒枉在世上走、酒品看人品的观点，我必须向大家看齐，必须在这种场合展示自己也是一个响当当的男子汉。赌酒进入到难缠难解的阶段，双方拼命寻托词，找理由，扯皮撩筋，酒却老是不见下，我觉得这正是我表现的最好时机。尽管我已经面如猪肝般赤红，胃里火烧火燎，头晕目眩，还是一挽衣袖，哗啦啦再倒上一碗足足二两的酒，站起身来，一脚踏在板凳上，高高擎起酒碗，口齿不清地嚷嚷着:"你们……我把这碗干了,哪个……小老弟我奉陪。我要不喝下去,就……就把王字倒过来写。"

王景埔此时已经敞开了外衣,脸膛被酒精刺激得黑红黑红的。显然是对我的举动非常欣赏,他哈哈哈地笑着将酒碗拿过去,说道:"你休息一会儿,去看看郭三贵。"又转身举起酒碗对着酒桌上面面相觑的众人大声说道:"看我小兄弟,好样的!这碗酒大哥代了!"他咕嘟嘟一口气喝完后,将碗底一亮,抹抹嘴说道:"痛快!这酒喝得真痛快!"

我高一脚低一步,踉跄着走向队部,刚跨进院门就再也忍不住,胃里一阵痉挛便翻江倒海起来。脖子一伸,我扶着门框哇啦哇啦地呕吐起来。

从此我才知道,王景埔办案总是以酒相伴,走到哪儿,都要导演一出赌酒大战。他无论何时何地手包里都装着一瓶酒,随时随地都要拿出来喝上两口。与酒须臾不离使他成为全处头号酒哥,当面大家叫他王处长或大哥,背后则一律以酒哥指代。

榜样的力量是无穷的。他带出的这帮刑警队员没有哪个不是酒鬼,喝个斤把酒不在话下。本来对酒敬而远之的我在这样的环境熏陶下,酒量急速增长。不经意间,年纪轻轻的我酒量已经突破一斤,完全融入了酒鬼一族。

酒精对人体的刺激会导致自制力下降,思维脱离正常轨道,呈现出狂放状态。表现在行为上往往令人不可理喻。刑警队,刑警队,案子未破人先醉。回想起来,那真是一段神仙般的日子。我们这帮刑警队员天天屁颠屁颠地跟着景埔大哥转战铁路沿线,办案、酗酒齐头并进,天天醉得东倒西歪、五迷三道的,间或酒后再肇点儿不大不小的事——反正是公安,谁也惹不起!再说,有景埔大哥罩着,谁怕谁!不仅没有意识到这其实是一种精神上的滑坡,还自我感觉是天底下最能干、最勇敢的男人。进而发展到以自我为中心,无限张狂,对与自己价值观相悖的一律持排斥态度。除了景埔大哥，谁的话也听不进去了。

价值观扭曲必然导致认识偏差，行为必然发生错位。不知不觉中，我在酒鬼一族中越陷越深，几乎不能自拔。

这天我们几个刑警在张志友副队长带领下在榆社车站办完案子，下午照例喝得昏天黑地。席间，我当工人时同住一个帐篷的工人李振海说到当地有一个名叫秦三保（化名）的家伙名声特大，谁也惹不起，还打伤了我们铁路上几名职工。

这时的我，已经不再是那个书卷气息浓厚的小青年，酒精的刺激让我根本就没有什么思考能力。我在酒桌上把杯子一顿："志友大哥，咱们会会他去。"大家豪气冲天，纷纷摩拳擦掌，一定要去会会秦三保。

晚上，县城电影院里放映一部武打片，我们几人早早就来到放映大厅，进入座位等待秦三保的到来。铁路上的工人们早就想收拾这个家伙，听说后也来了一卡车人，分散在放映大厅各处。也真巧，就在电影刚刚开映，片名、字幕尚未放完时，秦三保出现了。巧就巧在他正好与我和志友等人坐一排。当他从排头走过来时，随同的工人指给我们看了，我不由得有点儿失望。这秦三保其实是个白净面孔、拿着一卷报纸的年轻人，个子偏高，丝毫看不出什么凶狠来。倒是跟随他来的那两个家伙五大三粗，一副凶狠相。三个家伙顺着座位走进来，走到李振海跟前时，李振海故意将脚靠在前排椅背上，挡住他的去路。秦三保果然如李振海所说，竟一脚踹了上去。李振海腾地跳起来，抓住秦三保的衣领，挥拳头就打了上去。那两个跟班的也扑了上来。见此情景，我们几个"嗷"的一声喊，从座位上立起来，扑将过去。我的个子小，挤不到前面去，便腾地跳上椅背，扑向扭打着的人堆。

秦三保果然凶狠，眼见他飞起手里的报纸卷照着张志友的头部砸下去，就听一声闷响，张志友的头部瞬时汩汩地流出鲜血来。原来，那卷报纸里裹着一根粗大的钢管。弟兄的血一下激起了我们的愤怒,我脑子一热,掏出沉甸甸的五四式手枪,倒握着用枪柄照着这三个家伙捣蒜一样地砸。顿时就见几支枪柄起起落落,砸成了一锅粥。

这一打起来,武打片没法上演,倒是我们演了一出全武行。"刷"的一下,大厅里灯光明亮,铁路工人们一下围了过来,又是一顿拳打脚踢,秦三保像一条死狗一样瘫在地上痉挛着。

隔了几天的一个星期日早上,我在单身宿舍里刚洗漱完,房门被推开,老处长冯至善走进来。

他是一个瘦削的老头子,面容和善,头发花白,言谈举止带着书卷气。

"呵呵,太阳都晒到屁股了,睡懒觉算好习惯还是坏习惯?"他东看看西瞧瞧,又说:"年轻小伙子把屋里搞得乱七八糟的,今后怎么找对象安家立业哟。快快,收拾好。"

我丈二和尚摸不着头脑,手忙脚乱地草草收拾了一下,垂手站立在旁边,等待着处长的训示。

"走吧。"他看了我一眼,出了门。我只好乖乖地跟在后边,始终不敢说一句话。

单身宿舍出门右边是办公室,左边是大门。大门外是喧嚣的集市。老处长站了一下,一转身向大门外的集市走去。

在集市前我们经常光顾的羊肉面馆里,他点了一碗羊肉面,就静静地坐在我面前看着我吃。

我满脑子问号地吃着,心里却在不住地打鼓。可冯处长还是那么静静地看着我,仍然没有说什么。

吃完饭,他把我带到了办公室:"小家伙,咱们今天好好谈谈。"

一听这话,我一下就真正紧张起来,赶紧坐直了身子,昂首挺胸。

"别紧张,放松放松。"他笑了笑,摆了摆手,很和蔼地问起我个人以及家庭情况。

我将情况一五一十地详细作了汇报，他沉吟了一下，突然提出一个令我匪夷所思的问题："你自己总结一下，近来有没有不务正业的情况？"

不务正业？自进入刑警队以来，天天跟着景埔大哥东跑西颠，没明没夜侦查破案，连休息都极少，从没有其他任何非分之想，更没有被当时已经兴起的经商办企业之风所吸引。当初送我进警察队伍的董总编对我的教诲可以说令我没齿难忘。哦，对了，会不会是每天晚上我都爱抽时间读点儿书，写写东西。难道这就是不务正业吗？如果是这样，这冯处长的水平可就太差了。我心里想着，可没有胆量说出来。

"没有啊，冯处长。我一直都认真努力着，争取当一个好警察，没有做过其他事呀。"

"哦，你还想当一个好警察。你知道不，警察是个什么性质的队伍，它的宗旨、职责是什么？它执行任务的依据是什么？它执行什么路线方针政策？"

我哑口无言。

冯处长脸色并没有任何变化，还是那么和善，可话语分明透着十足的威严。他看我无法回答，又给我加了一把火："我告诉你吧，现在榆社县公安局要求把你交给他们处理……是治安处罚，拘留。"

我脑袋"嗡"的一声涨大了，电影院的那一幕浮上脑海。

"这个，这，这……那秦三保本来就是个地痞流氓，打……收拾他也是为给受害人出气呀！"

"收拾他？国家哪条法律规定得有收拾人这一说？警察是执法者，不依法办事还叫警察吗？"

我诚惶诚恐地低下头。

"你实事求是说，你们是不是存心要惹一下秦三保？他作恶应当由法律来制裁，任何人都无权采取任何手段伤害他人。好在是秦三保先动手把志友打伤了。如果不是景埔去找了县公安局领导，加上你们又是警察，我可能真的要到拘留所里去教育你了。不要认为你是公安人员，就可以包打天下，就可以不依法办事。警察是最需要法制和纪律的……"

我诚惶诚恐地低下头，无言以对。冯处长并没有因此放过我，在对我好一番教育后又说道："今天，你哪儿都不许去，给我好好学习一天。"

他从书架上抽出一本公安教材，扔在我面前："你今天给我好好学习，写出心得体会。我陪着你。否则，我就对不起老董……唉，酒害人哪！"

我心悦诚服地认真看书做笔记，老处长自己坐在一边审阅批改文件。既没有任何交流，也没有任何训示，就这样我在他办公室里度过了整整一个星期天。

二十余年后的一天，我检查执法质量时，在渝中区的储奇门派出所也目睹了这么一幕：所长把一名极年轻的民警弄到办公室，专门安了一个座位，让他认真读《治安处罚条例》，而且还要做笔记。那民警屁股下就像坐了根针一样，但所长却只是微微笑着干自己的事。当时，我心里热乎乎的。或许这名民警当时并不一定理解，甚至还可能有对立情绪，但若干年后，他一定会体会到所长的良苦用心。

正副处长之间为酒的问题少不了龃龉，但为了破案率，每次都是老处长退让。我也就没有把老处长今后少喝酒的叮嘱放在心上。

这番教育，就像平静的池塘里投进一块小石子溅起的一丝涟漪，对我有所触动，把警察应该做什么、怎么做的问题摆在了面前，是一次切实的法制启蒙。但是，因根本性的价值观问题还没有得到解决，加之环境的影响，我还是和其他刑警一样，成天在王景埔的带领下与酒相伴，斗酒、赌酒几乎成了我们日常工作、生活中必不可少的事。酒后肇事、惹是生非基本上是家常便饭，甚至还出现过刑警队全体十三人集体醉酒进医院输液的壮观场面。除老处长不时敲打一下，告诫我们少喝点儿酒外，少有人对我们这帮无法无天的刑警提出异议。这时的我已经脱胎换骨，彻底成了地地道道的酒鬼，在酒场上骁勇善战，横冲直撞，还多次单刀赴会，杀得对手人仰马翻。

打流窜、追逃犯专项战役胜利结束，我们不论是破案率还是打击率都创了新高，这使得我们这帮刑警尾巴翘上了天，一个个目中无人，趾高气扬，当然就更加放纵。

这一天，意气风发的我独自押解两名违法犯罪嫌疑人送交阳泉市看守所执行刑事拘留。办理完手续，将嫌疑人交给看守所就算圆满完成任务。走出看守所，一阵轻松涌上来，时间还早，该干点儿什么呢？自然而然想到了酒，顿时口舌生津，馋涎欲滴。我看了看周围，刑警队就在旁边，不由得灵机一动，就向刑警队踅去。我和他们牛大队长还有一笔账没有算呢。

"哈哈，犹大，你还活着？我还以为你醉死了。我可领教了你的酒量。上次你悄悄跑了，害得酒哥把我好一顿剋。你真是个出卖朋友的犹大。"手还未握完，挑衅就开始了。

刑警大队长姓牛，山西人将牛姓念作"you"音，故此，我们都这样称呼他。

牛大夯拉着嘴唇，很委屈："俺们仨本来也不怕你们七个，那天确实有事，可不敢耽误。老弟有什么事，尽管说！在这块地面上，我包了。"

"没啥事，就是顺便看看你是不是在酒场上牺牲了。"

"咋啦，小看大哥是不是！俺比别人不行，跟你单练莫甚问题吧？"他向门外看了看，就我一人，神情顿时就轻松起来，一改委屈相，眨巴着小眼睛，得意地扬着下巴，"要不然俺们现在就走两个?"

牛大队长就这样中招了。我嘴里还在虚情假意地说着让他们破费不好,要不然改日由我来做东,我们铁路经费比较充足之类的话,身子已经与犹大勾肩搭背出门了。

走到隔壁办公室,牛大队长探头向里边叫道:"内勤留下,你们几个来,南蛮兄弟来咧。"

我一下傻眼了,从办公室里涌出四个小伙子,都是队里的喝酒高手。今天将是场恶战。尽管心里有些打鼓,但表面上还是装得泰然自若,和他们一路说笑着走去。

在餐馆里坐定,大约是因为阵容强大的原因,此时的牛大显得轻松自如,谈笑风生,颇有些洋洋得意样,委屈相早就一扫而光。

刑警队两年,我已经练就了泰山崩于前而色不改的本事。面对明显的劣势,我不仅没有任何恐慌,反而激起一种豪情来。越是这样的情况,越有滋味。管他的,哪怕斗他个山崩地裂、杀他个血流成河,方显出男儿本色。

清纯甘洌、芬芳扑鼻的汾酒被揭去外包装。打开瓶塞,我们六人毫不迟疑地进入第一个程序。先是我用世上最中听的语言敬牛大,接着挨个儿敬,然后大家互相敬了一圈。这是酒桌上最优雅的程序,一个个绅士般轻言细语地敬酒,温文尔雅地碰杯,呈现出一片温馨。那酒进入肚子里暖烘烘、热乎乎的。酒过三巡,进入第二个程序。满桌人兴致勃勃地开怀畅饮。一个个嘴里说着甜言蜜语,推杯换盏,互相劝酒,开怀痛饮,气氛热烈且开始喧嚣起来。

我当然成了众矢之的,他们都巴不得尽早把我灌醉,编出各种各样的理由把一杯一杯的酒递到我面前。我虽然狂妄自大,但也明白好汉难敌众拳的道理,对所有的敬酒一律能推就推,不然就拉着牛大队长作陪。这让牛大队长十分委屈,可也无可奈何。

他只好皱着眉头，艰难地下咽。一杯一杯又一杯，随着酒精成分增加，胃里开始火烧火燎起来。这股感觉慢慢地升起，越来越强烈，并迅速地往上蹿，瞬时扩散到全身。顿时，全身到处赤红，皮肤下的毛细血管几乎就要迸出血来。好在我还是清醒的，知道这样下去终将一败涂地，便果断地捂住自己的酒杯，撕下伪装，大声说道："哎呀，高兴哪，痛快！这酒喝得真痛快！弟兄们的情谊深似海，叫我没……"我的思维竟然出现了空白，就此卡住了。"没"了半天也没有想出没什么来。

"没酒了再拿两瓶子，俺刑警队付得起酒钱。"委屈了半天，已经没有什么话的牛大队长突然冒出一句来。

"酒有的是，今天不醉不归。"

"喝呀，喝……"

其他刑警队员个个都与我不相上下。

"哦，不对，是没齿莫忘，没齿不忘。干脆点儿，今天高兴，划拳！"我豪情四溢，把右胳膊衣袖挽了挽，伸出了巴掌，"哪个上？我先走一圈。"

酒战被我迅速地推向了第三个阶段，气氛达到了登峰造极的地步。伴随着豪言壮语，呼五吆六，猜拳行令，斗酒进入白热化，餐馆内喧闹得房盖都几乎被掀翻了一样。这时的人已经几乎没有任何自制力。想说什么就说，想干什么就干。这时的我，头脑已经被酒精控制，晕晕乎乎的，根本不考虑任何问题，只有一息尚存的最后一丝微弱的清醒告诫自己，无论如何不能最先倒下，一定要把面前的对手全部干掉，恨不得一招致对手于死地。五个地方刑警对我一个铁路刑警，双方都同仇敌忾，直杀得乌烟瘴气，难解难分。酒战从中午直杀到下午三点过，我已经辨认不出桌上谁是谁了，也感觉到自己不行了。很明显，我们六人都在强撑着。拼了，躺下也得拉两个垫背的。

"不划拳了，拿碗来！"我吼了一声，拿过酒瓶子，往碗里倒了满满一碗酒，端了起来，朗声说道，"在座的弟兄们，是男人的就把碗端起来。不是……是、是女人的可以不、不端……你这个专门出卖兄弟的犹大，咱们带……带、带个……头儿。"

"当。"我将手里的酒碗和他面前的酒碗碰响。

牛大队长满头大汗，脸色青白得就像是一张纸。他用额头顶住桌沿，睡眼惺忪地嘟哝着什么。酒碗碰响，他竟毫不迟疑地抓起来，不知又嘟哝了一句什么，就"咕嘟咕嘟"地将酒喝干，将碗扔在桌上骨碌碌地滚了半圈。

这是一碗几乎三两的老白汾酒，我在之前已经喝下了一斤多，当这碗酒下肚时，那种晕眩、燥热以及浸透全身的不适感全都无影无踪了。顿时浑身轻如羽毛，飘飘然如神仙一般。就在这样的情况下，我也没有忘了其他四名刑警。我以得意的眼神斜睨着他们喝下碗中的酒，就想来上一句阿 Q 般的台词提提劲。哦，对了，是：我手持钢鞭将你打啊。我一抬手，这才感到胳膊竟有千斤重，哪里抬得起来。这紧要关头怎么能失了英雄气概呢，我正在使劲挣扎，非要完成这个英雄动作，就听到"哗啦"一声，头一直顶着桌沿的牛大出溜到桌子底下去了。再一看其他刑警，都歪倒着趴在桌子上、瘫在椅子上，个个都默默无语了。

喧嚣的场面顿时寂静下来，酒战到最后一个程序终于以我的胜利而结束。

倏忽间到来的胜利让我找到了顶天立地的感觉。我得意非凡，豪气冲天，拍桌子打巴掌地吼叫着："老板，给我过来。"

我声色俱厉地告诉战战兢兢的他，这些都是刑警队的哥们儿，给我照看好。

我抽出五四式手枪，取下手铐拍在桌子上："看到没有，老子们有这个，这是啥，认得不……你、你……叫个人去刑警队送信，就说我，我，我是铁路刑警、我是王大哥……听清楚没……"

然后我收好了手枪，把手铐别在屁股上，从桌子下边找出警帽扣在后脑勺上,十分满足、九分得意,飘飘然走到大街上。

一阵凉风扑面而来,我全身一机灵,不由得打了个趔趄,顿时脚下就像踩在棉花上一样没有了根。我嘟囔了一句:"这路面什么时候变得高低不平了呢?"就这样高一脚低一脚、云山雾罩地向前走去。

"哎呀,这儿什么时候出来了这么多的人呢?是不是地震了?遭了,地面在跳动……地震了,大家快趴下……"就觉得一阵天旋地转,胃里一阵痉挛,疼痛让我全身蜷缩成大虾状。接连几个趔趄,将我最后一丝努力耗尽,终于坚持不住,我攥紧腰间沉甸甸的五四式手枪,扑通倒在地上,肚里的积食和着酒精从喉管里喷涌而出,哇哇地呕吐起来。

代表人民警察光辉形象的警帽骨碌碌滚出老远……

第二天,我从医院里醒来后才知道,我离开餐馆后漫无目标地走到电影院前,在广场上手舞足蹈一番,最后终于不胜酒力,晕倒在广场上。那场地震当然是我幻想出来的。

几天后,我们完成任务回到处里,就被叫到冯处长办公室。

"冯处,我来了,有啥指示你就说。"我们在他面前从来都非常随便。见他的头埋在桌上的文件堆里,没有反应,我又很随便地再把原话重复了一遍。

"站好。"头也不抬的老处长发出的声音没有让我有所行动,我还是吊儿郎当的。

"立正!"这个一贯温文尔雅的老头儿突然爆发出惊天动地的吼声,惊得我一愣,头皮轰的一下炸了,立即以最标准的姿势立正。

冯处长把笔拍在桌子上,气冲冲地走出座位,来到我面前,铁青着面孔,围着我转了一圈,平时十分温和的眼睛血红,射出恶狠样的光:"你个小王八羔子,活腻歪了是不是?你爹还是老公安,咋就养出你这么个混账儿子!你他妈的竟敢带着枪醉倒在电影院这样人群密集的公共场所,你这不是把自己的命交给犯罪分子吗?犯罪分子抢枪杀害公安民警的事件还少吗……"

这顿骂,从下午两点半开始,直到下午五点,将我祖宗八代骂了个遍,直骂得昏天黑地,日月无光。我眼泪和着汗水长流,浑身湿漉漉的,感觉像到了世界末日一样,天崩地裂,所有赖以支撑的自尊、骄狂、轻浮、自大等瞬时如大厦倾塌,彻底崩溃,无地自容得真想找个地缝钻进去躲藏起来,从此与世隔绝。

直到快下班时,冯处长仍然没有缓和下来,还在义愤填膺。可我已经站得腰酸背痛,四肢酸软。

"你真让人失望。还读书,都读到牛腔里去了(这段时间,我在王景埔的指导下已经开始自修法律)。一个读书的人会这样滥酒?酒是你的亲娘老子,啊?你自己看看,还像个人……人民警察吗,啊?你能不能学点儿好的,啊?景埔这家伙也太不像话了,把你们都带成什么样了……不行,刑警队必须整顿。你给我老老实实地在会上作出检讨,深刻认识自己的错误。不然,还真不知道会弄出什么大事来。"

当我勉强支撑着走出处长办公室,正好与王景埔擦身而过。他已经走到我身后,突然把我叫住,惊讶地问怎么回事。

我就像见到救星一样哽咽着将冯处长的训诫添油加醋地讲了一遍。原以为他会给我一点儿安慰或打打气什么的,可没有想到,他听完后,用一种异样的眼神把我上下打量一番,只轻蔑地说了一句"软蛋"就晃荡着高大的身躯从我的泪眼婆娑中消失了。

在冯至善处长亲自主持的刑警队作风整顿会上,我认真作完检查后,冯处长特别强调:我们这支队伍是准军事化的纪律部队,酗酒肇事既破坏了队伍纪律又严重影响了队伍形象,而且随时可能发生极其严重的后果,必须坚决杜绝酗酒肇事行为。

"这种流氓习气的形成,领导自身影响是第一位的,必须根除。首先要从领导身上解决问题,上梁不正下梁歪……"

冯处长还是以平时那种随和的神态演讲着,从始至终也没有见他有什么火气,甚至就连该着重强调的地方也只是重复一下而已。我不知道在座的其他人是否领教过他发火,我可是才领教够了,那真是比狮子还要凶。

王景埔与冯处长并肩坐着。开始时一直是面无表情地抽着烟,间或还和冯处长对视着微笑一下。可到后来,他的脑袋就慢慢耷拉下去,满脸的络腮胡子显得更加黑了,脸色越来越难看。平时,我们都把王景埔大哥当成门神一样,有他在场,不论哪种人借个胆儿也不敢奓翅,哪怕台上领导讲得味同嚼蜡,都得规规矩矩、老老实实集中精力认真听,哪怕你装出认真的样子。可今天大家见景埔大哥的神态,个个都开了小差,暗自嘀咕着,一会儿两人会不会公开顶撞起来。我向小石偷偷递了个眼色,他也抿嘴微笑着会意地点点头。一直处处护着我的张志友悄悄拉了拉我的衣襟,让我规矩点儿,不要东张西望的。

终于轮到王景埔发言了:"昨天,处长找我谈了话,对我进行了批评教育,特别指出刑警队酗酒、屡次肇事的问题。我倒觉得,小南……哦,小王出的这个洋相不能全怪他,主要责任在我。我以党性保证,虚心接受,并在今后工作中加以注意。弟兄们……"

"革命队伍不是梁山好汉,不要称兄道弟的。"冯处长瞪了王景埔一眼。王景埔不好意思地笑了笑,接着说下去。

"大家都要给冯处长面子啊,都得规规矩矩的,不要喝了……"

"我是不许酗酒,没有说不许喝酒。"见王景埔这种小孩子一样的行为,冯处长也笑了。

整顿就这样收场?大家心里明镜一样,要王景埔不喝酒,除非太阳从西边出来。

于是，刑警队酒还是照喝，案子照办，破案率还是保持居高不下。

但这段时间，我一直在彷徨着。倒不是因为整顿的原因，而是因为冯处长在训我的时候那番话确实深深震动了我，冷静想起来，一个全副武装的人民警察醉倒在公共场所，无论政府形象还是个人影响，都堪称一塌糊涂。特别感到后怕的是自己携着一支五四式手枪，不要说被犯罪分子抢去，单丢失也是不可饶恕的重大事故。越深究越感到后怕，真不知道自己在走着怎样的一条路。不行，得赶紧刹车。可这是不是就意味着与景埔大哥分道扬镳呢？从我进入刑警队伍，他几乎手把手地教我一切刑侦技术，在王里堡站蹲坑那晚上的一番长谈，更是让我明白了怎样当一个优秀刑警并确定了努力方向（前面已作介绍，本文不再赘述）……我就一直这样掂量过来，权衡过去，始终解不开这个结。

这天晚上轮到我值夜班，我拿了本《法学基础》有一搭无一搭地翻着，但脑子里却满是问号，还在纠结着。冯至善处长走了进来。他晚饭后无事溜达，顺便来看看值班情况。

我将自己的顾虑谈了。冯处长很严肃地看了看我，沉吟了一下说："你应当读过哲学，哲学中有一道命题叫扬弃，是指对旧事物的既抛弃又保留、既克服又继承的关系。"

真是一语点醒梦中人，不待他继续往下说，我已经恍然大悟了。原来，我简单把人分成好与坏，肯定或者否定一切，不知不觉中犯了片面性和绝对化的形而上学的错误。

"景埔是我们队伍中一名非常优秀的人民警察，也可以说是我的爱将。我对他的喜爱超过对任何人。他的能力和水平都堪称一流，而且为人正派，没有私心杂念，这些都应该是值得你们学习的。我批评他是因为他确实存在着不足，特别是酗酒、纵容你们肇事，这会严重损害人民警察形象，任其发展，不仅对党和政府形象带来负面影响，对工作不利，甚至还会造成严重后果。"

很不幸，王景埔同志的命运被言中了。

1984年7月底，公安处从全局治安保卫工作的全盘考虑，决定撤销位于东陇海线上的虞城派出所，具体工作交由王景埔全权负责。他以对工作高度负责的精神迅速落实，很快做好了人员安置、物资及房产处理等工作。

那一天，记得是个星期三，我被叫到王景埔办公室里。

他身穿一件白色衬衣，露出肌肉发达的胳膊，正在伏案看文件。

"小南蛮，来，先坐下。我马上就好了。"

他大手扬了扬，让我在他办公桌对面的一张已经被人坐得光滑、稍有破损的藤椅上坐下来。

这是一张黑油漆面、赭色、比我们用的稍大的办公桌，油漆稍有破损，被擦得锃光瓦亮。桌面上还算比较整洁，左手边靠墙摆放着一排用木架夹住的公安业务类书籍，书籍前边摆放着几份待处理的文件。正前方有一个硕大的用树根雕成的烟灰缸，这在当时是让我们很诧异的东西。

"这是我自己做的，怎么样，还有点儿艺术细胞吧？"王景埔把笔扔在文件上抬起头来，伸个懒腰，扩扩胸，笑了笑。

他这一笑，平时的威严荡然无存，倒显得有些憨厚。我发现，他的络腮胡子有些长，好像几天没有刮，整个面部只剩下鼻子、眼睛、嘴了。

"有点儿忙。撤销一个所，看起来事情不大，人员安置、房产处置、工作移交，也挺麻烦的。"

他开始谈正事。

"是这样的，现在要去虞城把派出所的枪支押解回来，我原准备带你去。可现在又有一个新情况，昨天接到上海警备区保卫部电话……"

我们队里的小张喝醉酒跑到上海警备区门前，用枪顶住哨兵脑门把人家的枪缴了，还死不认错。

"这小子行，有点儿骨气，只是咋也不该跑到那些地方去找不自在呀。"他苦笑着说。

小张是我在刑警队最好的朋友，一同进入刑警队，同住一个单身宿舍。又因为他也爱好写点儿东西，因此，我们是真正的"臭味相投"。

"我本来是想带你一起去虞城，可想到你没有去过上海，再加上你与小张个人关系又很好，考虑还是你去上海把他接回来，顺便逛逛上海。我和那边已经基本谈好了。你觉得怎么样？"

对王景埔作出的任何决定，我们历来心悦诚服。

"你现在也算是个合格的刑警了，要明白，干咱们这一行都是把脑袋瓜子别在裤腰上的，在血与火里打滚，是真正的生死与共。保护自己的兄弟就是保护我们自己。不管采用什么办法，也要把小张接回来，即使要处理也得我们自己处理。"

那时的我们，真是到了无法无天的地步，只要不做杀人越货、欺压百姓（我所在的铁路公安处对这一点一直管得非常严，堪称群众路线的忠实实践者）的事，真有上九天揽月，下五洋捉鳖的气概，似乎没有不敢干的事。我把小张接出来后，一合计，两人不管不顾，跑到苏杭花天酒地一番游玩，直到囊空如洗时才想到该回程了。走到新乡车站换车时，我们两人翻遍了全身只凑齐三元二角七分钱，住旅店不够，吃饭也不行。好在乘火车是免费的。我们一合计，倾全部财力买了一瓶地瓜烧酒，余下的几角零钱买了包花生米。两人就在站前广场上找人要了两张报纸垫在地面上，大吃大喝一通，然后席地而卧，呼呼大睡。本来，找到任何地方铁路公安机关吃、住、行、借点儿钱都是是轻而易举的事，但那种玩世不恭心态驱使我们做出这种荒唐举动。到深夜，我陡然被身边的异常动静给惊醒了。赫然发现，我和小张已经分别被几个全副武装的民警控制住。我正要爬起来，两个民警扑上来分别按住我的左右肩膀,厉声喝叫我别动。我只好仰面朝天躺在地上,一动也不能动。这让我的自尊心受到严重伤害,可也没有任何办法。带队领导蹲下身来详细盘问一番,直到对我们的工作证、持枪证仔细审查后,他们才如释重负地松懈下来,这才让我们解脱了仰面朝天的尴尬。原来是我们携带的枪支引起了他们的警觉,这才闹了这么一出。

黎明时分,我们登上了开往太原的列车。这是我局管辖的列车,乘警当然是自己人,饿极了的我们直奔乘警而去。

"凤德,快快,饿死我们了。快点儿弄吃的,肚皮都贴到后背上去了。"

乘警组长(相当于现在的乘警长)王凤德是个个子中等、浑身上下透露着威严、行事严谨的中年人,眼光犀利而又充溢着善意。我们取其善而称呼他"德哥"。他正在人员拥挤不堪的车厢里巡视,见我们这副猴急相,只是勉强地咧嘴笑了笑,就带着我们去了餐车。

我们一边狼吞虎咽一边得意地讲述这一路上的事情,并被自己的情绪感染得兴奋异常。

"凤德大哥,你可是我们的救命恩人,要不然的话,饿死了连个烈士都评不上。"小张的油滑丝毫不比哪个差。

"烈士……啊,哦。"王凤德的脸色突然一变,比死了亲娘老子还难看。

"你怎么啦,德哥?"我随口问了一句,仍然低头大吃着,饿得几乎前胸贴着后背,似乎再多的食物也填不饱肚子。

"你……你们吃、吃……嗯、嗯……"凤德竟抽咽起来。

我们不约而同惊愕地停住筷子,望着他。就见他眼里滚动着泪珠,喉头随着抽咽滑动着,脸上的肌肉扭曲成十分难看的样子。

"遇到什么事了?给弟兄们说说。我们肯定会帮你的。"

哗地一下,王凤德以笑意著称的眼睛里瞬时涌出滚滚泪珠来，顺着那饱经风霜的脸庞一串串地往下滴落。

"酒哥，他……他殁了……"

就如晴天霹雳一样，我们脑袋里轰地一下爆炸，炸得脑袋瓜子嗡嗡尖叫，直炸得目瞪口呆，手里的筷子叮当一声跌落在桌面、地上。

愣怔了半晌，我们似乎才转过神来。

"凤德大哥，你说什么？"

"怎么回事，怎么回事？"

我们几乎是吼叫着审问犯罪嫌疑人一样声色俱厉地质问德哥。

"他……他被……被……哇……"德哥终于抑制不住，失声痛哭起来。

天塌了、地陷了，世界末日来临了，赖以支撑的大厦崩塌了，天天一起血与火里滚爬的最亲密的战友、师长撒手人寰了……消息一旦被证实，我们悲痛欲绝，稀里哗啦地掀掉了杯盘碗盏，捶胸顿足、抱头痛哭起来……

原来，王景埔带着小石、陈革军押送三支五四式手枪、六百余发子弹返回途中，住宿在商丘铁路招待所，一如既往地喝得天昏地暗。酒后无德，三个醉鬼出言不逊，互相攻击，继而发展到恶语相向。

王景埔平生一贯我行我素，酒后自制力下降，变得口无遮拦。他指着陈革军的鼻子数落其斑斑劣迹，说到气愤之处，把桌子拍得山响："你他妈真不是个东西，白披了张人皮，把我们警察的脸都丢尽了……"

陈革军就是我刚到刑警队报到时，在王景埔办公室碰到的那个因为严重违纪被王景埔骂得狗血淋头的民警。他本是一个心胸狭隘、目空一切、自以为是的公子哥儿，对王景埔高居于自己之上一直嫉恨。他被王景埔逐出刑警队，这更加剧了两人之间的对立。可恨的是他一直放纵这种不良情绪，任其恶性膨胀，发展为仇视一切（这些均是从其日记里发现的）。

陈革军长期积聚的压力借着酒劲，终于如火山样爆发出来。他高高举起手掌，就要拍向桌面……

"你他妈的要干什么，嗯？"王景埔将手里的酒杯啪地摔在地上，腾地站立起来，双手叉腰，咬牙切齿地逼视着陈革军，"你还要给我'爹翅'？我扒你一层皮！"

陈革军理不直气不壮，面对大山一样的王景埔，不得不慢慢垂下了手。

"陈革军，你给我听着。只要我在，就不允许你败坏警察的名誉。"这是王景埔留下的最后一句话。小石给我讲述完这句话后，失声痛哭。

陈革军当时嘟哝了一句什么，忙于劝解的小石没有听清，过后回想起来，似乎应该是"还不知道哪个收拾哪个"。

这次冲突就像一剂催化剂，激起了他铤而走险、杀人抢枪、报复社会的念头，彻底堕落为与社会为敌的犯罪分子！

酒醉后的王景埔鼾声如雷，独自住在外间，沉入梦乡。这是他多年来养成的习惯，以便遇到危险时能够第一个冲上去。夜深人静，陈革军提着枪从里间溜出来，对着王景埔同志头部连开三枪，然后迅疾调转枪口向里间的小石射击。好在小石反应机警，几乎在枪响同时一个鲤鱼打挺跃下床。陈革军的子弹啪啪地打在他睡过的枕头上。科班出身，经过正规培训的小石身手敏捷，落地的同时即出枪开火，英勇阻击。双方对射过程中，陈革军疯狂地叫嚷着，只要小石把枪交给他，就放小石走。小石没有作任何回答，只是适时地向陈革军隐身处扣动扳机。双方对射一阵后，就听陈革军狼嗥般大叫一声，砰一声枪响，外间传来一声沉重的东西倒下的声音，一切随之静寂下来。小石等了一阵见没有任何动静，悄悄伸出头去一看，原来陈革军已经饮弹自杀……

王景埔壮烈牺牲，对我的震动之大，达到了空前绝后的地步。我不吃不喝蒙头大睡了三天,眼前老是浮现着他的音容笑貌,从警以来的一幕幕像电影似的在眼前掠过:尊敬的师长、公安战线上杰出的英雄——王景埔生前教给我太多太多的东西了。第一次见面,他给董总编那个标准的敬礼是那么英俊潇洒。他让我第一次看到了真正的人民警察,那一瞬间的印象直接决定了我在人民警察队伍里追求的目标。他把我放到基层锻炼,使我对公安工作的认识从源头开始,从此走上了一条正确的从警之路。他传授给我各项刑事侦查技战术,教导我怎样当一个真正的警察,并且引导我钻研法律法规,为我在从警之路上走得更远打下了良好的基础。他在从警过程中表现出的爱岗敬业、清正廉洁的作风,更是实实在在地影响了我一生。

冯至善处长住院一个多月,出院那天,我们惊奇地发现,他原先花白的头发变成了满头银丝,整个人老态龙钟,步履蹒跚。

他与我们每个刑警队员都进行了一番长谈。话题当然离不开酒。

"这件事情你怎么看,这段时间还喝酒吗?"

我无言以对。这段时间里,我们全体刑警队员不仅没有任何人碰一下酒,而且想都没有想过。他也不等我回答,自顾自地说下去:"景埔已经走了,这笔账只能算在陈革军及其他一切犯罪分子身上。酒只是引发这场悲剧的媒介而已。中国古典哲学强调'满而溢'、'盈而亏',是指凡事不可过度。适当饮酒舒筋活血有益健康,且能怡情、助兴,可一旦变成酗酒,嗯……是不是可以认为……"

他探究地看着我,没有再往下说。

景埔大哥离我们而去,这是我们无论如何都不能接受的事实。这期间,闻此噩耗,一直令人战战兢兢的翟科长一下瘫在地上,从此再也没能站立起来;病入膏肓的董老闭上了那双睿智的眼睛,撒手人寰……

整个公安处一片死气沉沉,一贯生龙活虎的刑警队更是冷冰冰的铁板一块,笼罩着黑云压城城欲摧的气氛,这种气氛已经达到了饱和的临界点,哪怕稍微有一点儿火星就会爆炸。全体刑警队员个个都是紧咬后槽牙,一副凶狠相,拼命工作,拼命侦查破案。效率没有降低,但体罚、虐待违法犯罪嫌疑人的现象明显增多。

我们除了憎恨陈革军之流外,更是将一腔怨恨都发泄在酒上。酒害人,而且是害人不浅。

"今后,你们少喝点儿酒,行不行?"冯处长殷切地看着我,眼神里充满期盼。

"没有景埔大哥,这酒喝着还有什么味道!"我心里这样想着,但嘴里说出来的却是:"从今以后,我再喝酒就不是酒哥的兄弟!"

柑橘红了

老曹走了，走完了他平静的一生。他是病逝的。他静静地躺在冰棺里，家属给他穿上一套崭新的警服，这使遗体看上去精神不少。他的一生都献给了公安事业，但一直默默无闻，甚至都没有上过一次报纸。除了县局简报上有过他的名字外，直到病逝，他好像还数不出有哪一件称得上惊天动地的事迹来。

他的葬礼很简单。那天，天气阴沉还有点儿小雨，更给葬礼增添了沉痛气氛。家人和五大三粗、红脸膛的张扁子披麻戴孝，忙里忙外地张罗，民间吹鼓手呜哩哇啦地吹打出令人揪心的曲子，四方来的亲属哭哭啼啼一番，燃几炷香，烧些纸钱，与平民百姓的葬礼没有两样。参加悼念的人成分复杂，可以说是三教九流，从贩夫走卒到政府官员都有。镇政府和公安局的领导前来致了辞，对老曹的一生作出了很高的评价。镇居委会和相关企事业单位、个体老板、普通居民甚至聋哑学校师生都来了，向这位老人民警察致以沉痛的哀悼。葬礼上最大的亮点是镇上聋哑学校的二十余名学生。这些丧失了语言功能的孩子们在老师带领下整齐划一地列队向老曹的遗体鞠完躬，便再不听老师劝阻，纷纷泪流满面,扑到棺材上对着老曹的遗体比画着人们看不懂的手语,扯开喉咙伤心痛哭,哇哇吧吧的一片。那情景真令人嘘唏不已。

我是在江津区公安局白沙派出所挂职锻炼期间认识老曹的。

1990年,我从市局法制处下派到江津白沙派出所挂职锻炼任副所长。早上八点整,所里例行点名,老所长黄镜明将我正式介绍给所里全体民警见面,唯独缺了他一个人。

"这个没有来的民警叫曹泽辉,是我们所里最老资格的民警。他每天早上天刚亮就要去检查联防队的几个点,天天如此。"黄镜明所长还有两年就到退休年龄了,这老曹难道比所长资格还老吗?

点名会结束,在黄所长主持下,我与指导员、副所长交换情况,调整分管工作,确定我分管治安。

"我们这儿是原来江津县政府所在地,号称小香港,既是方圆几百里内最大的城镇,又与贵州、四川交界,外地违法犯罪人员侵入作案情况比较突出。你的担子重哦。"

大家都这样说。

"是不是找个人带我先熟悉一下这个镇的情况?我是第一次来白沙,连这个镇是个什么样的都不知道。"

"我们都安排了。等老曹回来,他会带你去。"

派出所很忙,我们散会后,大家都分头去干各自的事去了。我走回分配给我的办公室,开始了上任后第一天的工作。

一切都很新鲜。这儿远离都市的喧嚣,空气清新,阳光明媚,令人精神焕发。树枝上的蝉鸣清新悦耳。我伸伸胳膊、扩扩胸,便开始收拾办公桌。

"小伙儿,你是市局新来的王所长吧?我来……"

我扭头一看,进门处站着一个清瘦的老大爷。他背有些驼,面上青筋突出,不大的眼睛鼓鼓的,脖子干瘦,脏污的衬衣上还沾着泥土、草屑。裤腿上尽是泥水,一只裤腿卷得高过膝盖,另一只卷在小腿肚上。足下蹬着一双塑料凉鞋,也沾满了泥浆,一只手提着一个老旧且破烂的黑色人造革提包,另一只手里拿着一顶大草帽呼扇着,不时撩起衣襟擦着满脑门的汗水。

我赶快停下了手里的事,热情接待:"老大爷,是不是来报案的?你到值班室,那里有值班民警接待你。"

"我,我……我是……"

我笑了笑:"放心吧,我们会认真处理所有的事情的,不一定非要找所领导。来,我带你去。"

我极为热情地带着这个老大爷走向值班室。

值班民警是所里的户籍内勤,一个爱说爱笑的女同志。听完我的介绍后,她竟捧着肚子哈哈大笑起来。

原来,"老大爷"就是曹泽辉同志。他在重庆尚未解放时就参加革命工作,一直兢兢业业,任劳任怨,派出所里历届先进个人几乎非他莫属。他的资格是真老,白沙男女老少见了他几乎都是用同一个称呼:老辈子。他真是一个活地图。在他的带领下,我很快就把白沙的大街小巷熟悉得差不多了。

记得是我上任后的第三天,我在值班室向正在值班的民警杨勋贵了解情况。他是从河南某空军部队营职转业回来后进入公安机关的,一直保持着军人作风,不论是工作作风还是业务能力均属上乘。他是特种行业优秀专管民警,工作范围正归我管辖。所以,一到所里,我就和他交上了朋友。

杨勋贵十分内秀,工作思路清晰,将整个白沙镇的社情、民情理得清清楚楚,还提了很多建议。他告诉我,真正最紧张的时候是护果。白沙大大小小十多个果园,全部是优良柑橘。再过一两个月成熟下果的时候,四面八方、南来北往的客商会成帮成伙地赶来购买。大量的钱往这儿流,就会吸引周边邻近场镇的违法犯罪人员就像马蜂一样拥过来,治安压力特别大。

"那时候,我们每一个民警连脚指头都是抓紧了的。不过,你也别紧张,只要把老曹抓到手,一般不会出大问题。这老头别看不起眼,在白沙,威望绝对超过任何领导,没有哪个不听他的,没有哪个事情他处理不下来的。这样,你的工作就……"

从外边风风火火地冲进来一个妇女,慌慌张张地说她家和邻居因为口角打起来了:"快点儿,快点儿,你们赶快去人嘛。如果真打起来了,哪个收场?"那妇女带着哭腔,急得直拍打膝盖。

"王所长,你帮我照看一下,我去处理。程二这个屁娃娃又犟起来了。"杨勋贵简单问过情况后就要起身。

"那不行,你值班不能离开,还是我去吧。"我现在是派出所副所长了,遇到事情自己总得带头,哪能因为情况不熟悉就推给民警呢。

我随那个妇女到达位于谨缄街的现场,两家的男主人已经打得河翻水乱的了。老远就听见雄浑有力的叫骂声。两个粗壮的汉子扒掉上衣,就像两只好斗的公鸡一样,脸红脖子粗地一边高声大嗓地吼叫,一边用古铜色皮肤、肌肉发达的肩膀撞击着对方。两人势均力敌,互不相让。旁边围着的亲属、邻居都不敢靠前拉架,只能喊叫着劝解。

"别吵了,我是派出所的!"我一边高声喊着,一边快步跑到跟前,想插进两人中间,把双方分开。

那两人只是愣了一下,根本就没有理睬我,仍然继续着叫骂、冲撞。倒是旁边的亲属邻居们停止了劝解,齐刷刷地把眼光盯住我。

"都给我住手!"我一边厉声喝令他们马上停止,一边将两人推开。推开这个那个又扑上来,挡住那个这个又往上冲,倒是把我推得一个趔趄,差点儿栽倒。

我的举动倒把亲属、邻居们激怒了,纷纷向我围过来,指责我,质问我是哪儿的,来这儿多管闲事。

"派出所我哪个不认识?"

"啥子派出所的哟，没有见过你。你莫在这里装蒜，当心把你弄到老辈子那儿去。"

这些人把两个怒气冲天的汉子放在一边，围着我叽叽喳喳地指责，倒把我弄得哭笑不得。

我正丈二金刚摸不着头脑，人们却突然停止了对我的指责，那两个斗鸡一样的汉子也自动停止了。原来是老曹来了。

他是急匆匆地一路小跑着，从坡底上来的，脑门挂满晶亮的汗珠，气喘吁吁的。

"散开，散开。这是王所长，我们新来的所长。你们干啥子！"

"王所长，你没有啥事吧？他们没有把你怎么样吧？"老曹关切地询问我。得到我肯定的回答后，老曹咧着嘴唇，把这些人一个个拨拉到一边，径直走向那两个汉子。

"老辈子！"

"老辈子来啦。"

这两个刚才还打得"雷翻阵仗"的汉子就像温驯的绵羊一样彻底地偃旗息鼓了。

"小伙儿，说说吧，怎么回事？"老曹手里的草帽呼扇着，一副胸有成竹的样子。整个现场安静下来。

原来是两家孩子发生口角引起两个大人发生冲突，互相辱骂，继而发生扭打。

"又是你程二先起事的吧？说你多少次了还不改。"老曹似乎只有一层皮包着的脸上，那对不大的眼球鼓鼓的，几乎要凸出眼眶来，用手里的草帽指点着那个叫程二的，数落着他："你信不信我叫扁子天天跟着你，监督你改。我叫你不老实！"

"老辈子，我错了，我认错。"程二慌忙认错。

"你别给我认错，又不是跟我吵架。向他认错。你……也不要得理不让人。你也不是个好东西，也得道歉。你两个抽空到学校去帮我看看娃。记到哈。"

两个汉子乖乖地握手言和。

一场纠纷就这样了结了。原来，值班的杨勋贵担心我人生地不熟的，怕我处理不来，就叫人去找到了老曹。老曹一听，忙不迭地就跑来了。

"白沙的人彪，哪个都不是善茬子，还特别欺生。不怕你是市局来的，还真不听你的。搞不好，你还要吃亏。"

转眼间，金色的秋天来到了。白沙漫山遍野的柑橘红了，红得那么艳，那么撞人眼帘。一个个小红灯笼般的柑橘就像漫天的红宝石镶嵌在绿翡翠般的丛林里，坠得枝条弯下了腰，压得树冠垂下了头，撑破了柑橘园青翠的绿，刺穿了天空广袤的蓝。

柑橘大丰收，果农们忙得昏天黑地，派出所里也是昏天黑地。铺天盖地的柑橘下树，果农们喜上眉梢，笑在脸上，甜在心头；但随之偷盗、哄抢甚至抢劫、诈骗、敲诈勒索以及扯皮、买卖纠纷等时有发生，又让他们忧心忡忡。柑橘是镇里的主要支柱产业，丰产能不能丰收，就全在派出所护果了。全镇上万亩柑橘园，连我算上才九个民警，哪里应付得过来。所以，每年这时，就像投入一场战役一样紧张。

这年的护果任务理所当然地落在了我的身上。确切地说，是我这个刚刚挂职的副所长带着老曹这一个民警担任全镇的护果任务。

"王所长，有老曹在，你就放心吧。"黄所长就给了这样一句话。

镇里的护果办公室就设在老曹的办公室里，每天人来人往，川流不息，来的基本都是果农们，都要随手扔出几十个或一篓或一袋或一篮红彤彤的柑橘，咯噔噔地打翻墨水瓶，掀乱纸张。

"这，这，这闹些什么……"他鼓着眼睛，眼角血丝清晰可见，眼歪嘴斜愤愤地叫着，手忙脚乱地收拾好，装进桌旁立着的一个大麻袋里，然后再谈护果的事。

也有果场的领导让手下从车上卸下整麻袋的柑橘扛进办公室。

到下班的时候，就会来一个膀大腰圆、红脸膛的小伙子"嘿"的一声将这个麻袋扛上，走了。

我去过老曹的家，这是派出所集资建起来的宿舍，只有六十余平方米，老曹和老伴、三个儿子挤住在一起。显然物质条件很差，说家徒四壁也不为过，电视机还是十七英寸的黑白电视。只是墙壁上挂满了各色奖状，从最早期已经变成黑黄色的纸质到后来镶镜框的，挂满了整整一面墙。

老曹怎么看都是一个极为普通的乡镇老大爷。头发花白，腮帮凹陷，背有些躬，瘦得只剩一层皮。除了鼓鼓的小眼睛有神采外，其他看不出有什么活力。即将退休的人，仍然是一个普通的民警，行政职务科员，只有警衔是江津当时少有的一级警督。尽管我已经领教了老曹在人民群众中的威望，但真正承担起这么重大的任务，确保不出问题还是有些忐忑不安。

护果工作分成三块，大大小小十几个果园里采摘时防盗窃、哄抢，陆路和水路运输时防抢劫、敲诈勒索，再就是交易买卖防诈骗。所里一共十几名联防队员，老曹留下两名作为机动人员，其余的每个点分配一名负责日常的防范。他平常则随着我（其实是我跟着他）到处巡查。

丰收的柑橘把大街小巷都染红了，街边堆着、车上拉着、船上运着、仓库货栈里码着、箩筐里盛着、集市上交易着的都是柑橘。柑橘的丰收给镇里灌注了蜜一样的气息，人们手里拿着、嘴里嚼着的都是色彩艳丽、滋味清香、口感舒适的柑橘。娃娃们脸上粘着橘肉，脸嘴红彤彤的，手提橘子皮做成的橘灯在大街小巷里疯跑；姑娘媳妇们嘴唇被橘汁染得红艳艳的，话语、笑声里都充溢着柑橘的蜜甜、清香。

白沙镇赶场那天，麻石铺就的街面上被红彤彤的柑橘和熙熙攘攘的人流占满了，我和老曹只好在缝隙里挤挤挨挨、慢慢腾腾地往前挪动，拼命地往码头边挤。码头历来是容易生事的地方，所以也是我们巡查的重点。

老曹穿着便服，拎着一个黑色的人造革的小提包。这提包的样式大约与时代落伍至少二十年吧。拉链用缝衣针缝补过多次，白色铝质链齿只剩三五十个还在支棱着，但也基本丧失了闭合功能。他头上扣着顶大草帽，两只裤脚卷到了小腿上，怎么看都像下田的老农似的。不知道的人很难把他和人民警察联系起来。

走不上几步老曹就会被人拉住，先是叫一声老辈子，接着就开始说三道四，其内容上至天文地理下至三皇五帝，大到社会治安、儿孙教育，小到邻里纠纷、针头线脑甚至偏方草药，几乎无所不包。末了那些人总要塞给他一袋或一篮或一包柑橘，还有五花八门的山果、梨、枣、花生。老曹总是咧着嘴笑笑，毫不客气地照单全收。

遇到豪爽的男人就一定要拉他去喝两杯，每次总是拉拉扯扯一阵后，他才不得不抬出我这张招牌："莫闹，莫闹这些。这是我们新来的王所长，人家是从重庆市局来的。我们有事，耽误不得。"这才脱开身。

就这样，还未走出多远，他提包胀鼓了，草帽盛满了，肩上挎着，手上拎着，几包几袋几篮的。

老曹狼狈地拎着这些东西，尴尬不已地说道："他们就是这样，没办法。你等一下，我先放起来。"

他来到路边一家卖日用百货的门市上，对着那胖乎乎的老板说道："给我放好。哎，你的呢？拿点儿来！"老曹竟然开口向人家索要。

"你的福气好哦，老辈子，这不。"那老板一探身，从柜台下提出一篮柑橘，和老曹送来的堆码在一旁。

"是我给送去还是叫他们来拿？"老板显得十分热心。

"你找人带个信，不然就叫扁子给他们送去。"

护果期间，我目睹老曹收了老百姓不少土特产，加起来数量不菲。我还发现，所有的人，不论男女老少，少有不以老辈子称呼他的。起初我觉得他缺少人民警察叱咤风云的雄浑劲，而且特别爱收老百姓的东西，甚至还向人家索要，这让我心里不免有些不甚了然了。

这一路走得慢腾腾的，老曹不时地就得去找个门市或小摊放下收来的东西。就这样磨磨蹭蹭地走了个好几个小时，好不容易才走出街道，来到了临长江的街口。

这条街靠江一面全是一色的竹木穿斗结构的木板房屋和吊脚楼，沿江边参差不齐地斜立着支撑吊脚楼的猩红色杉木柱。江水就在这些杉木柱旁边"哗啦啦"地飞溅着。一溜青石精心雕刻成非常工整的台阶，从街口一直伸展到江边，没入到江里，让江水尽情地冲刷。滔滔江水"唰唰"地冲过来，又"哗啦啦"地倒卷回去，溅起浪花如雪。

从街口高高地望下去，码头上等待装船的柑橘井然有序，堆积如山。搬运工人你来我往，干得热火朝天。在浪花边的沙滩上，伫立着一大群各色人等，正在进行柑橘交易。人们互相讨价还价、过秤、挑肥拣瘦，脸红脖子粗地争论夹杂着嬉笑怒骂，闹哄哄的一片。

"这市场兴旺倒是兴旺，就是不好管，经常出问题。咱们下去看看！"老曹打量着市场，领着我沿台阶走下去。

"王所长，快，有事了。"走着瞧着，老曹突然凭空冒出一句话。他一把拉住一个路人吩咐他赶快去派出所叫两个人来。那人答应一声"放心嘛，老辈子"，就飞快地跑去了。

这时的老曹精神一振，顿时就像变了一个人似的，拔腿狂奔。他"蹬蹬蹬"地在石阶梯上猛跑。宽大的草帽被风吹掉，只剩帽绳套在他干瘦的脖颈上，在他身后拼命地飘荡。

市场还是照旧,看不出有任何异样,我愣了愣,但也只好莫明其妙地跟着往下奔去。

老曹在前边跑,我在后边却怎么也跟不上。

只见老曹边跑边喊:"风漫,你给老子站住,你个狗日的,又要惹事呀?"

"扁子,把风漫给我逮到,莫让他个狗日的跑了。"老曹脚底生风,就像踏着风火轮一样,几蹦几跳地就窜下了石梯,直冲市场而去。

这石梯上的老曹一跑一喊,原来平静无事的市场一下就变了样,人们呼地向一个方向涌去,顿时就在那儿拥成了一团。

我跟斗扑爬地跟在老曹身后跑到跟前,钻进了人们包围着的圈子才看见,一个五大三粗、面容凶悍的家伙,持一把自制匕首,和人们对峙着。身边还有两个獐头鼠目、斜眉吊眼的家伙,显然是帮凶。

和这三个家伙对峙的是以一个红脸汉子为首的一大帮人。他们手里握着扁担、棍棒,将这三个家伙团团围在中间。我一下就认出来了,这个红脸汉子正是经常来老曹办公室里扛走柑橘的壮年汉子。

那个红脸汉子四方大脸,体格健壮,剽悍。他就是被老曹叫作张扁子的人。"扁子"是当地人对水獭的称呼,因为这个张扁子是以用水獭捕鱼为业,加之他本人水性特别好,长期在长江里钻上钻下,所以人们送了这个外号。

"风漫,你个狗日的,要干啥子?"老曹突然迸发出一种雄浑劲,黑着脸,瞪着眼睛,大吼一声,蹬蹬蹬几步冲到了跟前,插进了与风漫对峙的客商中间。

风漫的匕首闪着寒光。我担心老曹出意外,就要冲到前面去,却被老曹一把掀到身后。他自己不慌不忙地走到风漫跟前,一脸的嘲讽:"你还出息了?敢跟大伙儿动刀子。把刀子扔了,老老实实地去蹲几天!"

我有些紧张地注视着现场情况,手伸向腰间触摸枪柄,准备风漫一有动作就拔枪。

大约是刚才剧烈奔跑的缘故,老曹突然剧烈地咳起来,直咳得脸色紫涨,躬腰驼背,上气不接下气的,刚迸发出来的雄浑劲瞬间即逝。好一阵才咳完,他仍然呼哧呼哧地喘着大气,摘下草帽扇风,撩起衣襟擦汗。

他这一撩衣襟,古铜色的胸腹暴露无遗,看着真令人不忍。那是一具瘦削得难以想象的躯体,没有任何脂肪,似乎只有一层皮裹在骨架上,一根根肋骨支棱八翘地顶着古铜色的皮肤,清晰可见,与饿殍几无二至。

"你们……你们,两个崽子,想溜呀,都给我站……站到,到所里去。"老曹的草帽一指,那两个帮凶就乖乖地站住了。

狰狞、凶悍的风漫面对老曹,马上就收敛了那种凶狠劲。他慢慢地软了下来,嘴角一个劲儿地颤抖,似乎想说什么。少顷,他颓丧地一跺脚,将刀子狠狠地砸在沙滩上,口里骂骂咧咧地说道:"老子今天真他妈的背,又撞到你这个死老头。"然后,他自动地伸出双手,让老曹慢腾腾地从那破人造革包里掏出一副老掉牙的铜手铐铐上。

事后才知道,这个风漫带着两个小地痞瞄上了一名外地客商,正要实施敲诈,不料就栽在老曹手里了。

护果工作就这样顺利地进行,从始至终没有出现大的问题,偶尔有点儿小摩擦都得到了及时的调解。我这才明白老所长为什么那么放心,让我只带着老曹来完成这么艰巨的任务。我这才领略了老曹的威望——他只要振臂一呼,立马能够汇集起千军万马。

这是浸淫在柑橘清香里的一个多月,成熟的柑橘散发出那种特有的味道,甜甜的,爽爽的,刺激着人的味蕾,引人馋涎欲滴。这种味道飘散在空中，笼罩着山间、田园、街巷，把整个小镇都拥入了它的怀抱。

一个多月时间里，我和老曹顶着果香味四处奔走、巡查。护果工作终于接近尾声了，大批的柑橘下了树，进了仓库，上了车船，分别去了四面八方，北到黑龙江，南到海南岛，东到福建、广东，西到新疆、西藏。大笔的现金源源不断地回笼，果农笑了，财税部门乐了，工商部门松口气了。我发现，老曹又瘦下去了，体力也明显不如以前了。

这天下午，我们巡查到农场，钻进了浓密幽静的柑橘林里。枝上悬挂着的柑橘是那么红，红得刺人眼帘。柑橘林里的味道是那么香，香得沁人心脾。采摘工人的欢声笑语是那么畅快，畅快得叫人浑身舒畅到了极点。

在林子里我又见到了张扁子。他并不是联防队员，但每天都见他和采摘、护果的队伍在一起。

"你怎么又来啦？"我问。

"老辈子交代的，下果这段时间，所有的事情都要放下，跟着你们走。"

"不打鱼挣钱？"

他只是腼腆地笑了笑，就钻到林子里边去了。

老曹从果林深处钻出来，背了个背篼，突然"请示"说："王所长，我今天早点儿下班啊！"他想了想，又补充道："我得背点柑儿去看娃们。"老曹总是把柑橘叫作"柑儿"。

"老辈子，我们喊个人帮你背过去，那不也是我们的娃吗？"场长快人快语。

"我不去怎么行？"老曹瞪了他一眼，叫上扁子，头也不回地钻进林子里去了。

因为连日来我们护果成绩不错，场长显然对我这个副所长有了点儿好感，拉着我边巡查边聊起来。

柑橘树丛遮天蔽日的,深秋的阳光很少能够透进来。一簇簇的柑橘红灯笼似的压弯了枝头,不时敲打着我的脑袋。

"这个老头,真是个共产党员。"场长感叹着,接着又对我谈起了张扁子。

张扁子从小父母双亡,无人管束的他混迹于社会,成了一个名副其实的问题少年,打架斗殴、偷鸡摸狗什么都干过。老曹多年坚持帮教,从不间断。一天,张扁子突然发起高烧,人事不省,家中又无人照顾,是老曹得知后,将他送到了医院。他和曹婶在医院里守了三天三夜,才使他脱离了死神魔掌。出院那天,他在医院大门外当着众人的面跪在地上,恭恭敬敬地磕了三个响头,带着额头的鲜血赌咒发誓:从今以后听老辈子的话,走正道,好好做人!从此,只要老辈子发话,他上刀山下火海绝不会皱一下眉头。老辈子这个称呼就这样不胫而走,叫遍了全镇。

"老辈子这一辈子净做些我们做不到的事,没有哪个不佩服他。"

"可是,老曹他……他,拿你们这么多柑橘给钱没有?"我一直有这个疑问,这时忍不住提了出来。

本来健谈的场长一愣怔,突然脸色变得十分难看,胸脯剧烈地起伏着,脸色一下子变得铁青:"王所长,我敬重你是市里来的,可你也别小看我们白沙人。我们就这么差劲儿?哼!"

他愤愤地说完,气冲冲地甩下我就走。走出几步,他又站住转向我愤愤地说道:"你晓不晓得老曹这个人?真是!"这才一扭头,丢下我,摔打着挡路的树枝,在林子深处消失了。

"坐下歇会儿。"不知何时,老曹来到了我身边。

他一屁股坐在地上,手里拿着红药水、创可贴、十滴水,还有纱布、药棉之类的,笨拙地往那个破旧的人造革包里塞,口里嘟囔着:"又快用完了,明天还得去添点儿……"

我注意到,那是一双什么样的手啊!

整个手掌布满了老茧，手背黑漆漆的，只有手掌面颜色略浅些。特别是那十个手指，除了两个大拇指外，其余的都非常僵硬地弯曲着，几乎没有一个能够伸直。很明显，这双手与他的工作和身份是截然不相符的，这只能是长期从事强体力劳动的结果。

"发什么呆，过来呀。"老曹向我招了招手，让我坐在他身边，拿起大草帽呼呼地给我扇风。

"小伙……哦，王所长，你们市局下来的能够干到这样，不错！有体会了吧？"他难得地笑了笑。

"你晓得么，重庆还没有解放，我就参加了革命，后来成立派出所镇压反革命我就当了警察。现在的好多领导都比我工作晚得多，我就是缺文化呀。这几十年下来体会可真不少。"

"哦？"

我们就这样聊了起来，话题渐渐深入下去。当谈到所得和所失、社会和人们的理解时，他石破天惊地一语中的："好警察就是把老百姓当自己的亲爹妈，就看你敢不敢认他们！你敢认老百姓为爹妈，就得少考虑自己，就要多付出，而且还得不怕别人误解。现在各行各业都在哭爷爷、叫奶奶地求别人理解。需要这样吗？踏踏实实地干，为老百姓做好自己的事，把老百姓当成自己的亲爹妈，把心思用在怎么去孝敬他们就行了。做点儿事情生怕别人不知道，那肯定不是诚心的。"

"真的，警察就是这样当。你就信我的，没有错。"他很平静地这样说。

这一瞬间，他干瘦的身板是那么魁伟，他枯瘦的四肢是那么健硕。他蜷曲的手指一下一下地轻敲着那个黑色提包（在两年的挂职中，我从未见他离开过这个黑色的人造革提包），发出的声音似乎可以与柴可夫斯基的英雄交响曲相媲美。

这次谈话对我的震动之大，真是直刺灵魂深处。这些话一直伴随着我的从警之路。从此，我无论做了任何于工作、于社会、于人民群众有益的事，都不再只谈自己的成绩，而是随时随地反省自己的不足。这大概就是自我道德完善的最高境界吧。

护果任务终于胜利结束，我和老曹都好好地休息了一天。第二天刚上班，老曹就把我叫住了。我诧异地发现，老曹难得地穿上了一身整齐的警服，并端端正正戴上了警帽。不知是不是警服的衬托，他好像腰板挺直了，步履有力了，整个人一下子就变得精精神神的。

"你不是要去看我那些娃吗，今天天气不错，怎么样？"他又补充了一句，"几天不见，娃们想我了，我也怪想他们的。"

"老辈子，"我也不由自主地这样称呼起他来，"那还用说，我当然应该去。走！"

在派出所门口，张扁子背着一背篼柑橘已经在等着我们了。我们一行向白沙背街的高坡上走去。一路上，老曹兴致特别好，谈笑风生。话题都集中在那些我未见过的娃们身上。

我们爬坡上坎，转了几个弯，来到了一处古旧的院落。这显然是过去有钱人家的公馆，石条镶嵌的门柱上挂着一块木牌，上面写着"江津市聋哑学校"几个字。

我这才知道，镇上原来还有个专门收养聋哑孤儿的学校，收养了几十名聋哑儿童。

院里安静得只能听得见树叶沙沙的声音。教室迎门处，一个年轻的女教师正在黑板上写字。她不经意一扭头，见到了我们，马上就停止了书写，转向教室里舞动双手，做了几个手势。

突然间，静寂被打破了，教室里爆发出孩子们巨大的欢呼声，随着"咣咣当当"的响声，从教室两边门里争先恐后地蜂拥而出一大群孩子。他们一个个小脸蛋就像红彤彤的柑橘一样，红扑扑的，兴奋异常，似乎终于见到了渴望已久的亲人一般，激动得不能自制。"啊啊吧吧"地欢叫着，争先恐后、手舞足蹈地奔来，"呼啦啦"地将老曹紧紧围在中间，纷纷去抓扯他的衣襟、裤子，背上、身上。

"啊啊吧吧，啊啊吧吧，噢噢噢……"孩子们的欢叫声清脆悦耳，响成了一片。

我和张扁子被晾在了一边。目睹这场景，一股强烈的感动直涌胸膛，我不由得喉头发紧，鼻子发酸，眼眶湿润了……

"哦，哦，哦，好孩子们……哦，真乖，啊，真乖……"老曹这时真是一位慈祥的老人，他蹲着身子，应接不暇，搂搂这个，抱抱那个，贴贴这个的脸蛋，摸摸那个的小辫子，苍老的脸上笑容灿烂，笑得嘴咧开了很大很大。这是我从来没有见到过的爽朗的笑、开心的笑。

一会儿，孩子们的欢叫声没有了，现场一下子变得安静异常，只剩下笑容满面的老曹不时"啊啊，哦哦"的应答声。

只见孩子们簇拥着老曹，纷纷举起双手打起了哑语。数十双稚嫩的手在老曹面前翻腾、舞动，做出各种手势，急切地表达着他们的心声。这些稚嫩的小手有的修长，有的纤细，有的肉嘟嘟的，有的洁白如玉；有的急切，有的舒缓，有的紧张，有的渴望。他们如众星捧月一样簇拥着这个苍老的人民警察，簇拥着那被橄榄、松枝环绕着的金色盾牌，簇拥着他们心中的保护神。

就这样，孩子们的小手表达着极为丰富的内容，簇拥着老曹——一个公安战线上默默无闻、品格至高无上的老民警，舞动着、翻腾着，舞动着、翻腾着……

下篇 践行使命

　　人民警察是党和政府精神意志的承载者，践行着全心全意为人民服务的神圣使命，应当由具有高尚精神境界的人担当这一重任！

　　精神境界是人生观、价值观的直接反映，包括思想、道德、追求、信仰等。人民警察除了要加强思想道德修养外，追求和信仰更是不能忽视。追求奢侈糜烂的生活方式、信仰拜金主义必然走向腐化堕落，成为害群之马。反之，有着坚定的马列主义信仰、高尚的道德情操和向着先进目标不懈追求的人，才能真正践行神圣使命，为筑就共和国大厦添砖加瓦！

　　我身边就有不少这样的人！

抉 择

1994年春天,我从江津白沙派出所挂职任副所长锻炼两年回到市公安局法制处已经将近一年了,仍然还是一个普通民警。当初在动员会上,局领导明确宣布,锻炼两年期满回来后一律提升一级。一俟锻炼结束,我们这批共十八名下派干部一个个满怀希冀,眼巴巴地期待着命运眷顾。不出所料,不长时间里,十五名下派干部陆续走上了领导岗位,可我和另外两名同志还是原封不动。

江津市公安局法制科科长杨本祥——一个知识面广、业务能力较强且对新石器时代的石刀、石斧有一定研究的法制干部,曾当着我几个朋友的面给我一个比较中肯的评价:在江津的四名挂职干部中数我案件办得最多最好,但评价却不是最高。

"你敢查处领导干部子女放黄色录像;敢于坚持干部和普通百姓住宿旅馆一律出示身份证;敢向江津区委、区政府提意见,让这些领导干部下不来台;你还敢反映一些干部作风问题……这些,都使这个圈子里的人把你视为洪水猛兽,怕你进入这个圈子。对你的评价还能高了?你是不是应该思考一下?"

"嗯，有醍醐灌顶的感觉。但撼泰山易，改本性难，只能怨爹妈造就了我这种性格。你说怎么办？"

"精神可嘉，但最好不要脱离这个大环境。"杨本祥微笑着慢慢说道，"你懂得殊途同归这个道理。嘉陵江从秦岭发源，四面山那条小溪是从贵州发源，最终都汇入长江流到大海里去了。不同的方式方法也能达到同样的目的。何不择其利而避其害呢？"

"管他的，任不任职对我都不重要。"他说的确有道理，但我并不想改变自己。

命运之神终究还是眷顾我了。

政治部管干部的处领导王萱（化名，下同）征求我的意见，准备让我去新成立的防暴队任职。我的回答大大出乎她的意料。

"我要考虑考虑。我还是觉得法制工作有干头。"我的真实想法确实是这样的。尽管那时公安机关内部法制观念比较淡漠，少数单位甚至把新成立的法制部门当成一个管、卡、压的部门，说是权力再分配的产物，等等。我从成立法制处开始就从事公安法制工作，越来越认识到公安法制对公安执法的指导作用、监督作用、规范作用，对促进公安机关依法执法、文明执法、规范执法具有不可替代的重要作用，对全市公安工作、对个人综合素质提高都有不可估量的意义。

"考虑？你要考虑？那你就好好考虑一下吧。"她十分诧异。

第二天，我被处长叫到办公室，相貌堂堂的他满面微笑，告诉我：由于他极力向干部处反映，干部处领导同意安排我任现职，但只能去新成立的防暴队。他的意思是如果不想离开法制处，他也一定会把我提起来，让我考虑一下。我当即很痛快地回答："昨晚我就已经考虑好了，不去防暴队任职。"

第三天，处里很多同志就用看外星人的眼光来看我了。

随着国家法制建设进程，行政机关规范执法已经成为一个迫切需要解决的问题。公安执法监督指导的重要性亦立即凸现出来。市公安局因势利导在法制处设立了执法监督科，负责全市公安机关执法监督、指导、执法质量检查考评；处理各级领导批转的重特大、复杂疑难案件；经过相关领导批示，直接查办社会影响较大或当事人对公安机关处理争议较大的案件，因此也是风险较大的一个部门。

我被安排到执法监督科工作，职务仍然是民警。

五月将春天的美好发展到极致，春风送爽，万物蓬勃旺盛。人们也进入了精神旺盛，活力最为充沛的时候。人们争先恐后投身于经济建设，有的办实业，有的搞科技，有的雄心勃勃北上，有的抛妻别子南下，有的拼了老命捞钞票，有的钻头觅缝抓权力，有的绞尽脑汁搞美女……也有的人从事违法犯罪的勾当。

星期一的早晨，位于市中区临江门的市局大院里，钢筋混凝土、框架、土木捆绑结构乃至三合土结构的建筑群落围成的大院一侧，那棵黄桷树依然根深叶茂、郁郁葱葱。两人合抱粗的树干上，枝条向四外分散开来，形成庞大树冠，活脱脱的一把绿色大伞。虽然也有个别残枝败叶，但并不影响它巴掌大叶片肥厚嫩绿、密密匝匝，把这个不大的院落遮蔽了一大半。我每次认真端详它，总是把它和自己的工作联系起来，就油然而生一种情怀。今天，面对这棵郁郁葱葱、精心守护着这个大院的黄桷树，我又被它那无怨无悔的精神所感动，心情顿时开朗了许多。

我按部就班地干起自己的工作，立时就把周围的一切都忘了。

"阿南，你来一下哟。"科里乃至处里大部分同志都是这样称呼我，听起来蛮亲热的，我也就听之任之了。

只见曾科长腋窝下夹着文件，从门外走进来。

科长曾繁荣，年龄与我相同，胖胖的圆脸上架着一副眼镜，始终挂着和蔼的微笑，言语间不乏幽默，有时亦略显油滑。处里每逢周一都要集中全体中层干部开会学习，布置工作，看他脸上那种不寻常的笑,显然是又有什么任务了。

"你的机会和厄运都来了。"我随他一起走进他的办公室,他从抽屉里拿出香烟扔给我一支,自己叼一支,点上火,开始吞云吐雾。

这是一桩申诉案件,局长批示,请法制处牵头,组织巴南纪检成立联合调查组查处,对有关人员严肃处理。细看内容其实很简单。一个名叫田孟生(化名,下同)的工人控告巴南区公安分局李家沱派出所,说是他在舞厅劝架时被民警用警棍打伤,现在医院住院治疗,派出所还要罚他的款。文中多处使用了凶残、凶狠、残暴等字眼,所附的两张照片上确实有伤痕。我一下就不以为然了。此时,我手头就有三件案件正在办理,其中一件非常棘手。市局一名下派挂职锻炼的干部在一次晚上巡逻时,开枪将一名盗窃人员击毙。死者家属见天带着三个未到学龄的小孩儿来讨说法。这已经够我应付的了。另外还有两件更加可怕,我们的民警有严重违纪行为,甚至可能会被追究刑事责任。

"这种案子有必要让我们执法监督科来办吗?批转到分局,我们督办一下不就行了。"

一直以神秘笑容看着我的曾繁荣一下收敛了笑意,换上少有的一本正经神情:"你小子别大而化之的,你晓不晓得这是赵浩强(化名,下同)的背景。你就不想想,这种很一般的申诉,能到我们这儿来?你给我小心点儿,整得不好你小子就活到头了。"

哦,赵浩强!我太清楚这个男性化名字的女人了。市人大代表、常委会委员,据说最近可能要进常委。关于她的轶事时有所闻,打交警、捶保安、砸商铺、扰企业……最经典的就是她那句很多人都知道的口头禅:"知道我是谁吗?整死你就像捏死一只蚂蜒子(蚂蚁的土称)。"前些年她因为打执行大清查任务检查其乘坐车辆的交警耳光,抵死不道歉,被交警大队顶住压力,以阻碍执行职务给了一个治安警告处罚。从此,交警大队就陷入了这个长达两年多的官司里,从申诉开始,一直到行政诉讼、民事诉讼、一审、二审直至审判监督、各级领导批示、人大质询直到三年后双方都筋疲力尽,这才不了了之。

曾繁荣阴阳怪气地说道:"当然……这对你也许是个机会……啊?"

我感觉到他的笑容中不乏探究、诡谲,很有深意。

机会,这对那些有官瘾、财瘾,钻头觅缝攀高枝、求仕途、捞大钱的人来说当然是并且一定是千载难逢的机会。也难怪,当今社会似乎一切都被物质化了,官职、财富成为衡量个人是否成功的标志,而真正作为人最本质属性的思想、道德、情操等则被束之高阁,不大被人提及,物欲当然就会在一定范围内泛滥。

"我好歹也被法制熏染了几年吧。"我浅浅地笑了笑,就着手准备去了。

我的家共十一点七平方米,是重庆解放初期为消防队盖的办公室,灰瓦顶,竹编墙。厨房是在公用厕所里摆了一排燃气灶,各家轮流做饭,而且还得先看里边是否有人解手(后来反映强烈了,市局才派人将厕所加了个隔断,这才避免了尴尬)。室内摆放了一张双层床,儿子睡在上层。靠墙摆了一排自制的木柜子,装些衣物、杂物及其他过日子必需的零星用品。柜子上只摆了些必要的书籍。在董总编影响下,我养成了每天必读书的习惯,收藏的书能够顶天立地摆满整整一面墙,无奈陋室过窄,只好寄放在亲戚家里,如果全部搬来,只怕室内就容不下人了。

当天的晚饭是在非常不愉快的气氛中吃完的。饭桌上,当老师的妻子几乎是以阶级仇恨样的情绪在控诉,儿子在学校春游中擅自带着几个小坏蛋玩起了失踪,把带队老师吓得当场急性阑尾炎发作,紧急送医院抢救。好好的一个春游就这样给搅黄了。

"嫁给你倒了八辈子霉!"妻子怒气冲天地抢白了一句,气冲冲地将层板做成的折叠桌子收起来放在床背后,就端着全部锅碗瓢盆桌布筷子到厨房洗涮去了。也是,任谁在这样的环境里生活,再好的性格也会变得古怪。我气愤地瞪着儿子,想发泄一下心中的愤怒。

九岁的儿子长得敦实,五官端正,且性格非常阳光。他被妈妈数落了一阵,仍浑然无事一样,用忽闪忽闪的大眼睛看着我偷笑。看到他这副样儿,我再大的火也发不出来了。

"小坏蛋,今天也不罚你面壁了,上去吧。"我指着双层床上层恶狠狠地说。我对孩子最大的惩罚就是面壁思过,从不粗暴打骂。在双层床上层教育孩子是一直以来形成的习惯,屋里太窄,要留给妻子备课用。

小家伙猴儿般蹿上双层床上层,规规矩矩地坐好,那坐姿非常端正,看着就叫人心生怜爱。可我却不能在床上端坐,我如果也昂首挺胸的话,头就触到头上的床板了。

这小子有些得意忘形了,得给他点儿压力!我心里暗想,表面上装出一副愤怒至极的样子对他进行教育。

突然,电话铃声夸张地响起来。这电话是为了便于和儿子学校联系几天前才装的,狠着心花费了四千五百元,知道号码的最多不会超过十人,至今振铃不超过十次,其中九次都是儿子的同学打来的。

这让儿子兴奋不已,嗷嗷叫着抢先跳下床去抓起电话来:"你是哪个,是不是找我老汉的?"

我接过电话,听筒里传来一个女人沙哑的声音:"你是王永南?"语音很硬,阴森森的,尾音拖了很长,完全是一副十足的官腔。

这让我很不舒服,我也有些不客气地回答:"是我。你是谁?找我有什么事?"

"我就是赵浩强。晓得不?!我是重庆市人大代表、常委。你晓不晓得,重庆市共总才几个常委?我晓得你。你是在市公安局法制处执法监督科,现在正在办李家沱派出所打田孟生那件事,对吧？我还晓得，你到江津白沙派出所挂职当副所长锻炼了两年，回来后还没有任职……"有些沙哑的声音阴森森、冷冰冰，就像金属般刺耳，还夹杂着一丝得意。

我一下子愣住了，万万没有想到，这家伙仅仅几个小时，案件承办人、个人基本情况、电话号码搞得一清二楚。我真有一种大祸临头的感觉，真不知怎么应对，光是称呼都让我费了一番踌躇。常委、委员都只是她本人自己在说，真正的职务我还真不知道。我迅速调整好情绪，冷静地想了想："赵代表，你有……"我称呼她代表是有依据的，她确实作为市人大代表来我们局里视察过工作。

她的语速极快，根本不容我插嘴，自顾自地说下去："……听我告诉你，莫插话。田孟生是我侄儿，派出所把他打了就是跟我过不去，我不能饶了他们。你帮我办好这件事，我这人非常耿直，你要车我有的是，给你一两辆不是问题。要钱几万你开口就是了。你想被提拔我叫人马上把你提起来。我跟你讲，我可以当你们公安局半个家……"接着就点了一串局领导、部门领导的名字。她又若有所悟地说道："哦，对了，你还住着一间十来个平方米的旧房子不是？我叫他们给你分一套大的，没有任何问题……你把这个事情给我办好，啊！"

"咣当"，听筒里只剩下忙音了。通话没有开场白、没有过渡、没有商讨，更没有征求意见，我从头至尾没有插上一句完整话，甚至连认真思索的时间都没有，就像三伏天的太阳雨，瞬间即逝。这让我背上直发冷，似乎一切都赤裸裸地暴露在这个女人面前。我满脑门子问号地看了一阵话筒，将它挂上，做了几个深呼吸才平静下来。

这时，我才深刻体会到曾科长所说的机会的含义。客观地说，我真是太需要这个机会了。把握住它，就迎合了当今一些人的价值观，不仅生活中的窘迫一扫而光，而且还可以仕途畅通。

但是，自从从警这条路向我敞开大门，我就进入了人民警察忠于党、忠于祖国、维护法律尊严、全心全意为人民服务这么一种氛围之中，耳濡目染的尽是严格执法、依法办事，再加上老前辈们的言传身教和周围同事们的榜样作用……这些，都已经真切地深入骨髓。一切执法活动必须以法律为准绳，我当即作出判断，一切都要等到调查结束后，再作定论，不管是人大代表还是普通民警。但是，这个电话更加坚定了我的一个判断：这起申诉案件肯定有蹊跷！我毫不怀疑，我们民警素质参差不齐，确有粗暴执法，严重伤害人民群众感情，甚至公然违法犯罪，被追究刑事责任的情况。我手头的那件监督案件的两名民警就极有可能被移送司法机关追究责任。同时也确有领导干部打招呼，所主张的一方确实是正确的情况。我一晚上辗转反侧，前思后想，设想了许多方案和措施好防患于未然。

第二天一上班，我就将这个情况向曾繁荣科长作了汇报。他听完后，惊讶地盯着我看了看，又抱着头想了一阵，说："这个事情我做不了主，你有什么想法？我还是感到这个事情重大。走，我们向光敏处长汇报一下。"

刘光敏副处长四十多岁，预审干部出身，举止沉稳，调来任副处长的时间不长。他身上还有极强的预审干部痕迹，遇事就要刨根问底，也是这个案件的负责领导。

他默默地听完后，反复询问了通话的详细情况，直到每句原话是怎么说的，之后才点了点头说："我知道了。你别到专案组里去讲。"

"用不用给处长汇报一下？阿南可是主动向组织上汇报的哟。"

刘光敏看了看曾繁荣，似乎在心里掂量了一下："回头我给他讲一下就是了。"

巴南分局派出监察室、法制科的两名同志参加查处这起监督案件。

"我是法人,姓杨。其实是发展的发,仁义道德的仁。"瘦高个子,三十多岁的监察室干部杨发仁如是介绍自己。

"我是法制科的,姓雷,你们就叫我小雷吧。"小雷也就二十多岁,小个子,沉默寡言,自我介绍完了就规规矩矩地坐在那儿。

在刘光敏主持下,我们召开了第一次会议。刘光敏对人员组成作了安排,讲了相关要求并特别强调案件查处过程中的情况要随时向他汇报:"永南,把你的打算讲一讲。"

"我想,这起案件的背景大家都知道,越是背景复杂越得慎重。我知道大家对自己的同事有感情,但这种感情也应当服从于法律和法制建设需要。所以,在案情没有查清之前,我们主观上不能有任何先入为主的想法。在案件查处过程中,我希望大家做到以下几点:一是工作期间不允许单独活动;二是不能接受任何一方的吃请、招待,更不能接受任何礼物等,防止给任何一方留下口实;三是案件情况互通信息,集体研究。大家还有啥问题没有?"

一致通过,大家没有任何意见。

当时的李家沱派出所设在临长江边的农贸市场旁边一座非常破旧的三层建筑里,经济建设大潮的兴起使这座原本在人们心目中神圣不可侵犯的建筑黯然失色。如今的它,已完全淹没在形形色色的摊点、五颜六色的广告和旗幡以及震耳欲聋的音乐与嘶叫声中。只是因为门前有两名彪悍的联防队员执勤,这些商业摊点才没有完全将出入通道侵占,警车还能勉强出入。

接待我们的是事发当天的值班领导——副所长罗云生同志。这是一个军人出身的基层领导,方头大脸,身材适中。发型和穿着打扮都规规矩矩,眼里总是充溢着微笑。他从军队营职干部转业进入公安队伍十多年,至今还保持着军人作风。对于我们的到来,他显然并不惊讶,微笑着将我们让进了他那青砖墙面的办公室。

他的办公桌乍一看比其他民警的办公桌要好些,擦得铮亮,摆放整洁,但细看其实就是中学生所用的那种书桌,只是不像其他民警的办公桌那样油漆斑驳而已。桌子右角上还养了一盆小小的文竹,使室内生机盎然。

我们简单寒暄几句后就直接进入正题。罗所长拿出红塔山香烟给我们各发了一支后,他自己并不点就开始汇报当天事情的经过。

"我不抽烟,你们别见怪。我首先表个态,对市局和分局联合调查表示欢迎。我把情况如实汇报一下……"

他打开笔记本,翻开折叠着的部分,认真地汇报起来。

李家沱是主城区位于长江南岸的卫星城之一。辖区有几个特大型的军工企业以及水轮机厂等大型企业,这在当时都是经济条件较好的单位。附属于这些企业应运而生的经济实体蓬勃发展,使得这个地区呈现出一派热闹繁华。一到夜晚,大街小巷闪烁着五彩霓虹,莺歌燕舞。夜总会、歌舞厅、发廊勾魂摄魄,吸引着精力过剩的男男女女。这使得治安问题十分突出。当天晚上,罗云生在值班室忙得晕头转向,和值班民警一道处理了好几起治安案(事)件。(我们事后查阅报警台账发现,一共是七件:殴打他人两件,寻衅滋事一件,盗窃一件,调解纠纷三件。当时,公安执法表册管理相对比较混乱,这个所里在这方面还算是规范,各种表册基本健全,这为我们调查提供了很大方便。)大约十点多钟,值班室报警电话震耳欲聋地响起来。民警接电话后报告说,是赤道演义舞厅发生舞客打架事件,要求派出所去人处理。

"去两个人看一下。这些保安都是干什么吃的!你老实说,偷的东西放哪儿去了?"罗所长厉声呵斥面前正在被讯问着的盗窃嫌疑人。那个瘦得像根竹竿的家伙坐立不安,蘑菇了半个小时就是不开口。

罗云生突然放缓了语速,胸有成竹地说道:"你不说是不是?那好吧,小张,你把他带去做尿检。"

这家伙顿时浑身筛糠一样地哆嗦起来,一下子跳起身,扑到桌前,拼命哀求道:"我说我说我说,求求你们,我全部说。"

直到快十一点才算平静下来。罗所长回到楼上办公室里,把当天工作日记做好后,伸了伸懒腰,打算休息。就在这时,对讲机嘎咕嘎咕地一阵乱响,一个声音传出来,正是前去处置舞厅打架事件的民警:"罗所长,罗所长,赶快派人来,舞厅搞得很凶,控制不下来。赶快来人……"声音背景里,乱哄哄一片,充斥着尖叫、号叫、哭叫、嘶叫以及口哨、咒骂声,其混乱非同一般。

他赶快跑到楼下,对值班民警们吩咐道:"除值班的以外,其余的带上警棍,赤道演义舞厅。快!"

四名民警在他的带领下迅速向离派出所约五百米远的舞厅跑步赶了过去。

"这些都是当时的接警情况,没有半点儿虚构,而且有据可查。"

"你们处置的情况?"

罗所长带着民警跑到离舞厅还有十来米距离时,就见舞厅大门突然被撞开了,从里边轰隆隆地拥出一个由几十人组成的人团。这群人互相推搡、扭打,伴随着呵斥、叫骂、嘶叫,就像屎壳郎滚粪球一样从七级高的台阶上滚下来,到了下边的地面上,还是紧紧地裹成一团、撕扯着、怒吼着、漫骂着,不时还有保安的警棍飞舞起来,但瞬间又被许多双手抓住……

那个年代,公安执法因为政策偏差、忽视人民群众利益,特别是靠罚没收入来保证经费,严重伤害了人民群众的感情,进入了最困难时期,民警正常执法遭到一些无关人员围攻、辱骂甚至阻碍好借此发泄不满是家常便饭。罗云生迅速判断出整个人团聚集的中心是两个先前派出的民警正在与一个五大三粗的年轻人撕扯，其余的均是起哄架秧子、帮忙的。他率领民警和联防队员大声呵斥着冲了上去。

几名民警、联防队员厉声呵斥着一拥而上。起哄的人有的作鸟兽散，只剩下少部分人还在现场，唯有那个年轻人还在与民警撕扯，场面开始缓和。这人粗胳膊壮大腿，肌肉发达，脸被酒精烧成猪肝色，完全是一副疯狂状态。他并没有因为民警的到来而屈服或有所顾忌，而是更加疯狂。他一脚踢中冲在最前头的老民警谢其才（化名，下同）的裆部，谢其才挨了这重重的一踢后仰面朝天倒在人群中。

民警的倒地给了那些已经退缩到一旁的人员一剂兴奋剂，他们趁机涌上前来对谢其才乱踢乱打，一度好转的场面又陷入混乱。罗云生果断下令，用警棍驱赶。民警和联防队员使用警棍终于将那个年轻人制服，并将其他人驱散。场面这才得以控制。民警、联防队员抬手抬脚，费了不少劲儿才将这个生龙活虎的年轻人抬回派出所。

这个人就是申诉人田孟生。

"他到所里有没有乖点儿？"

杨发仁发问，把认真汇报的罗云生逗笑了。小雷只是默默做记录。

"乖个狗屁。他要乖了就不是赵浩强的亲属了。"

罗云生将笔记本重重放在桌子上，本来比较斯文的他也抑制不住情绪，语言里夹杂着气愤："这家伙在所里一直呈醉酒状态，近乎疯狂，四五个人都按不住。他不但不配合民警调查，反而大肆辱骂民警，从上到下都被他骂遍了。"

"把你也骂了？你怎么处置的？"

想到这么个仪表堂堂的派出所副所长被一个违法嫌疑人大肆辱骂的情景，我不禁觉得有些好笑，但又担心他们采取过激手段对嫌疑人予以打骂、体罚。如果是那样的话，事情就复杂了。

"怎么处置？这还得多亏了这小子。"罗云生转怒为笑说。

"这家伙可能是怕挨打吧，一进来第一句话就自报家门。"他起身走离座位，学着田孟生的语气、动作，指着自己的鼻子一摇三晃、口齿不清地说道："晓晓……得老子是哪……哪个，你们……你们几个屁差二哥就敢、敢抓老子。老子是……是、是赵浩强的、的侄儿，整死……"

"是不是那句经典的'整死你就像整死一只蚂蜒子'？"杨发仁的插话引得大家笑起来。

"对，正是这样说的！打出这张名片，哪个还敢把他咋的。民警们请示该怎么办，我想了想，干脆就把他晾在值班室里，任他闹个够。嘿，哪曾想，这小子竟然就在值班室里呼呼大睡起来……哎，我可是郑重其事地保证，在派出所里，我们没有人动他一根指头。这你们可以调查，可以问他本人。哦，对了，我们将田孟生放回去的时候，他简直不相信这样就出了派出所，还问我们：'我的事就这样啦？'"

"我们当然会调查的。不过，你们是基于什么目的处罚田孟生的？申诉上说是罚款两百元。"

"难道不该处罚吗？"一直谈得很融洽的罗云生倏地色变，双眼盯着我，口气有些咄咄逼人，"你们法制部门一再要求严格执法、依法办事。再说，法律面前人人平等。难道因为他是赵浩强的侄儿就可以网开一面不成？"

我摆了摆手说："你误会了。我是问你们作出处罚的事实、证据、法律依据、程序规定是什么？"我顿了顿又补充了一句："这些都是我们的审查范围。"

"这个，"罗云生迟疑了一下，毅然地说道，"我们还是依据《治安处罚条例》以殴打他人作出的处罚。我们通过舞厅工作人员调查发现，他先后在舞厅里强行拉女同志跳舞，别人不从就打，先后打了一男两女共三人。当时是考虑到赵浩强这个背景，罚点儿款，对他的行为作出了处理就算了。另外，在程序上，我们还没有下裁决，是因为像这种绞杠（当地对胡搅蛮缠者的别称），处罚能不能执行都还在两可之间。我们想等到他交来罚款后再下裁决，这样可以保证执行率。这样做，可能不是很严谨。"

在那个年代，这其实是通行的做法。

他不好意思地挠挠头，笑了笑。这时，一个民警进来，在罗云生耳边耳语了几句。罗云生点点头，摆摆手，那民警就出去了。

"哎，王处长，你看时间都到中午了，还有什么问题没有？不然，我们还是先吃饭再接着谈。现在楼下就有一个找你的人在等着了。"

"纠正一下啊，我可不是什么处长，就是一个普通民警。我比你大点儿，叫我老王就可以了。"

我转向杨发仁和小雷问道："你们还有啥问题没有，赶快问完，下午要分头进行调查了。"我心里在琢磨着这是个什么人来这儿找我呢。

中午饭是被罗云生强拉着在派出所旁边的一家小火锅店里吃的。听取情况完了后，我们收拾东西要走，却被罗云生硬生生拦住，无论如何要请我们吃一顿饭。他一再声明，只与工作有关，与查处的案件无关。他还表示，无论做出什么结论，自己一定端正态度，接受处理。

"绝对是便饭，绝对是便饭！你们不吃，我们如何尽待客礼数呢？"

这家小火锅确实小得不能再小了，三张小桌子就把门面全部占完。菜品也不丰富，就是一般的鸭肠、毛肚之类。可取的是味道还不错。

席间，罗云生要了一包红塔山香烟，我们每人抽了约两支。这是在派出所接受的唯一一次招待。

结账时，罗云生将发票给我们亮了亮，笑嘻嘻地摇晃着说："你们看清楚啊，如果今后有人说我向你们行贿的话，一共是一百三十五元整，多了我不认账哦。"

和罗云生并肩走出火锅店时，我很认真地对他说道："老罗，今后你不能再请我们了，背景你清楚，但你要相信我们会作出公正的结论的。"

他一下就笑了，握着我的手说道："从今天你一来，我就感觉到放心了。本来我们执法上没有什么问题，有些小瑕疵在所难免。关键是我觉得你们认真，有上级领导机关风范。如果派些不靠谱的人来，我真的要担心了。不管什么结论，在结案以后……"

来所里找我的是一个五十多岁的妇女，面容略显白皙，虽谈不上养尊处优，但也绝不是那种为生活而辛劳奔波的人。她看起来神神秘秘的，而且有些紧张。说是来反映情况，可她总是支支吾吾地扯些天气之类无关的事。我有些疑惑，后来发现她眼光总是往室内其他民警身上瞄，陡然醒悟过来，对其他民警示意让他们回避一下。待室内只剩我和杨发仁两人时，她一下就来了精神，将椅子拉到我跟前，凑近我，以耳语般的声音问我："你们是哪里来的？"尽管我们已经介绍过了身份，她还是再问了一次。

"我们是市公安局的，你要反映什么情况呢？"

"哦，不是分局的就好。那肯定是赵姐叫你们来，专门查李家沱派出所的哟？"

"你说的赵姐是谁？"

"就是赵代表哇，赵常委！她是我姐。"

"你说的这个赵姐叫啥名字？"

"赵浩强呀，就是赵常委，是她叫我来找你的……哦，对对对，你们是得把名字问清楚，还是你们警惕性高。"

"唔……"我不置可否地点了点头又问道，"你们不是亲姐妹吧？姓都不一样。"

"我们是在一起耍得好的姐妹，经常在一起。"

"那田孟生和赵代表是怎么个关系？"

她警惕地向四周看了看，见没有其他人才小声说道："你是赵常委派来的，我就不瞒你了，田孟生是我小儿子，我是他的妈妈。这事情出了后我先给赵常委打电话，她听了后就叫我带着儿子去找她。"她滔滔不绝地叙述起来。当晚，她就带着田孟生到了赵浩强家详细叙述了事情经过。

赵浩强特别问田孟生："你没有告诉他们你是我侄儿吗？你告诉了他们，看哪个还敢打你！"

一顿数落后，她气愤地抓起电话一阵拨号："喂，万大吗？我是赵浩强。你马上给我安排人来验伤。我侄儿遭派出所打了。我这就带他过去，你给我等着啊。"

她"咣当"搁下听筒："你们跟我走，去找万大队长验伤，把证据搞到手。老子不像捏死蚂蚁子一样整死他们，我就不姓赵。"

验伤的法医非常认真，最后得出了警棍伤和手铐伤的结论。

她滔滔不绝地叙述，我不动声色地记录。看她谈得差不多了，我才问她所知道的事情起因。她非常直率地回答我："你就写成派出所打田孟生就行了。赵常委叫我这样说，你就这样写就是了。"

"这个材料是怎么来的？"我把申诉材料出示给她看。

"还是赵姐水平高，她出主意叫我们写的。"

"事情究竟是怎么回事？"我又补充了一句，"有了真实的情况，我们才好处理。"

"我没有去舞厅，孟生回来说是在舞厅跳舞跟人打起来了，后来又跟派出所的人打起来，被派出所的人打的——他哪里打得赢派出所嘛。在赵常委那儿，她叫我们说是他在舞厅里劝架，派出所民警就把他当成打架的人打了，还要罚款两百。"

材料签字捺手印时，她迟疑了，在我的劝说下最后还是按要求签字捺手印了。临走时，她十分疑惑地盯了我一眼。

小雷把受伤民警谢其才的证言、治伤病历、发票都拿来，我们三人头碰头地研究一番，上面清清楚楚记载着谢其才左大腿内侧约七乘三公分青紫。我又亲自去看了伤痕才放了心。

为此，爽朗活泼的杨发仁还有些不满。我只好解释，这和信任无关，法制工作是个细活，更何况有赵浩强这个背景。

"王大哥作出表率，我知道该怎么做法制工作了。"一直少言寡语，只是默默工作的小雷竟突然冒出这么一句。我们都笑了。

一下午的工作就这样完结了，我们正在整理材料准备下班，办公室门外一个脑袋突然探进来又缩回去，但瞬时又探了进来，把我细细地打量一番后，突然快步走过来把我重重地一拍："哎呀，怎么是你呀？"

"你是……"我惊愕地抬头打量，这人瘦瘦的，个子没有杨发仁高。

龚益祥，原是四川省第二监狱民警，我们原来是邻居，我曾经多次为他仗义执言，关系非常好。

"你怎么在这儿？来办事？需要我帮忙不？"

"看看，这不是不关心小兄弟了吗？我已经调到这个所里来当户籍警察了。正好，正好……"

他不由分说拉着我就走。

"别别别，我们来有重要事，还有纪律，不能单独活动……"

我的话却被他一下打断了："别给我说这个。都下班了，哪个管得着你！所里哪个知道你过去有多照顾我，根本就不知道咱们的关系。今天说什么你也得跟我走。"他死拉活扯地将我拖离了座位。

我无奈只好和看热闹的小杨、小雷交代了一下，跟着出了所里。在路上，我满腹狐疑地问他拉我到哪儿去，是不是所里派他来接待我。

"大哥,你放心,我根本就不知道你来,所里至今也没有人知道我们的关系,更不可能安排我来接待你。我才不会管你们那些破事,纯粹是我个人接待你。好久没有见了,怎么也得摆摆龙门阵。"他顿了顿,笑得满脸生花地说,"我老表开了个馆子,今天开业。本来是想请所领导捧场今后照顾一下生意,没有想到遇到了你,他们就免了吧。"

确实,龚益祥自始至终没有过问过我来所里究竟有什么事。

餐馆不算小,来了不少宾客,吃喝一通后就是卡拉 OK,把气氛推向高潮。我虽然滴酒不沾,但这种气氛也把我调动起来,正欲献歌一首助兴,腰间的 BB 机却不合时宜地响起来。

显示的是王女士叫我回电话,但是个并不熟悉的号码。我年迈的母亲跟着我的幺妹妹在南坪住,妹妹从医院辞职开了一家诊所,业务还不错,但时常遭到一些吸毒人员、社会渣滓骚扰。我心里紧了一下,也没有多想就用吧台上的电话回了过去。

"你是王永南吗?"一个很好听的女中音,年龄应该与我差不多。

"是呀,你是哪位?"妹妹的声音可没有这么爽朗,从来都是称呼二哥,而且是一副带着求助的腔调,让你对她的任何要求不答应都不行。

"我王萱哪。"

"啊!"我差点儿惊叫出来。干部处处长亲自找我,这是做梦都没有想到的事。大多数民警都巴不得被她找去谈话,那一般都意味着要高升。但上次谈话后,我就有自知之明,自己已经犯了组织纪律性不强、不服从组织安排的大忌,再没有对升职抱任何希望。其实,当时在拒绝时,我已经有了这方面的思想准备。我不敢说自己有多高尚,但是,以我对公安执法现状的认识好尽蝼蚁之力推进法制建设之心,让我作出了慎重选择——只有行政机关清明，社会秩序才能井然有序。从此，我一心一意做好执法监督工作，办好手头的案件，至少在我职责范围内体现法制的严肃性，再没有任何奢望。万万没有想到，她这次竟会和我直接通电话，而且是这个时候。

"你在办田孟生那个案件是不是？"不等我答话，她就直截了当地告诉我，田孟生是赵浩强的侄儿，赵浩强和她是好姊妹。她问我案件调查得怎么样了，打算如何处理。

我当然明白这里边的意思，想了想，只好回答道："现在才刚刚开始调查，情况还不清楚，谈处理为时尚早。"

"那你打算怎么办？"

"这要等到案件调查结束，根据案件情况才能考虑处理问题。现在我们才刚刚开展工作，基本情况都还不清楚，现在还谈不上处理问题。"

"那你说说你打算如何处理？"

"王处长，这得等到事实、证据都搞清楚了后才谈得上处理，现在我真的没法回答这个问题。"我苦笑着回答。

"哦，是这样……你那儿很热闹。"她语气里含着恼怒，撂了电话，我这才惊慌失措地反应过来：餐馆的音箱音质非常好，宾客们热情高涨，歌声笑语喧嚣、震耳欲聋，气氛不亚于当时最豪华、最有名的由市公安局治安部门开办的金嗓子夜总会。

第二天清晨，我立即将情况如实向曾科长汇报，他把我带到刘光敏副处长那儿作了汇报。刘光敏副处长还是一如既往地说："知道了，别在专案组里讲。"

调查工作按部就班进行，舞厅工作人员、保安、几名舞客均对当天发生的情况如实提供了证言，几乎一致指向肇事者就是田孟生。特别是三名保安，对事件全过程均有目睹，而且在处置过程中还被田孟生及其他人员抓打致伤，证言具有较强的证明力。

案件本来并不复杂，很快基本情况就出来了：

这天晚上大约8时许，田孟生与五名朋友狂饮一通酒后来到这家舞厅。狂放的音乐、酒精和摇头丸等的刺激，让舞厅里高潮迭起，音乐、鼓钹、尖叫、掌声等汇成强大的声响令整座建筑摇摇欲坠，几乎要冲破屋顶，直上云霄。这样气氛的刺激让人疯狂、丧失理智，敢说平时不敢说的话，敢做平时不敢做的事，这让脸孔被酒精烧成了猪肝色、两只眼睛通红的田孟生仅有的一点儿自制力消失殆尽。他疯狂地乱舞，狂呼乱叫一通后，尚觉没有过瘾，转而寻求更大的刺激。

因为场面过于喧嚣，女士们不敢造次，纷纷往边上躲。田孟生蹦跳一阵后竟瞄上了这些女士们，从中拉住一个，推搡进舞池。这名女士被吓得花容失色，乘其趔趄之际，将他推倒在地拔腿逃之夭夭了。在同伴和其他舞客们的哄笑声中，田孟生恼羞成怒，又发疯一般冲进女士群里拉住一个就往外拖，可没有想到，那位女士就是不肯出来，结果被田孟生啪啪两耳光打得晕头转向。一位小伙子看不下去，指责田孟生太过分了。田孟生不由分说，又是两个耳光扇了上去。两人扭打起来。田孟生身强力壮，几下打得那男的抱头鼠窜。田孟生还不依不饶地从舞厅里追向安全通道，被保安拦住劝说他跳舞要文明，他又与保安撕扯一番后才返回舞厅。哪知田孟生歇息了一会儿又故伎重演，在拉扯一位女士时又与几名舞客厮打起来。执勤保安冲进来制止，田孟生和同伙们又与保安扭打。这一下，舞厅秩序大乱。舞厅见场面失控，赶快给派出所报警。派出所的两名民警赶到现场，不仅没能制止这一切，反而被田孟生及其同伙和一些别有用心的人推过来搡过去地抓扯、踢打。这两名民警见无法控制局势，只好向所里求援。值班领导一听事态严重，马上调集在所的全体民警约六七人提上警棍、手铐跑步赶来，但仍然遭到围攻，特别是田孟生以一种近乎疯狂的行为乱踢乱打，多名民警和联防队员均被踢打，其中即将退休的老民警谢其才右大腿内侧被踢伤，经医院诊断为右大腿内侧红肿。另有三名民警、联防队员表皮擦伤、淤血等。在此情况下，民警被迫使用警棍，才终于将人群驱散，将拼命挣扎、一直狂吼乱叫的田孟生架上汽车，带回派出所。

外围材料搜集得差不多了，我在医院里直接讯问了田孟生。客观地说，这是一个长相标准的男子，但不能称为男子汉。他上身穿米色休闲装，下身着蓝色工装裤，跷着二郎腿靠在病床头上，正和一个男子谈得眉飞色舞，见我们突然闯入，神情立时一变，蜷缩着呻吟起来。他这种拙劣的表演顿时让我心生鄙视，但我皱了皱眉没有流露出来。

他总是"扯南山盖北网"，没有一点儿男子汉气概。

"我是路过舞厅门前，他们在打架，我去看热闹，公安说我也是闹事的，就来抓我。我要跑，他们就用警棍把我打了，还把我铐起来关在派出所里，还要罚款两百元。"

"他们都用什么打的，除了警棍、手铐之外还使用了其他什么工具没有？"这是我最为担心的问题，如果他一口咬定还使用其他东西对其进行殴打，事情就比较麻烦。好在田孟生并没有窥探到我的用意，作出了一次实事求是的回答。

"当天晚上你喝酒了没有？和你一道的有哪几个，都喝了多少酒？当天舞厅里有多少人？主要放了哪些曲子，因为什么原因打架？"

我连珠炮般发问，让他根本没有思索时间，不得不自乱阵脚，不得不如实交代全部事实。

收集了不少证据材料，案件情况越来越清晰，到了找赵浩强核对情况的时候了。鉴于她的特殊身份，我向分管法制的周志仁副局长作了请示汇报。

周志仁副局长是个很不起眼儿的老头，个子小小的，开朗、随和，没有丝毫的官架子。把他放在大街小巷，任谁也不会想到他会是赫赫有名的重庆市公安局副局长。更加想不到的是，他在重庆公安法制史上立下的赫赫功绩。正是因其平凡,他比那些官气十足、拿腔拿调、道貌岸然之流更受民警尊敬,对其指示当然自觉自愿、不折不扣地执行,而不是被动地勉强服从。我踏进他办公室时,他穿着件普通老百姓常穿的夹克衫,正在批阅文件。他摘下常年噙着的有机玻璃烟嘴,笑了笑,示意我在沙发上坐下。然后,他从办公桌前起身过来,扔了一盒烟在茶几上:"自己抽吧。"

我把案件调查情况作了详细汇报后,谈了我的想法。

"哦,就这个事呀,那还请示什么,按正常程序直接问就是了嘛。"

他笑了笑,叫我直接通知她来问情况,别考虑其他的,接着就问起了我对这起案件有什么想法。

在这么个其貌不扬、举手投足没有丝毫架子的领导面前,我从来不隐瞒自己真实的想法,就将自己的顾虑一五一十地和盘托出,而且特别详细地汇报了调查中采取的保护性措施。

"不错,想法很好,做法也可取。"周副局长抠着细节详细地问了一会儿,赞许地说道。

"其他的我不能多说,你自己好好把握。越是这样的案件,你就越得严格依法办事。管他什么人,就是一句话,依法办事!"

接着,他又沉吟了一阵,迟疑了一下才又决然地说道:"从你的汇报中我听出了倾向性,如果你汇报的都是事实的话,该处理的绝不姑息迁就,还有……"他又沉吟了一阵,可还是严肃地说道:"还有,后边可能还会引起些风波,你怕不怕?有些人是不大地道的。"

"周副局长放心,我从当警察第一天开始,就有这个思想准备。"这句话是发自内心的。十多年警营锤炼,严格执法、依法办事的精神已经深入骨髓,法制的精髓就是公平公正,偏袒任何一方都会损害他方的利益,都是对法制精神的亵渎。维护法制,必会影响少数人对非法利益的追求，就得为此承担压力。这是一个法制干部应当具备的思想准备。

周副局长微微地笑了。

通知赵浩强来了解情况，她很不客气地断然拒绝。我还是客气地与她沟通，直到讲得口干舌燥，电话听筒都压得耳鸣了，她才提出到她家里去谈。我想了想，这也行。

"王大哥，我能不能不去？我有点儿事情要办。"杨发仁如是说。

"王老师，我从来没有见过这么大的人物，我去没有什么作用。"小雷说。

"你们就不怕王大哥被她收买了？放心，出了问题由我一个人承担责任。"我说。

杨发仁笑了："我们怕她对你施美人计，我们在场不方便。"

"我也去！"小雷闷声闷气地说道。

赵公馆金碧辉煌，豪华得令人咋舌。我们踏进去后，走在高级地毯铺就的廊道里，触摸着镶金嵌银的家具、摆设时，我才陡然醒悟，她要我们来家里的用意是要用这种奢华形成一种居高临下的压力，使我们放松甚至放弃。这些对杨发仁、小雷显然起了一些作用。

当五大三粗、手腕和脖子上均被指头粗的金链子套着的跟班带着我们走上四楼一间会客室时，赵浩强已经端坐在正中主人位置上，正在等候我们的到来。当我们跨进门时，她只欠了欠身。

她是一个四十多岁的中年妇女，个头儿在女同志中间算是高的，保养得还不错，面相也还算端正，但看人有些斜视，而且眼神非常冷。

在她的示意下，带我们进来的那个跟班将我们安排在左侧就座。没有任何寒暄，高高在上的她开始了讲演："我呢，是市人大常委，整个重庆市也才几个常委。我和市里的领导，还有你们局长啊这些上层人士关系都非常铁,长期在一起潇洒……"

"赵代表,我们是重庆市公安局的调查组。"我反感至极,忍不住打断了她没完没了的卖弄式讲演,公事公办地直接进入了正题,"我们想了解在田孟生控告李家沱派出所案件中,你为田孟生他们做了哪些工作,请你配合,好不好?"

不等她回答,我毫不迟疑地介绍了我们三人的身份,然后就直接发问。

"请问你的姓名?哎,你们哪个做一下记录?"

"哎哎,王老师,还是你做。"杨、雷二人都忙不迭地推托。

我迅速抽出纸笔,一边问,一边作记录。

我的迅速进入正题让赵浩强瞠目结舌,竟愣怔着没有反应。我再次重复发问,她才如梦初醒般作了回答。

和她打交道真是费劲。

"你的年龄、身份?"

"年龄?我可能只有四十二岁。你就写四十二岁吧。我的身份前面已经给你们说过,我是重庆市人大常委,和市长、书记、你们局长关系……"

"你哪年生的?"她语音沙哑,眼角已经有明显的鱼尾纹,显然已经过了风华正茂的年龄。我打断她又开始的演讲,查问她出生时间,澄清她的真实年龄。

这一下,她却尴尬起来:"我是,我应该是1950年生的吧,还是1951年的?反正今年四十二岁了。"我心里好笑,你自己的生日怎么会问我们,迅速默算了一下就紧接着发问。

"你的身份证号码?"

"哪个记得起身份证号码哟,你就写个四十二岁不就行了吗?"

"赵代表,我们必须查验准确。你把身份证拿出来我们看看。这是我们办案的要求。"

"我不晓得把身份证放在哪儿,你就这样写不行吗?"她言词间竟带着点儿可怜相了。

"赵代表,这个……要不然这样,我们派个人去派出所查一下?反正派出所离这儿很近,来回也就二十分钟左右。你看如何?"

就见她愣怔着脸色在迅速变化,少顷,她就像是泄气的皮球一样软塌塌地瘫在红木椅子上,从公文包里摸出身份证气恼地扔在面前的茶几上。

小雷起身将身份证拿过来交给我。我仔细地核对了一下,此君已经四十八岁了。

至此,经过二十来分钟的你来我往,赵浩强年龄问题才水落石出。经过此回合,她再也没有公然狡辩,但就是不能实事求是地谈相关情况,每一个环节都要先后出现几个版本,都要反复询问、核实直至提出相关证据后才能还原事实。最后,不到三篇纸的调查笔录整整花费了三个多小时才算完成,还有无数的涂改,到处都是殷红的指纹,页面就像打翻了红墨水一样。

走出她的公馆,大家才长长地出了口气,一向沉默寡言的小雷竟突然冒出一句:"比问杀人犯都难。"

杨发仁恢复了惯常的活跃:"王大哥,这家伙就像那马蜂一样毒,幸亏你没中她的美人计,要不然你死得早。最好的办法就是她打糖衣炮弹过来,你把糖衣吃了,再把炮弹打回去……"

案件调查告一段落,排除了民警非法使用警用械具及其他违纪行为,我们大大地松了一口气。执法监督工作的根本目的是提高公安机关执法能力,既要保证执法质量,也要保护民警执法积极性,并不是对民警进行打压。当民警因为执法差错受到处理时,我们心里总是沉甸甸的。一般来说,只要不是原则问题,我们都以批评教育为主。就是我手头的两名民警严重违纪案件,我确实愤恨,但也千方百计寻找对其有利的证据。当年,我刚入铁路刑警队，王景埔副处长可真是把我们当作自己的兄弟一样关心爱护。这对我的影响非常大。接到田孟生控告案件时，我真担心会不会又有民警受到处理。现在，全部事实、证据都证明了罗云生副所长率民警处置田孟生寻衅滋事事件过程中没有任何违法违纪行为，这让我们悬着的心终于放下来。

其实，到这时，我仍然还有选择余地。如果想改变目前生活上的窘境，只要稍稍满足一下赵浩强，认定民警执法上不够规范、程序上存在问题等，对田孟生不作追究，对民警批评教育，想来双方都能接受。（这种和稀泥的做法屡见不鲜，而且还被一些人奉为经典。）这样做，个人可能得到巨大利益。对这个，我心知肚明，想来发仁、小雷也是如此。可是，我们三人谁都没有动一下亵渎法制的念头。

经过认真研究达成共识后，正式向周志仁副局长作了汇报。

田孟生行为构成寻衅滋事，先后殴打多人，严重扰乱了娱乐场所经营秩序，情节后果都比较严重，建议对其予以行政处罚或送劳动教养。派出所在先后两次派出民警制止无效的情况下使用警棍、手铐进行制服，且在田孟生被制服后便停止使用，符合人民警察使用武器、警械条例规定，不存在过错，不应当承担责任。

周志仁副局长一反往常轻松随和的表情，神色凝重，一直不厌其烦地刨根问底，把每个细节反反复复抠了几遍，最后才赞许地说道："可以。你们把材料准备好，报上来。"

散会时，周副局长起身看着我，似乎有什么话要说，却没有说出来，就那么看了看我，转身出门而去。我觉得他的眼神里很有深意。

调查结论顺利通过并没有使我有任何轻松的感觉，相反却心里更加沉甸甸的，总有一种不祥的感觉笼罩着我。一下午，我一直是在这种不祥的预感中度过的。

这种预感在当天晚上就应验了。当时,我正在妻子的嘟哝声中味同嚼蜡般吃着晚饭。儿子又闯祸了,把足球踢进了高年级教室的玻璃窗,而且不偏不倚地砸在了老师身上,害得同是老师且同校的妻子被班主任狠狠地教育了一顿。回到家,这股怨气便一股脑地倾泻在我的头上。实事求是地说,把一个家建设成这等光景,实在是我等男人的悲哀,只好扮成小绵羊,对妻子的冲天怨气全盘接收。

也许是前世修来的福分,就在精神压力憋屈得即将到达顶点之时,骤然间电话铃声急促地响起来,终于打断了妻子的发泄。我不由得悄悄舒了口气,离开座位挤过妻子身边,接过抢先一步的儿子递过来的听筒,刚问了句"哪位……",劈头盖脸一阵震耳欲聋的怒斥轰地一下灌进耳膜,震得耳朵嗡嗡作响。我赶快将听筒移开一点儿。"王永南,你给老子记住,君子报仇,十年不晚。这回算你赢了,你要付出血的代价。你晓不晓得,老子能当你们公安局半个家,整死你就像捏死一个蚂蜒子……"

那情绪撕心裂肺,话语歇斯底里,语音震耳欲聋,非愤怒到极点不可能如此。再加上其音色有点儿嘶哑,听上去就像是金属板材摩擦发出的声音,直刺人心肺,再好的修养也会按捺不住。我忍不住爆发了:"你……"

就像来无影去无踪的鬼魅一样,那怒斥声戛然而止,听筒里就只剩下忙音了。

暴风雨就要来了,我心里明镜一样。

"一个脑壳进水的打错电话了。"我装出一副无所谓的模样对惊异地看着我的妻子和儿子说。

我这人很健忘,过后就把这事抛在脑后了,正常上下班,正常吃厕所旁边做出来的饭菜,睡狭小房间里的高低床,正常被妻子数落。唯一不快的是田孟生的劳教没有能通过,原因是承办人认为证据材料显得弱,事实情节后果还达不到劳动教养程度。原来,在承办人复核证据材料时,当时的许多证人包括目睹事发全过程的保安几乎都推翻了原来的证词,或是以原来记错了、认错了人来搪塞,或是以自己乱说的来应付。最关键的受害人则对当时事发过程闪烁其词,含混不清地说当时只是被人打了,但不知是哪个动手打的。田孟生当然是全盘翻供。这一来,事情起因不清不楚,田孟生的行为、责任大幅度下降,送劳动教养当然显得情节后果均不够分量。好在田孟生部分违法行为和民警联防制止过程这部分事实能站住脚,不可能被推翻。我当然明白,以赵浩强的能力,让这些证人改变原来证词并非难事。(事隔一年多后,其中两个推翻原来证词的证人向我道出了个中真相。赵浩强以给他们安排比当时收入高一倍多的工作为条件,强迫他们推翻原来的证词。"全家都靠我养活,娃要读书,哪个敢惹她,没得法。"一个如是说。"老婆被检察院传唤,是她去帮忙才放出来的。我不敢不按照她说的做。"另一个如是说。)看着承办人小心翼翼地征求我的意见,我有些好笑。反正事情已经很清楚了,只要能证实派出所民警没有执法过错,对田孟生劳教不劳教其实倒没有太大关系,于是我很轻松地说道:"尊重承办人意见。"此事也就不了了之了。

赵浩强真不是君子!她根本没有等到十年,而是以只争朝夕的精神立即实施"报仇"。

八天后的一个星期二,我把手头办理的那两件已经调查核实的民警违法案件移交到纪委,并反复强调了建议从轻处理的理由。走出纪委门外,不知为什么,却没有任何完成任务的轻松,反而心里沉甸甸的,有一种说不出的滋味。这好像并不全是因为这两名民警将受到纪律处理。我总觉得平时处得烂熟的纪委工作人员今天见到我神情怪怪的,惯常的谈笑风生竟没有任何回应,或以冷淡的眼神看看我,或回避我的眼神。

"唔,这是职业习惯使然。"我这样来宽慰自己。

公安机关执法能力确实需要提高,违法执法、粗暴执法、执法随意性比较突出,人民群众反应强烈,申诉控告纷至沓来。我手头积压着好几件案件需要及时处理。我一边走一边把这些案件分别按轻重缓急排队,抓紧处理。这样可以最大限度减少负面影响。我真不想听到公安机关被老百姓唾骂。

走进办公室,我惊奇地发现,办公室里气氛异样,五张办公桌前整整齐齐地坐着科里的全部民警,副处长刘光敏端坐其中,科长曾繁荣则端正地站在旁边。我踏进门时,所有的目光都像行注目礼一样集中到我身上。这些目光有的愤懑,有的担忧,更多的则是关切,五双眼睛就那么默默地看着我,半晌没有人吭声,就连一向油嘴滑舌的曾繁荣也竭力回避着什么。

沉默少顷,曾繁荣嘴角抽动几下,立起身来,热情地招呼着:"阿南,来来来,坐坐。刚才科里开了个会,光敏处长亲自来参加,可见对我们科里的关心……"

"永南,你这段时间辛苦了。刚才开了个会,让你休息一下,这是组织上和大家对你的关心。"刘光敏字斟句酌地说,眼光不时偷偷瞄着我。

"你来,我们和你谈谈。"

我已经心知肚明,这个时刻终于来到了,便坦然地随着刘光敏、曾繁荣走进了处长办公室。

落座后,刘光敏眼光盯着别处,几次欲言又止。曾繁荣屁股下就像是有个钉子一样,坐立不安的。

"没关系,你就说吧。"我笑了笑先开口了。

"嗯……是这样……"刘光敏还是沉吟着难于开口。

"光敏处长,阿南这个人非常大度,你就直接说,没有关系的。"

曾繁荣僵硬地笑着说。我微笑着点头表示认同。

"永南,你把查办田孟生案子的过程和我们谈谈,好不好?"

他想了想，又补充了一句，"主要是组织上想了解一下这方面的情况。你不要有啥顾虑。"

"是全部吗，是不是包括吃住？"

我心里有些好笑。我喜欢坦率，开门见山，与组织上谈话完全可以直截了当。于是，我把全部过程都如实陈述了一遍。

刘、曾二人边听边记录，仔细地对每一个细节进行核实，到最后，他们又反复地问了几个诸如究竟消费了多少，是否进入娱乐、色情等场所之类的问题。

"你们在派出所到底消费了多少？你可要实事求是哟！"

刘光敏的惊讶不无道理。基层对市局机关来的干部往往恨不得把心挖出来，都是竭尽所能，以最高标准、最好的方式来接待。可我们市局机关一些干部却由此滋生起骄奢淫逸之风，对基层招待动辄挑刺，甚至公然要吃、要玩、要特产、要色情、要刺激。曾有一个专项检查组下去不到三天，三辆车里塞满了土猪肉、天麻、岩耳（一种很稀少的菌类）等特产，装红包的信封堆了一堆。饶是如此，仍不能满足其奢望，稍不满意便在工作上横挑鼻子竖挑眼。有个执法质量为优秀的派出所竭尽所能，全力满足其要求，终因仍不满意，考核结果达不到要求，失去了上等级资格，全所十多名民警抱头痛哭。

"只有一百多元，好像是一百三十多的样子，我记不太清楚了。但我敢保证，没有其他任何消费，更没有收受过任何钱物。这个钱需不需要我退出来？"我装模作样地去摸钱包。

"这我就放心了！"

刘光敏如释重负，精神轻松起来："永南，我把情况给你说清楚，你有个思想准备。现在，田孟生把你控告了，经过市局研究决定，由纪检、审计、法制三家组成专案组对控告事实进行调查。你现在要做的就是把查办案件的所有情况都写成书面材料，交给专案组。你一定要实事求是。"

"都控告些什么,能不能透露一点儿,我也好知道我有多坏。"

"这些你别打听,现在不方便给你讲。这期间你要配合调查,要相信组织会实事求是公正处理的。你有什么想法可以说说。"

一直碍于情面不好开口的曾繁荣这才插话了:"阿南,湖上行船,水面当然不会平静。你就当马蜂叮了你一口。男子汉大丈夫,拿得起放得下。我们都相信你的为人。"

"我的想法就是……"

我的一句话让他们倍感惊愕:"真心欢迎调查,组织专案调查对我来说是好事。专案调查一定会作出结论,对与错、是与非一目了然。不然,今后背个黑锅反而还说不清。"

这是真心话。我历来注重自身道德修养,要求自己的所作所为都能够见得阳光,必须符合法律政策。从警历程中更是如此,从来对吃拿卡要深恶痛绝,面对形形色色的物欲、利益诱惑没有丝毫动心,更没有谋取过任何非法利益。更何况这个案子我是心里有底,当然对组织上的调查持欢迎态度。

我甩甩脑袋笑笑,问道:"那我还上班不?"

刘光敏沉重地说:"这个……又没有叫你停职。工作上可以干,也可以休息,但不要走远了,需要的时候好找你。"

"阿南,你想来想走随你便,出去旅游都可以,只要你不叛逃到美国,我当科长的绝不管你。我不相信就没得天理了。"

"永南,你不要背包袱哟。"临走时,刘光敏又反复叮嘱。

"你就放心好了。"

我迅速把查办田孟生申诉案件的经过十分详细地如实写成了材料,并表示欢迎组织审查,交了上去。

事后才得知,赵浩强臆想:敢于这样处理案件,不买她赵常委的账,必定收受了派出所不少好处。于是,她亲自组织人以田孟生及其亲属名义炮制了举报材料。言之凿凿地检举我收受了派出所价值两万八千元的香烟和现金三万元；由派出所陪同每晚高消费达六千七百余元，特别提到光星期三一晚上就消费了近万元。

从这天开始，法制、纪检监察、审计共计抽调十余人组成专案组在巴南李家沱查了个翻天覆地，甚至连相隔数公里远的全部高档餐厅、娱乐场所都过了一遍筛子，其架势非要查出个巨贪、大腐来。

任他那边查得热火朝天，我仍然心如止水，每天按时上下班，该说的说，该笑的笑，情绪没有受到丝毫影响。在不经意间，我突然发现，原来同事之间的情谊竟有这么深厚。

同志们心里有一杆秤，是非曲直清清楚楚。他们表面上一副事不关己样，可是一有机会就悄悄地找到我，为我出谋划策，提供了不少信息，出了不少主意。有的自告奋勇要帮我联系上层关系；还有的要帮我去给相关人员带信，让他们作好准备……目睹这些常年在一起的兄弟姊妹们为我操心焦虑，铁石心肠的人也会感动。

"心意我领了。信息、主意、办法都很有见地，用于某些场合基本上可以扭转局面。"我微笑着摇头，予以拒绝，"你们一定要听我的，绝不能有任何动作。你们对我最好的帮助就是无为，不要有任何作为。"我提醒他们：如果做了，就有可能适得其反，个别别有用心的人就有了可乘之机，查不出问题就会以非组织活动来大做文章，至少也会把本来非常明朗的事情搞得复杂化，这于组织、于个人都是非常不利的。

"你们就放心吧，我非常有数，不要担心。"看他们带着忧郁的眼神离去时，我真正感觉到了这个集体的温暖。

时间就样一天天过去了，已经一月有余，巴南李家沱还在翻天覆地，差不多该把地壳铲去一层了。从始至终，我一直镇定自若，耐心等待我预见的结果来临。日常工作生活均没有受到任何影响。这天中午休息,我端着饭盒一边狼吞虎咽,一边和大家打"双扣",因为牌风顺,连连胜利,不觉得意忘形,举着不锈钢饭盒手舞足蹈。一不小心,砰地打在身后一个人身上,一直专注于战场的牌友们顿时像电影定格了一样面面相觑。我歉意地回头一看,顿时伸出了舌头,做了个鬼脸。

身后站着的正是周志仁副局长。他凝神看了看我,嘴角露出了一丝笑意。

"周副局长,这、这……"我诚惶诚恐地站起来,摸着后脑勺不知该如何表达歉意。

"没事,没事,你们玩。"说罢,他便叫上曾繁荣转身向外走去。

下班了,我把案卷合上放好,起身向办公室门外走去。曾繁荣眨了眨眼,我便有意拖沓了一会儿,待人们都走完了才慢慢腾腾地出了办公室,走下古旧的木楼梯,在出口处,就见曾科长独自抽着烟看着我笑眯眯的。

"阿南,你面子不小哟。"他的笑容很灿烂。

我满腹疑问地看着他:"不会是请我吃饭吧?"

"你小子就知道吃,吃。今天,周副局长是专门来看看你的。你晓不晓得,他都问过好几次你的情况了,多次跟我交代,这个时候一定要体现组织上的关心,疏导你的情绪。我还从来没有见他这么关心一个人的。"

这老头一生正直、清廉,在公安法制系统有口皆碑。我与他之间从没有什么个人来往,只是工作上常见面。准确地说,就是他的一个下属而已。我心里一阵感动,有种异样的感觉,嗫嚅着不知该说什么。

"哎,你小子咋搞的?这事情闹得这么大,这么久了还没有结果。你……"曾繁荣探究地酝酿了一阵,盯着我认真地说道,"你小子究竟有没有什么问题,你得给我说实话。但是……看你心如止水一样,又不像有问题的样子。"

确实,已经一个多月了,这么庞大的专案组竟还没有拿出结论。周围的同事们一个个心都是悬着的,唯有我一直就这样坦然,真是……

"你小子气死我了,真是皇帝不急太监急。"他说完自己也忍不住笑起来。

看着他那副担忧的样子,我不由得有些好笑。我的传呼机又不合时宜地叽叽叽地叫起来。我一看却是龚益祥的号码。这令我踌躇了,我和他的感情非同一般,事发后我也曾想给他通个电话告知一下,但想到这样并不好就没有打这个电话。但现在他找我,想来肯定是专案组找过他了,想到他因此为我受到压力,心里真不是个滋味。我心一横,告别曾科长,找了个电话回了过去。

电话刚响了一声就"咕噜"一下被摘机,我刚"喂,我王……"了一声,龚益祥慌慌张张的声音哗啦啦地传出来:"王大哥,王大哥,你有啥子事,出了啥子事?这是怎么回事?好大的阵仗哟,把我魂都吓脱了是怎么回事,你赶快给我说说……"

"益祥,没啥事,就是个别人有点儿喜欢我。"我轻描淡写地想把事情掩盖过去,其实我知道这是徒劳的。

"哎呀,太吓人了。我可是从来没有见过这么大的阵仗,专案组把我整惨了。"他说话的声音直发抖,唠唠叨叨地叙述着专案组不让他回家、不让休息,逼他承认派出所委托招待我高消费。如果不承认,就会面临非常严重的后果云云。

"最后把老子也搞毛了,我他妈的心一横,爱咋的咋的……哎,这是咋回事,究竟出了啥事吗?大哥,怎么也得给我说一声哪!"

这是我自从专案调查以来,情绪上第一次激动了。这么一个与世无争、安安静静过好自己生活的小人物,居然也因为我这莫须有的"罪名"而惨遭如此际遇。一股无名火腾地直冲我的脑门:"真他娘的!事情是……"我一机灵,突然冷静下来,意识到调查还没有结束,说得太多了并不好,马上刹车,只是轻描淡写地讲了一下,免得增加他的包袱。

"大哥呀,你莫把老弟看扁了。老弟虽然没有大出息,但好歹还是分得清的,再大的事我也扛得起。你怎么也该给我来个信,我也好有准备嘛。"

"益祥,不是我不告诉你,关键是不能让你事先知道。你这个人太善良,从来不会伪装,如果事先知道了情况,肯定会拼命为我辩护,专案组就会察觉我们通过气,你说真的也不会相信,那你就有苦日子过了。不告诉你,这样还正常些,也不会把你怎么样。"

那边沉默了一会儿,突然恍然大悟,兴奋地叫起来:"哎,对呀!还是你想得周到,好在我真的是实事求是说的。我们本来就没有啥子嘛。"

日子一天一天地过去了,工作总是没完没了,生活还是照常在那狭小空间里进行,儿子照常淘气,妻子照常生气,我也照常憋气。这一天下午,放学回家的妻子怒气冲冲地拍着桌子,狠狠地教育了我一顿。原来,她不知从哪个渠道知道了我惹出的滔天大祸,气急败坏地非要我老实承认错误,就差没有说出"做个好儿童"来。我这才恍然发现,专案组工作已经两个多月了,还是没有任何结果。一直淡漠对待,从不打听的我也有些焦灼,这么搞足见功夫之深、之大。我反复反省自己,怎么也找不出有任何违纪行为,案件上我更是有把握。我甚至把从警以来所有的一切事情都过了遍筛子,也找不出任何问题。算了,干脆再也不去想它,反正无论如何结果都是预料之中的。我决定,就把这件事埋藏在心底,当它没有发生过一样。

这当然是自欺欺人,该来的迟早会来,想回避也回避不了。

没有隔几天，专案组历时两个半月的调查终于有了结果。那天，我被叫到了处长办公室。自从成立专案组就一直回避与我见面的处长这时也出现了，而且还是一副意气风发的样子。他们告诉我到周副局长那儿去一下，是结论出来了。

"当然不可能有问题嘛！"我主动微笑着说。

"我早就相信你是清白的。"处长说。

"去周副局长那儿，他会给你讲的。"刘光敏副处长说。

周副局长还是一如既往，很平和带着微笑告诉我，所有的控告纯属诬告。专案组查出的结果是你们一共在派出所消费了二百三十七块七毛四分，和几万的消费好像是差得远了点儿。

"法制干部就得清正廉洁、刚直不阿，特别要顶得住诱惑。"

处长这时插了一句："我早就知道是诬告，一晚上请十个小姐陪你也消费不了那么多钱。再说，你王永南身体也没有那么好哇。"

虽然结果是在预料之中，但一旦这个结果出来后，我还是有一种卸下千斤重担的感觉。尽管副局长、处长、副处长还在通报相关情况，可我的思绪已经飞扬起来，董焕仁的教诲、王景埔的训斥、翟老猫的严厉历历在目。这些老前辈给我筑就坚实基础，使我有了足够的底气从容不迫、坚定不移地站在社会公平正义一边，维护法制尊严。

就在我心旌荡漾之时，周副局长突然问了一个令我血脉贲张的问题："你是不是给赵浩强说，研究案件时你不想处理田孟生，是我非要处理不可的？"他目光炯炯地看着我，嘴角却有点儿笑意。

这个问题一下把我从天堂拉入地狱！没有想到赵浩强的人品如此低劣，哗地一下，我全身的血都涌上了头部，气得浑身发抖。但我迅速调整了自己的情绪，把两次通话情况向周副局长作了如实陈述，而且都及时向刘光敏副处长作了汇报。

最后我说道："和她这两次通话中，每一次都是她直接给我下指示，我都没有说上一句完整的话。另外，就是在询问赵浩强时,是我们专案组全体成员在场,同去同出。我更是从没有单独与她见过面,而且……"

我想了想,还是鼓起勇气说了出来:"我们个别民警为违法犯罪嫌疑人开脱,汇报案情时避重就轻这一套我不是不知道。我如果有什么想法,完全可以在汇报时把田孟生的情况谈得轻描淡写,搞个模棱两可,这样就可以取得皆大欢喜的效果。可我认为这是一种油滑,不是法制干部应有的素养。"

周副局长哈哈哈地笑了:"莫着急,莫着急嘛。这只是她一家之言。我根本就没有相信过。你本性就不是这种人,是吧。"

这两个多月我不是没有压力,只是我能够承受而已。这一下释放出来,就有些失态了。我坚决要求局里给我一个书面答复,我要向政法机关控告,追究她的诬告责任。结果被周副局长批评了一通。他指出:你这是在劳民伤财。她可以举出一千个理由、一万条道理来辩解,你费尽力气争取到的最好的结果也就是个控告失实而已。

"相信组织,相信这个社会还是基本健康的。你这个结论就是个典型例子嘛。"

事情就这样平息了下来,随着时间推移,通过多种渠道,有关这次案件的相关情况逐渐清晰。专案组秉承局长旨意进入巴南李家沱后,以非常严苛的态度很快就查清了我们三人办理田孟生案件的相关情况,确实无可指责。可专案组成员大都知道赵浩强与局长之间的特殊关系,为了认真落实局长指示精神,将调查范围扩展到对派出所全面清查。那时的派出所工作尚未规范,自然免不了存在问题,这样才算交了账。

这场风波就这样结束,一切都进入了常态。人们也都把这事淡忘了,我也把它丢在了脑后。

这一天早上,从起床开始就觉得特别爽,妻子带着儿子去学校时留下的早餐分外香甜;从黑暗狭小的房间来到街上,阳光分外明媚，熟悉的陌生的行人脸上都带着笑意；走进市局大院时，一向板着脸的传达员破例冲我点了点头示好，标准军姿的武警还啪地给我敬了个军礼……

这些都让我的心情分外好。心情一好，思绪就格外活跃，站在院里那棵黄桷树下遐想起来。法制就像这棵大树一样，粗大的根深深地扎于沃土中，源源不断汲取着养分，长成的参天树冠荫庇着这一方土地。尽管它还不能将全部土地纳入它的荫庇之下，尽管它的参天树冠上还有个别枯枝，但只要它永远深深地植根于这片沃土中，终究会有将这片土地全部遮蔽的那一天……

我哼哼着小曲走近这栋建于民国年代的小楼前，走完陈旧得油漆斑驳、吱嘎作响的木楼梯，正要推开修整过无数次的木板门，门却自己开了，科里的内勤走了出来。这个漂亮的女孩子眉眼都带着喜气，一见我顿时双眼睛放光，喜悦之情溢于言表。她四外看看没有人，一把抓住我，非常激动地说："快点儿，王大哥，好消息，好消息。"那神情，那激动，在这个从来就比较矜持的女孩子身上可以说是前所未有的。

她凑到我的耳朵上，低语着："你可千万不能告诉任何人啊！赵浩强被抓了，是中纪委来办的。"

我一下愣住了，傻了一样站在那儿，半天没有反应过来，脑海里浮现着"天理昭昭、天网恢恢、自作孽不可活"之类的字眼。

好半天，我才从激动中冷静下来，我得确认一下这件事的真实性。我想了想，借着去周副局长那儿汇报案件的机会，我突然问了一句："听说赵浩强被中纪委逮起来了，是真的吗？"

周副局长惊讶地看了我一眼，把头埋到了文件上，沉吟了一阵，瓮声瓮气地说道："刑拘……我不知道。我忙得很。各人回去，把案件办好。"

过后，我才知道，赵浩强被中纪委刑事拘留了。

我脚步轻快地走出了周副局长的办公室……

取土司

一

2000年12月,旧的一年行将结束,崭新的一年即将到来。渝东南的山山水水也在这新旧交替的过程中开始崭露出些微端倪。武陵山脉郁郁葱葱的植被开始抖落覆盖一冬的冰雪,展示那令人眼前一亮的葱郁。山涧小溪因冰雪消融而活跃,唱着欢快的小曲,哗啦啦地奔向墨绿的乌江,汇入长江,流向大海。蛰伏一冬的动物也渐渐开始出没,在蜿蜒于山崖半腰的公路上,偶尔会突兀地窜过狼、獾、猴、猪等动物身影。这着实叫我们惊喜不已,不由得大呼小叫起来。

"别叫啊,别叫!把车子吓着了,尥起蹶子来,我可掌握不住,我们大家都到岩下头乌江里喂娃娃鱼,哪个都跑不脱哟。"开车的梁军一点儿也不敢分神,说起话来也是一本正经的。

"你就说是你的技术问题嘛,别怪车子尥蹶子!要不然就是怪你太重，把车子压坏了。"和我并肩坐在后排的沈伟嗓音清亮，语言幽默，言谈间表现出浓浓的书卷气息。

"哎，王大哥，你给评评理，在法制处，开车有哪个敢跟我比。我服了，我服了，我辛辛苦苦开车，一句好话都听不到，气愤哪，气愤哪。"梁军半真半假地说着，但双眼一直紧紧盯着前方。

"哎，王大哥，你怎么不说话呢？看到兄弟受人欺负，你也不站出来，当心我哪天不认你这个大哥啊。"梁军扭头看了我一眼。

"咳，好好开车哟。也不看看这是啥子路，还在吊儿郎当的！"坐在前排的执法监督科科长杨培新梗着脖子不耐烦地打断梁军。

我们是沿着乌江边行进，墨绿色的乌江在脚下几百米处被两道直上直下的山崖挟持着，像一根绿线一般缓缓流动。峭壁上，拦腰开凿出一道凹槽，与断断续续的隧道相连，便是公路。1997年重庆成为直辖市，黔江、酉阳、秀山、彭水纳入重庆管辖后，第一次去到这些县里检查工作的同志回来谈起路况时那真是心有余悸。我记得，现任法制总队的总队长，当时任法制处复议科科长的余朝刚是这样形容的：路边、头上到处都吊着石头，下边深不见底，生怕汽车喇叭太响了把石头震下来。在这么险峻的路上行车，也难怪驾驶员不得不小心翼翼了。

梁军伸了伸舌头，做了个鬼脸，专心开自己的车了。

2000年5月，公安部决定在全国公安机关开展执法质量考评，并下发了相关文件及实施细则。这对我们法制部门来说无疑是一个天大的好消息。法制处自从1990年成立以来，在规范执法方面做了大量工作，但苦于没有一个规范性的指导文件，许多工作往往事倍功半，执法质量始终处于波动状态。这个文件的下达无异于及时雨，使我们的规范执法工作有了方向和依据。在公安执法领域颇有造诣、已获得重庆市十大青年法学家称号的副处长刘建中当即组织执法监督科、法规科针对我局执法工作实际,制定出了《重庆市公安机关执法质量考评实施办法》向全局下发,从此拉开了重庆市公安机关对执法质量全面实施考评的帷幕。而且,这项工作就交由我所在的执法监督科来具体负责实施。

因为是第一次正式实施执法质量考评,局、处上下都非常重视,专门组织相关人员进行了为期一周的培训,学习文件,吃透精神。讨论制定了组织纪律,明确了考评方式方法、注意事项。以地区划分为数个考评组,大家信心满满地分头出发了。

"执法质量考评真是一剂灵丹妙药,这一路考下来,哪个单位都规规矩矩、不吵不闹,今后法制工作好搞喽。"沈伟是个闲不住的人,又挑起了话头。

他说的是实情,我们这一组负责对渝东南的黔江、酉阳、秀山、彭水和主城区两个单位的考评。我们采取由远及近的方式从秀山县开始,到酉阳、到彭水。一路考评下来,一反过去那种扯皮的局面,每个被考评单位都是高度重视,认真对待。局领导都是早早等着我们的到来,再忙也要与我们见面,沟通情况,甚至还派出专人到县境边界处迎接,对我们的食宿等更是关怀备至。考评结束交换意见时,唯一的要求就是希望我们高抬贵手。秀山县公安局局长直言不讳地说:"分打得高有利于加强法制工作。"酉阳县公安局局长郑重其事地告诉我们:局里已经作出决定,采取一把手亲自抓,增强人力物力,将最优秀的干部调入法制科等措施来大力加强法制建设,加强执法监督指导。"如果考评分打得高一点儿的话,法制科有威信,法制工作就好做了。"考评下来,因为标准比较明确,秀山得了七十多分,酉阳得了八十一分,均为良好。两个县公安局均没有表示异议。对彭水县公安局的考评却是有惊无险。我们到达后与县公安局领导们见面,刚说明来意，新上任的局长快人快语一句话就把我们说得愣住了："还考什么，你们直接打个不及格就是了，我们有自知之明。"

彭水县局当年两名主要领导和一名中层领导因为贪污被追究刑事责任，是考评办法中的一票否决情形。我们原来设想新的领导班子对此可能会有一番争执。现在既然是这样，当然少费我们多少口舌了。我们商议了一下，从提高执法质量考虑，决定还是把他们的案件认真复查一遍，找出问题所在，以利今后执法质量的提高。此提议竟使县局领导大为感激，连连表示市局来的同志就是站得高看得远。新一届领导班子一定不会辜负市局领导期望，一定要把执法质量当成公安执法生命线，抓紧抓好，抓出高质量来。

以往的执法检查，总是伴随着扯皮撩筋、争执吵闹等磕磕绊绊，被检查单位无理也要狡三分的现象更是比比皆是。执法质量考评规定有力加强了法制工作规范化，提升了队伍法制意识，促进了执法质量的提高。那些一贯处于被压抑地位、谨言慎行的法制干部，一个个终于扬眉吐气，大有翻身做主人的劲头。

大家你一言、我一语地议论起对三个单位的考评情况，就连正襟危坐的杨培新也似乎完全忘却了险峻道路的行车风险，更是谈得眉飞色舞、眉开眼笑。他将夹克衣袖挽到胳膊肘上面："真解气，就该这个样嘛。有了执法质量考评，看哪个敢态度不端正。下一步就轮到土司了，你们觉得他会怎么样？"

渝东南地区是少数民族聚集区，尤以土家族为最多。这儿的几个县均冠以"土家族、苗族自治县"的名字。土家族是一个善良、温驯的民族，过去是实行典型的宗法统治。土司，就是土家族头人的称呼。土家族人的生杀予夺一切均以土司意志为准。而土家族的第一大姓就是冉姓。他们所说的冉土司就是时任黔江公安局的局长冉光珍。

黔江在重庆直辖前是四川省一个地区所在地，统管着酉阳、秀山、彭水及其他诸县。当时的黔江公安处因其职责,加之四川省公安厅距离较远,对辖区内诸县公安机关具有生杀予夺大权。故此,这几个县公安机关的民警们均称冉光宗为土司。

"冉土司这个家伙,在他的一亩三分地上称王称霸惯了,这回不管怎样也要他低下头来。"沈伟信心满满的。

"管他的,我们按规定考评,大不了费点儿劲,把案子看认真点儿,把分打严格点儿。他还能咋的!"梁军瞪着眼看着前面,想了想,他又补充了一句,"只是苦了傅强哟。"

傅强是黔江公安局法制科科长,还不到三十岁,很有能力,对公安法制颇有研究,四川省公安厅、黔江区检察院均想调其去工作,但都被冉光宗卡住不放。在这样一个领导下工作,其难处可想而知。

"这可是你们各人说的啊,到时候可一定要认真考评,不能让这个家伙挑出毛病来。"

我们乘坐的普桑警车小心谨慎地行驶在半山悬崖上,向黔江前进。

二

黔江是一座坐落在两山之间的城市,河蚌形的现代体育场馆、大型卷烟厂、高楼林立的新区昭示着其在渝东南不可逾越的地位。与青砖围墙、红砖小楼、平房环绕的农家小院似的秀山、酉阳、彭水公安局不同,黔江公安局是一座通体用石棉红花岗岩装修的气派大楼。楼前一座以石棉红花岗岩铺就的九级台阶与大楼宽大的前厅相连。台阶以下是宽大的院坝,两边停满了各式车辆。院坝出口处屹立着一座高大的牌坊式门楼。外面朝街处精工铸着金光闪闪的"重庆市黔江公安局"几个大金字。

我们的车开进大院,门卫问了一下后就再没有人问津。

梁军率先跳出驾驶室,大腹便便的他四处看了看,若有所思地点了点头:"不错,不错。"

随后从副驾驶座钻出的杨培新身材瘦长。他一手夹着公文包,右手习惯性地捋了一下右偏的长头发:"哎,哎,咋没有看到人呢?"

杨培新因其长发被人们叫作艺术家。其实他是不大善于修饰,头发总是乱蓬蓬的。

我和沈伟从后座上下来,见院里不时来往的人们照常来往,进出的车辆照常进出,对我们的到来没有任何反应。这与其他单位的热情周到形成鲜明对照。

"走吧,去法制科办公室,找傅强。"我笑笑说,带头向大楼走去。

"嘿,人都看不到一个。你们通知没有哦?"杨培新有些不满了。

梁军一边往身上斜背着挎包,一边扬着肥厚的手掌,竖起大拇指肯定地说道:"我办事你还不放心吗?一会儿见到傅强你问他,他保证不敢说没有通知他。"

话音未落,傅强就从大楼里跑了出来。他是一个身高不足一米六、瘦小的小伙子,穿着一件线格的T恤衫,却又将T恤衫下摆扎在裤腰里,这令他看起来更为小巧。见到他这么个小个子,我脑子里顿时浮现出那则无人驾驶汽车的笑话,不由忍俊不禁。一次冉光宗正在指挥一起重大安保工作,突然见一辆汽车从山坡上冲向安保现场。冉光宗见车内竟然没有驾驶员,顿时大惊失色,赶快叫民警堵截那辆无人驾驶的汽车。结果,这辆车是傅强驾驶的,因为他个子小,坐在驾驶室里几乎看不到。

他一边轻快地跑过来,一边扬着手给我们打招呼:"对不起,对不起,我有点儿事耽搁了。欢迎,欢迎你们!走走走,到办公室里去说。"

"傅强,你这个家伙架子不小,我们来了连人都看不到。我们正在说是不是回去算了呢。"

正亲热地逐个握手的傅强脸上笑成了一朵花:"哪能呢。我们黔江这地方是少数民族地区,人最热情,酒管够喝嘛。"

在法制科办公室里,大家推让一番后方才坐定。

"各位大哥,有个情况我得汇报一下。我们冉局长不在,马政委到区党校学习去了,要一两天才能回来,是不是先不向局党委汇报,等冉局长回来再说?"傅强一脸难色,十分尴尬。

"你向他汇报执法考评的事了吗?"杨培新说。

"嗯,他是不是故意不见我们?"梁军眼睛瞪大了。

"这还是头一次遇到的事。局长不出面,这考评怎么进行呢?总不能说我们在下边查得热火朝天,他这个主官还不知道嘛。"沈伟说。

"这个……这,冉局长确实没有时间,你们看是不是咱们该怎么干就怎么干?"傅强打开抽屉,将一叠文件放在我们面前说道,"反正材料都准备好了,我们的执法质量确实不怎么样,还希望老大哥们高抬贵手,哈哈。"傅强笑起来一脸灿烂,十分真诚。

"你不要给我们打哈哈。我们开展考评工作前必须首先向局党委汇报,这是规定。"杨培新很生气。

"哎呀,真的,真的。我还会骗你吗?现在局长和政委真的不在,刚才我去找了其他副职领导,冉局长没有交代,他们都不敢来插手。"蜷曲在椅子里的傅强急得坐立不安,一会儿把眼镜摘下,一会儿又戴上,不时还气哼哼地站起来走两步,想了想又补充道:"各位大哥,你们不知道,冉局长动不动就龟儿老子地把这些副手骂得狗血淋头,更不要说其他干部。哪个敢来插手他范围内的事?咱们还是先检查,等他回来再说,可不可以?"

"你也没少挨骂吧?"想象着他被骂得狗血淋头的样子,我问道,然后抓过他撰写的自查材料,仔细地看起来。这家伙确实有才,自查文件写得精练,问题找得比较准,分析透彻,措施得力,最后对执法质量评价也比较中肯。

"这都是家常便饭了。"傅强无奈地摇摇头。

"他走之前怎么说的?考评通知下来后你有没有向他汇报?"杨培新兀自愤愤不平,不时撩一撩乱蓬蓬的头发。

"晓得了!只说了这三个字。昨天我还专门去找了他,他说……他说……咱们还是先检查起来,等他回来再说。你们觉得呢?"

"他怎么说的?你不要怕,实事求是地说。"我们都紧追不放。

"我……我说了你们也不要生气。"他犹豫着没有往下说。

我已经心里有数了,平静地让他说。他想了想,终于下了决心般一咬牙说道:"他说,你们想怎么检查都行,他不见你们。"

我们一个个面面相觑。梁军眼睛都瞪起来,像鸡蛋一样。沈伟惊讶得张着嘴,一贯的笑容僵在脸上。杨培新直直地看着傅强,半天没有说话。见此,傅强赶快圆场解释说:"这也难怪。直辖以前,重庆和黔江都是地区,他和市局局长平起平坐,一同参加省厅的会议。一下成了下级,他心里当然不舒服。老革命一生从事公安工作,现在年已花甲,资历少有人能比,闹点儿情绪也是在所难免的嘛。"

杨培新终于耐不住性子了,摔打着文件:"走走走,先住下来再说。"

傅强给我们安排的酒店还不错,两人一间,干净、舒适。放下行李,我就叫上梁军直奔杨培新房间。

杨培新与傅强坐在小圆木茶几旁,沈伟盘腿坐在床上,正在商议着。我们进门时正好听到傅强的话。

"法制根本就没被他放进眼里,他巴不得整个公安机关只剩下刑侦、治安两个部门……不，干脆只剩下一个部门，管起来既轻松又方便，效力绝对高。"

"这家伙真是个土司呀！"听得聚精会神的沈伟感叹。

"这个家伙，这个家伙……哎，你们说说该怎么办？"杨培新见我们进来，叫我们坐下商议一下。

"既然他态度不端正，打他个不及格。我不信他还能翻天了！"我正在沉吟，梁军突兀地冒出一句话。

"哎，傅强，他不是不重视法制工作吗，我们打他个不及格，他今后就不敢不重视了。你说呢？"沈伟笑着问傅强。

杨培新接着说："哎，你别说，给他一个教训，这样对你今后也有好处。关键是对你个人好不好，啊？"

"倒没啥子影响，但最好还是不要打不及格，哪怕把分打低点儿都可以。如果真是不及格，那也不太好。"傅强笑着想了想，推了推眼镜说。

我沉吟了一会儿。毫无疑问，从个人感情来说，如果考评结果不及格确实令人难以接受。但我们深受市局党委的重托，如果被这种私人感情所左右，不仅不能考评出真实成绩，还会让被考评单位质疑执法考评的严肃性，进而影响法制部门历尽艰辛树立起来的声望。

"我看还是实事求是考评，该多少分就是多少。正是因为土司这种态度，我们的考评更得严格、谨慎、不被挑出毛病，更重要的是别让人把我们法制部门也列入杂皮（重庆俚语，指不三不四之流）类。"

大家哄地笑起来。

那时，重庆公安队伍里作风问题不少。民警调侃：一等杂皮交警队，站在马路吃社会；二等杂皮治安队，吃喝嫖赌样样会；三等杂皮刑警队，案子未破人先醉……说心里话，我真不想我们法制部门哪天也被列入此等杂皮类。

"那就这样，我们先检查了再说。"我的提议获得大家赞同，杨培新也最后下了决心。

三

第二天，我们的执法质量考评就正式开始了。我们分成三个组，各自完成自己的工作。杨培新在傅强陪同下，分别去当地政法委、检察院、法院提取公安机关的打击率、批捕率以及民警违纪、违法犯罪等执法基本数据。梁军、沈伟负责对巡警大队执法情况进行检查，我负责对治安大队、刑警大队执法情况进行检查。检查内容主要是案件，同时还要检查台账，以及劳教、拘留、强制戒毒、少管等几类人员的执行率。

执法情况主要以检查案件为主，按照考评文件规定，被考评单位要抽出刑事、行政案件各五十件进行检查，案件数量不足的则要检查全部案件。

我在法制科民警带领下来到刑警大队。大队长是个四十多岁的壮年汉子，身子略显瘦长，下身穿着运动裤，警用大衣披在肩上，正斜靠在办公桌头上打电话。他伸出食指指了指沙发示意我们坐下来。

他们的办公室当然比秀山、酉阳、彭水条件好得多，不像那些地方从局长到民警都是用的普通木板办公桌，他们已经用上了复合板做的老板桌。天然气烤火炉烧得通红，使室内暖洋洋的。

"管哪个舅了大爷说的，你怕这个条条，那个款款，还怎么办案！加大点儿力度，多关他几天，让同监舍的帮助帮助。"

他气哼哼地撂下电话兀自愤愤不平，似乎才发现我们的到来一样，不屑地揶揄道："屎壳郎推粪蛋，前面刚滚起走一拨你又带人来了⋯⋯"

法制民警是个四十来岁的中年人,个子高大,说话办事比较得体。他赶快打断话头:"别乱说,这是市局法制处领导,来这儿检查你们的案子。"

大队长愣怔了一下,露出了一点点笑容,朝着我的方向点点头,走到门口处冲隔壁喊道:"小陈,泡茶。"然后转身边走向座位边说道:"你们这个检查,哪还需要来办公室嘛。打个电话,我叫内勤把材料给你们送去就行了。"他把抽屉一个接一个地拉开,在里边乱翻着,又在办公桌上堆着的文件堆里翻找一番,接着伸长脖子向着门口喊叫着:"小陈,小陈,你快点儿。"

"来了,来了。"刑警大队内勤小陈应声一手提水瓶,一手拿杯子,腋下夹着笔记本走了进来。

这是一个二十多岁的女民警,一头长发,个头儿适中。她眼带笑意,在我们面前摆放好茶杯,冲上开水,顿时溢出茶香来,这令我们的心情舒缓了些。

"我们大队的那个执法自查报告你放哪儿了?现在市局来检查,你赶快找出来,我好给人家汇报。另外,再找两件案件让他们看一看。"大队长把披在肩上的大衣往上提了提,坐在自己办公桌后,拿出笔记本来。

我欠欠身子正要说话,大队长以不容商量的口气接着说下去:"执法质量上你们放心,多少年来,酉阳、秀山、彭水这些县都是我们管,他们执法得听我们的。他们都得了七八十分,我们不管怎么说都该比他们高才合适嘛。"

他将肩上的大衣往上拉了拉,左手夹着香烟,右手接过小陈递过来的法制执法总结文件放好,开始有板有眼地汇报起来:"尊敬的各位领导,我们刑警大队全年办理刑事案件、治安行政案件共计……"

这份总结前面是基本情况及相关执法数据,中间主要是侦查、调查措施,紧接着是侦查破案经验总结,最后是下一步努力方向。

"各位领导，我们大队是历来的先进单位，而且直辖前一直负责对周围几个县的监督指导，考评分怎么也得比那几个县高。我们觉得给我们打个九十分应该问题不大嘛。"

我生性不喜欢抢别人话头，前前后后半个多小时，一直是他洋洋洒洒地作报告，我一直没有机会插话，这时再也忍不住了，不客气地打断了他的话："你也不问问我们来干什么，我们是来看案子的，刑事案件、治安行政案件各五十件。听了半天，你那就是一份日常工作报告，我基本没有听出来有关法制方面的情况。而且，你们刑警大队还在办理行政案件，数量还不少。这说明什么，只能说明你们案件还没有归口，没有规范管理。当然这是行政管理方面的问题，不是我们今天检查范围。但是，从你这个报告中我看不出来你们在法制建设方面做了哪些工作，更谈不上质量反映，我怎么给你打分，而且要打那么高的分……你把案子拿出来，我们马上检查！"

被我一席话弄得瞠目结舌的大队长这才醒过味来，忙吩咐小陈去拿两件案子来让我们检查。

"不是两件，是五十件刑事案件，五十件行政案件。我们一共要查一百件案件。"

大队长脸色一下变得很难看，他似乎要发作，但想了想还是忍了下去："我们没有那么多怎么办？"

"那就全部拿出来，有多少拿多少，不足一百件就检查全部案件。"

"你快去拿来，查完了后按比例算分。"法制民警和颜悦色地劝说。

大队长站起来，差点儿带翻了椅子，带着小陈腾腾腾地走向隔壁。

一会儿，小陈抱着齐下巴高的一叠案卷走进来，放在茶几上,拍拍衣襟上的灰,带着歉意说道:"不好意思,可能就这些了。大队长另外有事,他就不陪你了。"她赶快又去将茶杯添满水。

"哟,还不少……这样,你另外找个地方,在这儿影响人家工作。"

小陈将我带到档案室,将茶水换上后,很礼貌地告诉我,她就在隔壁,有事随时可以喊她,就出去了。

我让法制民警也回去。他在这儿陪着,我看案卷静不下心来,他无所事事,更是难受。

档案室里挤得满满的,而且非常零乱,一捆一捆的档案材料堆放得满地都是,就像刚刚被扫荡了一样,下脚都困难。

我把桌上乱七八糟的东西移开后,找了张废纸擦了擦桌面,才坐下来,打开笔记本,边看边认真记录。

这一看上案件,我一下就苦笑起来。这么一大堆案卷里只有五件案件,包括三件治安行政案件,两件刑事案件。刑事案件中有一件敲诈勒索案,很厚的三卷,另一件是经济诈骗案件,光是财务报表就有厚厚的六大卷。而且这件案件严格说来应该是一件错案。所谓嫌疑人与受害人之间的经济纠纷已经被法院作出民事判决,刑警大队仍以同一事实对其以诈骗立案侦查,显然是一起错案。

案件很快就看完了,我把小陈叫了过来。

这丫头一进门,就一副紧张样儿,微笑显得僵硬,竭力躲避着我的眼睛:"处长,还有什么事?您说!"

看她那紧张样,我不由得心里暗暗好笑:"别这样叫,我不是处长,真的。你就叫我王老师,叫老王也可以。你们一年就办这么几件案件,其他还有没有?"

"这个……我们搬家,都搞乱了,可能还有吧?我、我给找……这样,我去把大队长叫来。"

也不等我回答,她匆忙走出去了。不一会儿,她又进来了,后边跟着脸色十分难看的大队长。

"我们全年只办了这几件案件。这个地方穷,少数民族多,老百姓一般都比较本分,违法犯罪少。"大队长明显压抑着怒气,口气很生硬。

"哦,你们的台账呢,我核对一下。"虽然是第一次遇到这种情况,但因为昨天土司的态度已经给我们作了预警,也就没有感到突兀。我说这话时甚至还露出了微笑。

大队长显然是尽力憋回去了那口怨气,嘟哝着:"算了,算了……你去把台账找出来。"

"是哪个台账?"小陈像是问我也像是问她的大队长。

"我们市局统一印制下发的刑事案件、行政案件台账!"我不容置疑地回答。

小陈迟疑着,在大队长催促下,很不情愿地翻箱倒柜一番,终于找出了崭新的台账。我翻开一看,上面竟一个字都没有记载。

"你们的案子是怎么记载的,记在哪儿?"我是不大善于掩饰自己情绪的,脸上挂上了霜。

小陈怨怼地看着大队长,大队长只好硬着头皮回答:"报警案件登记簿上都查得到,哪里用得着这么麻烦。"

此时,我真是怒不可遏。如果对面站着的是我的儿子,肯定会给他一顿臭骂。我身子不由得一动,就想发一通火,但想了想,还是按捺下去了:"那好吧,你大队长就和我们一起清吧。反正今天必须把全部案子搞清楚,或者是找满一百件,或者是把全部案件都找出来。"

众所周知,报警台账里百分之八十以上都是些纠纷、求助以及其他一些与案件八竿子都打不着的东西,要从中剔出为数不多的案件来,工作量非常大。大队长只好一脸苦瓜相坐在那儿,拿起报警台账一页一页地翻阅。

翻了一阵，我陡然反应过来，怎么这么笨呢！"算了，算了，这要清到什么时候，我去法制科把你们的底子查出来就是了。"黔江公安局各单位的裁决都要到法制科开具法律文书，把法律文书翻出来一查就一目了然了。

"喊，王大哥，还在忙，不吃饭了？"随着话音，梁军和沈伟出现在门口。梁军的眼里充满愤懑，气鼓鼓地瞪着我。沈伟胸膛剧烈起伏着，咬着牙根，也是一副气鼓鼓的样子。

傅强陪着我们一起吃午饭，席间，我问起他们检查情况。

沈伟嘿嘿地笑了。

"这个土司还在得意，自己手下那么大的问题还不知道。"

他们在审查案件中发现了不少问题，其中一件涉及十余人的赌博案件的问题更是严重。"说出来你们都不敢相信。"沈伟说。

在那起案件中，参赌人员十八人，整个案件只处理了三个邀约人员，而且只是下了裁决，裁决书上当事人都未签字，显然都没有得到执行。"这还不是主要的，那起案件中一共收缴了十八万左右的赌资，都有罚没收据而且数额都对得上。我们开始还想，他们在这方面做得还可以，但就是觉得哪儿不对劲。我们两个仔细地看那些罚没收据，结果你猜怎么着？"沈伟嘿嘿嘿地笑起来了，没有往下说。

"格老子，这些家伙胆儿也太大了！十多万哪，一半的收据都是用存根来代替的。"

他们两人一张一张地仔细核对，并将全部号码抄了下来。竟然有这种事！我们都瞠目结舌了。

"这还不算，还有哦！"梁军挽着衣袖，摆动着肥厚的手掌，恶狠狠地瞪着眼睛，"天地良心，我在法制处这么多年，还是头一回遇到这样的事。真的，就像遇到外星人一样。你们听说过没有，公安部都不如他娃……"

本来都已经停下筷子，一个个瞠目结舌的我们更是丈二金刚摸不着头脑了，只是惊异地看着他和沈伟。

"我还是第一次听说，他娃比公安部都强。"沈伟嘿嘿直笑。

原来，他们来到巡警队。巡警队长非常热情地给他们泡好茶，拿出一张长长的接了好几篇纸的表格来。

"我们是看台账，不看统计表格。"梁军有些莫明其妙。

巡警队长捧着长长的水烟筒，有些诧异地问："你们看什么台账？这就是台账呀。"

"我们是检查刑事案件和行政案件台账，就是市局统一规范下发的台账。"沈伟有些好笑，耐心地给他解释。

"这就是登记刑事案件和行政案件的台账。我这个台账一张表就把全部刑事、行政案件统计完了。"

"你知道不知道市局统一下发的两类台账？"

"哦，你说的是这个。"刑警大队长从抽屉里翻出市局统一印制的刑事案件、行政案件台账来。

"哎，你有这个台账啊，你为什么不用呢？"沈伟惊讶地问。

"这个台账太不科学了。我这个一张……"

"你说什么？"梁军的眼睛一下子就瞪大了。

"哎，大队长，市局的台账是根据公安部要求下发的哟。而且市局专门下文要求规范执法行为，其中一项专门规定统一台账的。"沈伟仍然耐心地解释。

"公安部的也没有我这个科学，不信你们问我们冉局长，他还表扬我这个表设计得非常好。你们上级机关不晓得基层实际，瞎指挥……"巡警大队长仍然振振有词。

"别说了，别说了。你们这个台账打零分，不服你去向市局反映。"眼看争吵起来没完没了的，梁军再也忍不住，打断争吵，拉着沈伟丢下气呼呼的巡警大队长，走出了巡警大队。

一席话把个傅强气得脸红脖子粗，他气愤地丢下筷子，抄起手生起闷气来。

"这个，这个……"杨培新听完，嗫起了牙花子。

"老杨，咱们吃完饭研究一下吧。"我提醒道。

抵触情绪之大，大大超出我们预料。中午，我们放弃了午休，集中在杨培新房间里开了一个紧急会议。

"怎么办？大家说说。"杨培新习惯性地挽衣袖，撩头发。

"这还咋个整！打他个不及格。我还真没有见过这种事情！起先我还以为看我们年轻不理我们，连王大哥的账都不买了，真是欠教育。"

吃饭过程中，我也把我这儿的情况谈了。所以，梁军如是说。我微微笑了笑算是回应。

沈伟笑着说："我看，这起码说明这个单位的法制意识太差，从上到下对执法考评这么重要的工作完全不当回事。单凭这点，就应当算个不合格单位。我觉得，如果我们严格打表的话，绝对考出个不合格来。"

我想了想说道："我们应该把这股风扭转过来。"

"你说怎么个扭转法？这个土司也太不像话了！"杨培新说。

"冉土司这家伙究竟是一个什么样的人？"我问道。有人说他是个干瘦的老头；有人说他就像一个土皇帝；还有人说这人气性大得不得了，动不动就要骂人，时常把下属骂得狗血淋头。因为从未见过，这次亲自领教了后，更是想知道这究竟是个什么样的人。

"黔江的问题根子在冉土司。这个家伙目中无人，下边当然上行下效。多少年的土皇帝当久了，形成这么一种目空一切的习惯。我觉得，此风不可长，这是对法制工作最大的危害。我们在考评上认真检查，严格打表，哪怕零点一分也不放过。不过，据我的感觉，他们的执法质量离六十分差距有些大。"

大家一致认为应该严格打表，又东一句西一句地提出了许多意见。一直处于犹豫状态的杨培新终于下定决心:"你们几个可记好啊,一点儿都不能马虎哦。打出不及格的话冉土司肯定不服气,有可能考完后还要复查。别到时候另外的人来复查超过了六十分,那我们就不好交代了。"

这个会开完后,我们考评组里又重新作了分工,杨培新、沈伟、梁军他们完成自己的工作后也一起来看案子,采取每一个扣分项目集体讨论,反复核对再最后定下来,以免考评出来不及格申请复核过程中让冉土司抓住把柄。

"我们大家各个方面都要谨慎再谨慎,这家伙是属叫驴的,抓住把柄的话,不把你们弄得焦头烂额不会罢休。"杨培新如是说。

四

中午的会一结束,我马上跑到法制科把治安、刑警大队及各派出所的全部行政案件裁决书、刑事强制措施决定书底根抄出来,来到治安大队,按图索骥要案件。

小陈已经在等着了,桌子上码了一叠案卷。她告诉我,她们中午没有休息,已经把全部案件查完,一共九件案件,全部找出来了。

看她躲躲闪闪的眼神,我心里有些好笑:"你把大队长找来,把全部案件找出来。你们一共办理了二十一件案件,我已经把全部底子都抄来了。"

这真是执法检查上的一大奇观。我在一边看案件,他们两人就在屋里翻箱倒柜找卷宗。偶有人前来请示汇报问题,都被气急败坏的大队长一顿吼,来人只好灰溜溜地夺门而逃。

这情景令我心里暗暗好笑,但又顾及他们两人的感受,不敢笑出来，只好拼命地憋在肚子里，直憋得肠胃生疼。后来，我实在憋不住了，假借解手，跑到厕所里畅快地笑出了眼泪。

直到快下班，我已经把所有的案件看完，两人已经把所有的纸箱、麻袋、捆扎的卷宗全部打开，乱七八糟地摊了一地，还是没有找齐案卷。看两人已经一筹莫展，我才叫停止翻找。结果还是差了五件。

"算了，差的案件回头再说吧。"我把他们叫过来，准备把查阅案件情况交换一下。

灰头土脸的两人，一壮硕，一秀气，乖乖地站立在我面前。

"你们坐下吧。"

"不用，不用。"小陈拿起笔记本趁机赶紧掸着头上身上的灰尘。

"没事，我们就这样听。"大队长一反开始的桀骜不驯，反倒显出一点儿憨厚来。这才是他真正的本色，还蛮可爱的。我心里暗暗地想。

确实，室内除了一桌一椅，再没有可以坐人的地方了。后来，两人拖了两个麻袋当椅子这才坐下来。

"你们如果觉得不理解或有疑问的地方可以提出来，我们一起讨论。"

共看了十六件案件，查找出问题近三十个，其中大部分是程序上的。我一个一个问题引经据典地给他们讲解，特别告诉他们法律规定出自何处。为了不至于引起争执，处里要求考评组一般不要当场交换情况，但我觉得考评最终目的是为了提高基层执法水平，当场把存在的问题讲给办案单位听，再和他们讨论，这种效果不亚于一次培训。所以，我在执法考评中总是当场和办案单位交换意见。

我一边讲，两人一边认真地记录，并不时地发出赞同声。大队长一头的汗水把脸上的灰斑冲刷得一道一道的，像个五花脸。

但他全然不顾，全神贯注地听着、记着。

当听到那件经济诈骗案被定为错案时，大队长陡然停住了笔欲言又止。我看在眼里，当然知道他想说什么。

"你有什么问题就说，没有关系。我喜欢讨论。"

得到我的鼓励，大队长终于鼓起勇气，字斟句酌地说道："我没有明白这个案件为何是个错案。犯罪嫌疑人以代销为名骗取村民信任，将农产品交给这家伙代销。可销售完毕后，这家伙只是支付少部分款项，而自己却投资建厂。这符合经济诈骗案件司法解释规定的情形呀。"

我微笑着耐心解释："案件证据材料反映出，嫌疑人销售以后，大部分款项没有收到，差欠的款项正好与欠村民的款项相吻合。买方订有还款计划。这正是公司经营中的正常拖欠，是典型的经济纠纷。最关键的是，这起纠纷已经经法院作出了判决。这等于是给事件定了性，而且是最权威的定性。"

"那、那……法院错了呢？我们认为法院判决是错的。"

"你没有新的证据证明有犯罪事实发生，就必须以法院判决为准。即使有证据证明也必须先向人民法院提供，经人民法院重新审理，撤销判决后公安机关才能立案侦查。你好好研读一下1997年高法、公安部联合下发的关于办理经济案件中发现经济犯罪应当如何处理的相关规定。"

"那受害人的权益哪个来保护呢？"

"法院判决，本身就是对他们权益的保护，而且是最强大的保护。公安机关也不能包打天下，你要想当包青天也得依法办事。法制的精髓之一就是依法、有序。"

对黔江考评就这样一步一步缓慢而又艰难地进行着，几乎每一个被抽查的单位都是如此。这令我们考评组非常恼火，但也没有办法，只好谨慎地把工作向前推进。

这是个阴霾笼罩、寒风刺骨的清晨，处在洼地里的黔江城显得模模糊糊、影影绰绰的。傅强早早地来到宾馆，陪同我们一道吃早餐，同时安排当天的行程。

已经耗去三天时间，主要工作总算进行得差不多了，只剩下三所还未检查。三所中我们抽了戒毒所、行政拘留所进行检查。我和梁军负责检查拘留所。

梁军驾车载着我从宾馆向黔江公安局行进，一路上都在讨论考评进展情况，直到进入公安局大院后，我们还是讨论得聚精会神。梁军说到兴奋之处，更是手舞足蹈："王大哥，不怕他冉土司高傲，这次考评下来肯定像个重磅炸弹……"

"轰"一声巨响，我们的车震得一跳。梁军舞动的左手僵在了半空。我们两人目瞪口呆，对视着一动也不动了。

愣了一阵，我们俩慌忙跳下车查看。原来，梁军倒车时因为太过于专心聊天，一下撞上了大理石台阶，两块大理石裂成了碎片。

这下，我们两人面面相觑了。在这段时间里，我们谈论得最多的就是一定要谨慎，不能给冉土司留下口实。这一下竟出了这么个事。

"大哥，怎么办？"梁军咧了咧嘴。

"我说，这样，我们到后勤科去主动赔偿，拿一百块钱给他们。"

"对头，他们要不要是他们的事，但我们要做出这么个姿态，免得给他们留下话柄。"

后勤科就在一楼，里边人不少。我们进去把来意说了，梁军还掏出了钱包，往外拿钱。

"哎哎哎，这算哪门子事？你们上级来工作是帮助我们，这么点儿事哪能用你们赔呢，这不是给我们难看嘛！你们别管了，我们派人弄一下就是了。"后勤科科长态度出奇好，倒弄得我们很不好意思了。

"态度不错呀,看起来是我们多心了。"我这样想。

"好好好。"梁军连说了几个好。

这时,法制科的陈瑞新下来了。他个子高大魁伟,是局篮球队的中锋,因为他在球场上十分活跃,且球衣始终为11号,所以,大家都叫他"幺幺儿(四川方言,指最小的孩子)"。他将带着我们去拘留所。他听说了这事后一愣:"这怎么行,还要收你们市局的钱。这像什么话,我去找他们退给你们。"他气冲冲地就要走,被我们拉住了。我们把情况说完后,他才转怒为喜:"这还差不多,收你们这点儿钱,那不是给局里脸上抹黑嘛!"

拘留所很近,就在城边上。我们只简单聊了聊就到了。

这是一座很不起眼的高墙大院,铁皮大门旁边挂着黑字白底的"黔江区行政拘留所"的牌子。

"嘭嘭嘭……"一身警服穿戴整齐的陈瑞新上前拍门。

少顷,铁皮门上的一个小窗打开了。露出一张脸孔,先把幺幺儿看了看,又往四下看了看就缩回去了。就听门后边一阵哗啦啦的响动,铁门上的小门开了。

人高马大的幺幺儿率先跨进门去,并回头向我招手:"来,进来。"

我跨了进去,梁军夹着公文包也随后跟了进来。

里边的一位女民警不客气地指着我:"过来!"同时扭头向后喊道:"里边的,收人了。快点儿!"

就见里边快速地走来几个勤杂人员,向一头雾水的我奔来。

"你们干什么?人家是市局领导,来检查工作的,乱弹琴!"陈瑞新气得直跺脚,黑着脸把那两个跑过来的勤杂人员一顿吼。

那位女民警伸了伸舌头,连声说"对不起"。

我这才反应过来,原来,前有大个子警官带路,后有一脸煞气的梁军断后,这正是通常押送被拘留人员到所的标准队形。加之当中的我其貌不扬,且态度平和,更是符合被拘留人员进所时的神情，就误把我当成了被拘留人员。我笑得肚子都疼了。这着实把那位女民警吓着了，一再地赔不是。我笑得上气不接下气，捂着肚子，连连摆手，表示没有关系。

梁军则蹲在地上，笑成了一团，眼泪鼻涕一齐流，半天没有说出一句完整的话来……

五

考评检查工作总算结束了。

我们蜷缩在宾馆里绞尽脑汁，一项一项地核对、计分。

杨培新一脸严肃，不时撩一撩长发："你们都给我认真点儿，马虎不得哟。到时候土司扯起皮来，我可要把责任都推在你们身上。"

瘦削的沈伟脸上总是挂着笑容。他执笔做记录，每确定下哪怕是零点一分，都要露出微笑。

"闹肯定是要闹的。不管我们如何谨慎，反正只要打了不及格，这土司就一定要大闹一场。"

都说胖子怕热不怕冷，显然是一种谬传。尽管房间里空调开到了二十八度，但梁军还是把被子披在身上，弥勒佛般盘腿坐在床上，骨碌着两只大眼睛，认真琢磨着一项一项的扣分："管他那么多，怕啥子哟！"

我专心致志地研究着傅强给我们的自查报告。

报告中自查出来的刑事拘留存在问题的就有三十二人次，按考评规定每个扣一分，就应该是三十二分。本着负责的精神，我将全部刑事案件刑事拘留人员情况重新复核了一遍，结果有六件属于可扣可不扣范围。

我反复揣度、掂量一番后发言了："俗话说，浓缩的是精华。

傅强这家伙脑瓜里真有货，自查报告确实写得不错，不仅客观，而且比较严格，各个角落都查到了。这里边关于刑事拘留方面的问题共是三十二件，我反复斟酌后，觉得其中六件还是剔除，不纳入扣分范围。"

我把六件的情况一一阐述后，征询地看着大家："你们觉得如何？"

大家有点儿犹豫，一个个龇着牙不吭声，像是舍不得这六分。我亮出了底牌："现在大的扣分项目就有刑拘和批捕率过低、提供不出案卷以及错案这么几个大项，光这几项分扣下来就难以及格。照这样下去可能不是不及格的问题，搞不好还会是负分。所以，我想我们在扣分上还是严格些比较好。凡是可扣可不扣的不扣，扣就扣没有争议的分。这样……"

"对头，让土司打不出喷嚏来。"梁军、沈伟喜形于色。

用了一个上午的时间，我们反复核对，最后确定：黔江区公安局执法质量考评得分三十二点七分。

把这个消息告诉傅强时，我们惊奇地发现，傅强并没有像我们想象的那样跳起来。他只是咧了咧嘴，推推眼镜，看着我们尴尬地笑笑："各位大哥，能不能高一点儿？这好像太低了。是，我们执法质量问题确实很多，但才这点儿分，实在……"

大家亲热地拍打着傅强安慰他：这已经是高抬贵手了，真严格打分，就会出现负分了。

"这对你未必不是好事。可能土司会从此真正重视法制工作，你的日子就好过多了。"我们都这样安慰他。

"哎呀，你们都别安慰我了。我只希望冉局长引起重视，从此以后，黔江公安局的法制工作能够出现一个新局面。不说跑到前头吧，至少不会落在人后嘛……大哥们，你们中午休息一下，我马上去联系我们局长，下午把情况交换一下。"

紧张的考评检查工作总算基本结束。结果已经出来，特别是我们在准确性上下了极大的工夫，谅他土司也翻不起什么大浪。中午，我们都好好地睡了个午觉，就连一向最令人头痛的梁军的鼾声也都仿佛不存在了……

两点一过，我们如约来到法制科。我们想，这次土司可能该见一下我们了吧。我们不相信一个局长对这么大的事都会无动于衷。

法制科里，傅强呆若木鸡地坐在办公桌前，脸上挂着一抹潮红，正在生闷气。见我们进来，也没有了惯常的热情，他只是起身让了让坐，就赶忙倒开水泡茶，嘴却一直噘着。

"各位大哥，很不好意思，冉局长来不了了。"

"怎么回事，嗯？"杨培新问。

"来不了。"傅强答。

"他在忙啥子？这么大的事哟。"沈伟问。

"他忙，来不了。"傅强答。

"这个土司架子硬是大。"梁军说。

"他怎么说的？"我问。

"他说你们市局的考评了就行了，他没有时间听……他只说忙，也没有说忙啥子。"

我们面面相觑。

半晌，杨培新把公文包一甩："走，我们走，不交换了。"

"等等，你们等一会儿嘛。我没有办法只好壮着胆子给马政委汇报了。他开始是不想来的。我不是给你们讲过，哪个敢插手冉局长分管的事，那纯粹是找不自在。后来我给他说了这次考评是打的不及格，还特别强调了不及格的后果是写出书面检查，接受市局领导的诫勉谈话。他才同意了过来听一听，再向冉局长转达……人家是在组织部参加干部调整工作会，这么重要的会按说是不该缺席的。他现在正在路上。"

杨培新长出着粗气坐回了原位。

沈伟讪笑着在室内转了两圈,坐回了椅子上。

"哼,这个土司……"梁军肥厚的手掌摆了摆,也坐好了。

我们围坐着,盯视着受气的小媳妇一般的傅强,就这样默默地盯着,良久,没有人说一句话。

终于,门被敲了几下接着被推开了,走进来一个胖乎乎的中年人。他笑容满面,神态和蔼,跨进门就先说了句:"你们好,欢迎市局的领导来指导工作。"

"哎呀,马政委,你终于来啦!"一直处于尴尬境地的傅强如遇救星一般赶快起身迎过去,把我们一一作了介绍。

马世文政委长着一副菩萨相,处事风格与冉光宗截然不同。他笑容可掬,亲切地和我们一一握手,连连说让我们久等了,非常抱歉。他摆摆手谢绝了傅强及我们的让座,随意地拉了一张椅子坐下,掏出笔记本,口里说道:

"这个事情得请你们原谅。我们冉局长很忙,实在抽不出时间来听取你们的检查情况,所以只有我来了。请市局领导们放心,我一定会原原本本地转达到,要不然我们现在开始吧?"

这是执法监督工作中的一大奇观。傅强办公室内只有一张小办公桌,加上从其他办公室里拉来的椅子,空间狭小,我们四人和傅强成一圈围坐在办公桌前,马世文政委自己坐在我们圈外,就正式开始了执法考评组向公安局党委交换意见。(当然,这是我公安执法监督生涯中仅有的一次。)

随着我们的汇报,马政委不时咧咧嘴、摇摇头,记录的手都不由自主地颤抖起来。

"你们对以上考评分数如果不服可以向市局申诉,再由市局安排另外的同志组织复查。完了!"杨培新余怒未消,口气很不客气。

四双眼睛齐刷刷地盯住马政委,看他作何表态。

傅强脸上气愤加尴尬,不时看看这边的我们,又看看一筹莫展的马政委，不知该做何是好。

马世文政委脸上依然挂着微笑，但这微笑已经不自然了。他微笑着把我们挨个儿看了看，有些无奈地点了点头。

"我首先表态。对于市局的考评结果，尽管是出乎我们意料，但我个人还是……还是表示服从。而且，你们找出的问题对我触动不小，有些问题是我们没有想到的，结果被你们找出来了。这些，我真得感谢你们，帮我们找出问题，下一步就有了整改目标。这也充分说明了你们的水平和工作态度，值得我们学习。我代表我们局领导班子向你们表示感谢。另外，对你们接待不周也表示歉意。这里边有些问题班子需要重新认识，也请你们谅解。"

说到这儿，他想了想，似乎下定了决心一样，胖乎乎的脸上漾起真诚的微笑，态度非常谦恭地说道："我有个不情之请，请你们考虑一下。你们……你们看，能不能把我们的分提高一点儿，哪怕打个六十分。今后我们肯定会高度重视法制工作，保证下次你们来时法制工作会出现一个新的局面。"

这是实施执法质量考评后出现的一种现象，考评结果出来后，被考评单位通常都要绞尽脑汁打动考评组，把分提高一点儿，以至于后来演变成高规格接待、送土特产、塞红包等，种种手段无所不用其极，就连后来采取督察全程参与对考评进行监督、抽调相关单位法制干部参与检查组交叉检查等仍然未能扼制此风。只有少数单位如渝中区、高新区及后来的黔江区公安机关领导班子高屋建瓴地把功夫下在日常抓好法制建设上，考评时则泰然处之，多年连续获得优秀称号。

面对马政委真诚的态度，我们心里都涌起一丝暖意。但是，我们还是异口同声地予以拒绝。

傅强这时恢复了平静，开始说话了："马政委，我不管你们怎么看，我这几天一直跟着他们，反正我觉得他们是实事求是考评，真要严格打下来，分数还要比这个更低。真的！"

马政委只好苦笑着点头接受了这个考评结果。

我们认为，这次考评必然引起申诉，但因早有思想准备，也就泰然处之。我们相信这样的结果肯定会促进黔江公安局法制建设。

六

事情发展远远超出我们预料，考评引起的震动远比我们预想的要激烈得多。

几乎就是脚跟脚的时间，我们回到处里汇总考评结果，最后的评分还未下来之时，事情就一下子爆发了。

这天，科里研究局领导的诫勉谈话材料，一个一个发表意见。杨培新慷慨激昂地作总结发言，说到激动之处，满嘴唾沫星子四溅："局长的诫勉谈话材料搞得严谨，才能真正触动那些不重视法制的局领导。我们要好好把握执法质量考评机遇，这对促进法制建设有着不可估量的作用。这个，这个……哦，我还差点儿忘了。内勤，你通知黔江，叫他们写出书面申诉材料报到我们法制处来，我们审查后报局党委。"

他又对着我和梁军说道："你两个要有思想准备，黔江申诉了。"早上处里开会时，时任处长的刘光敏通报了这个情况。

"哦，这个土司真的申诉了？"梁军还是吃了一惊，旋即又释然地说道，"管他的，哪个怕他申诉还是咋的！"

"他不申诉才怪。"我抱着双臂，面无表情，心里这样想。

这天，我正在处理手头的事情，内勤接个电话后叫我马上去政委办公室。徐登华政委年纪比我大几岁，但这个人资历比较深，曾在警校、刑警、沙坪坝分局、防巡总队担任过主要领导，工作作风严厉而待人宽容，受人尊重。而且，他没有什么架子，与同志们关系处得比较融洽。

我走进他的办公室,他正在与杨培新谈话,见我进来,叫我坐下。

我装模作样地摸了摸荷包:"政委,没有烟了。"

他龇着门牙笑笑:"想抽烟就明说嘛。"

他拉开抽屉,扔了一包中华烟过来。

一直毕恭毕敬的杨培新见状,叫了起来:"嘿,徐政委偏心眼哟,我在这儿坐了半天都没有抽到烟。"

"你又没有说,再说你当科长的哪能跟一般民警比。"说完,他拿起了电话,"光敏哪,有这么个事。黔江的冉光宗打来电话,说是我们对黔江的考评有些问题,希望我们考虑一下。我已经把杨科长他们都叫来了。你是不是也来听一下?好,好,那我等着啊。"

"这不是考评的原班人马嘛。"

随着沈伟带笑的声音,梁军、沈伟先后走进来了。梁军烟瘾大,不由分说就抓起一支烟点上,吞云吐雾起来。

徐政委带着惯常的笑——这不是那种装出来的笑,也不是权贵们的皮笑肉不笑。他是那种龇着牙,脸颊肌肉活泛,瞳仁里溢满了笑意的真诚而又爽朗的笑。

"别光顾着抽我的烟啊,你们都说说。"

"这还有啥说的。"杨培新一下就急了,右手撩头发,左手摆动着,语速就像机关枪一样快,"他们执法搞成那个样,怪哪个!我们是按规定考评的。"

"他们问题多得不得了,我们真要扣分的话,都扣得出负分来。反正我们是按规定考评的。"梁军气鼓鼓的,瞪着眼,肥厚的手掌比画着。

我掰着手指头说道:"几个大的扣分项目都够他们受的了,还真不能细算……"

"扣了哪些分,你说说。"徐政委盯着我。

我把案件上主要扣分情况大致说了一下，最后又说道："仅刑事拘留上他们自查出来的错误刑拘扣分就达三十二分，我们还给他们纠正了一些，只扣了二十六分。还有十来件案件找不到了，这都是大的扣分项目。程序问题、定性问题都比较突出。真正硬扣的话，肯定要出现负分，给他们打这么个分真是高抬贵手了。"

"这个……他们一年来做了大量的工作，总不至于不及格吧。光敏，我看这样。他们既然有意见，我们就重新复查一下，你觉得呢？"

一直没怎么说话的刘光敏想了想，断然摇摇头说："既然已经考评了，就不要随便改。他不服就申诉，没有见到申诉材料不复查。"

暴风骤雨终于来了。那是一个星期三的下午，我们正在议论报局党委的考评总结报告最近应该批回来了，同时抓紧撰写诫勉谈话内容，电话铃声震耳欲聋地响起来。

内勤接完电话，伸了伸舌头："各位，全部到会议室，处长、政委有事找。"

徐登华个子高大，始终保持着神采奕奕的劲头。刘光敏个子不高，身材矮胖。两人一反平时的随和，都板着脸孔。他们郑重地告诉大家：黔江公安局已经正式对执法质量考评结果提出了申诉，要求复查。

"大家都谈谈嘛。"刘光敏说。

"都说说，有啥说啥，不要有顾虑。"徐登华声音很洪亮。

静默了少许，杨培新发言了："我们想知道他们对我们考评都提出了哪些问题，可以让我们知道一下不？"

刘、徐对看了一下。

"你给他们说说吧。"刘光敏说。

徐登华声音洪亮，讲起话来精神抖擞："黔江哈，他们对考评结果不服。说你们考评时根本不听他们办案人员解释，还动不动就把他们的中层干部教训一顿。还有就是去了不和他们局领导见面,走时也不把考评情况与他们局领导沟通,慌慌张张像淮海战场上的国民党逃跑一样,汽车把大理石台阶都撞坏了。大致情况就是这些吧。你们说说看,这些事是怎么回事?"

大家哄堂大笑,把刘徐二人搞得莫明其妙。

本来大家都不想多说的,这一下争先恐后地讲述起来。大家争抢着把当时实际情况说了后,一直不苟言笑的刘光敏忍不住咧着嘴笑了,徐登华更是哈哈大笑不已。

"这个冉光珍,真是……真是……真是个土司。"

笑了一阵后,徐登华收敛了笑容,很严肃地说道:"咱们言归正传。你们对考评结果是不是有把握?如果没有问题,那就复查。有问题的话,咱们内部消化处理。这是保护你们,知道不知道?"

"徐政委你放心,我们对考评结果负全部责任。整个考评都是绝对过硬的,没有半点儿含糊。不管程序、实体还是定性、适用法律各个方面我们都下了工夫,每一项扣分都是反复推敲,这些都是有底子可查的,你们等到复查结果出来后就晓得了。"杨培新像打机关枪一样突突突地就是一通。

"考评结果肯定没有问题,这土司怎么这样胡乱说呢!"梁军一遇到这样的事就气鼓鼓的,眼睛也瞪圆了。

"你们复查吧,我敢保证考评结果经得起复查。"沈伟仍然是微笑着说。

其实,很多事情就是这样,你越是解释就越解释不清,最好的选择就是组织复查,这样一切都会真相大白。

"我希望复查,只有这样才能最终打消有关方面的疑虑。而且,我还希望将复查结果向全市公安机关通报,这样对于促进队伍法制建设,规范执法行为,提高执法能力都会非常有好处。"我如是说。

时间就这样一天一天过去了。由徐登华带队,以法制处资格最老的曾跃奇同志为主力,有督察参加的复查队伍进驻黔江公安局进行复查。

曾跃奇同志是我们法制处最有资格而又最为精通业务的一名老同志,其业务能力不亚于后来任总队长的于朝刚。他作风严谨,办事认真,原则性强。他在刘建中的带领下侦办震惊全国的开县天然气井喷案件时曾受到中央工作组的表扬。他在复查过程中坚持实事求是,一是一,二是二,既不因为是我们检查的原因而有所偏袒,也不因为照顾黔江公安局的情绪而放宽尺度。事后曾跃奇同志非常感慨地说:那哪里是接待市局复查组,完全是迎接最高权贵。冉光珍带着局领导班子天天寸步不离地跟着他们,处处唯恐不周到。复查过程中,一位中层干部稍微提了一点儿意见,就被冉局长当场骂得狗血淋头、狼狈不堪。

在这样的氛围下,复查难免有所放松,再加上确实也进行了一些整改,最后复查结果得分为四十六,仍然是不及格。

我问他冉光珍最后是如何表态的。曾跃奇笑得脸上满是皱纹,回答:"这个土司,就像小娃娃一样,扭到我非要打成及格,还赌咒发誓地保证好好整改,今后一定要开创法制工作新局面。"

事情就这样摆平了,黔江公安局领导班子不得不接受这么一个现实:2000年执法质量为不及格。领导班子将要写出书面检查,主要领导将要到市局接受诫勉。

出乎我们意料,黔江公安局是当年五个执法质量考评不及格单位中率先交来检查的单位。我仔细阅读了他们的检查,认识深刻,态度端正,剖析全面,措施有力。特别是第一责任人党委书记、局长更是深刻认识了自己对民主法制建设认识不够,跟不上形势,存在急功近利、专断、不重视法制工作等问题,影响到了执法质量,影响了黔江政府及公安机关形象,在社会上造成了负面影响。通过这次执法质量检查,深刻认识到了存在的问题,诚恳接受市局党委批评,愿意承担全部责任云云。

看到这份检查,大家都舒心地笑了。

所有考评不及格单位的检查很快交齐了,局党委确定了日期,分别通知相关单位按期报到,接受市局领导诫勉谈话。接受诫勉谈话人员必须统一着冬装,并且具体到衣帽鞋袜型号。

其他单位都迅速落实,唯有黔江又出了问题。

冉光珍不来,问其他人来可以不可以。

答复:其他人来不行,必须是班子主要领导。

又问马世文政委来行不行,他也是班子主要领导。

来的必须是主持全局工作的第一责任人,你们不可能不知道什么是一把手吧?局里明确回答后,就再没有音信了。

这回局里真下了决心,斗硬了。看这土司怎么办!我们都抱着幸灾乐祸的心态,看他如何收场。

眼看最后两天了,黔江公安局还没有报来名单。再催,回答是:局党委书记、局长冉光珍同志因病住院了,看明天能不能出院。如果能出院一定来,如果出不了院就只能委派马世文政委来接受诫勉谈话。

行吧,就请土……冉光珍同志安心养病。陈局、文局都很关心他,让他多多保重身体,今后更好地做革命工作。

七

黔江公安局为此专门召开了党委会。

据说,在会上,马世文将诫勉谈话内容原原本本地向党委作了汇报,最后深有感触地说道:"这是我经历过的最严厉、最正规、最令人震撼的面对面批评教育。那种气氛,真是叫你无地自容,真恨不得找个地缝钻进去……"

据说,主持会议的冉光珍突然冒出一句:"还议论什么,脸都丢到濯水河(黔江的一条河)里去了!你们都考虑一下,咋抓法制。老子要不能成为全市法制工作先进单位,就、就、就……"他最终也没有能"就"出个子午卯酉来,只是把手狠狠地往下一劈,结束了讲话。

据说,党委会开了一整天,会议做到了空前的民主,研究议题只有一个,就是如何抓好法制建设。

黔江公安局的法制建设从此真正起步。

土家族是一个温顺善良的民族,以前一直实行宗法统治制度。其领头人土司不同于土豪劣绅,他们大多因勤奋、脚踏实地且一直认真倡导本民族传统文化而受到族众拥戴。土家族出身的冉光珍被冠以土司称号也与他具有这些品格是分不开的。他确实是个实干家,说抓就真抓实干,而且作风非常扎实。他在全局中层民警和部分民警参加的加强法制动员大会上大发雷霆,骂了个昏天黑地,更是把考评中几个问题突出部门的领导指名道姓地骂得狗血淋头。那种气势,大有把武陵山摧毁,把濯水填平的架势。他咬牙切齿黑着脸郑重宣布:整个黔江公安局的一切执法行为由法制部门说了算,哪个在执法上不听法制部门的就是不听局党委的,那就要拿他的乌纱帽甚至工资待遇来说话。

这个会一开,一直以小媳妇面目出现的傅强一下就跃升到太子位置,风光无限。从此,来自法制部门的意见就是准局长意见,谁要不想照办还真得掂量掂量……

2001年3月中旬的一天,杨培新来到我所在的办公室,像个婆子妈一样先是责备我桌子上乱七八糟的,又埋怨科里事务太多,谁也帮不上忙,嘟嘟哝哝半天后才转入了正题。

傅强打电话来,要求我们去给他们做一堂公安法制辅导讲座,并且要求最好是考评原班人马。

"我才揉了他两句,这家伙就诉起苦来了。他说土司发话,如果不能把法制处的人请来，就把傅强放到派出所去当民警。傅强这家伙说得可怜巴巴的，我都不好回绝了。"

再忙也得去呀。这个时候不把法制民警推起来，法制处就枉为法制干部娘家了。

我们出发了，还是原班人马，还是梁军开车。因为黔江的变化，我们都有些振奋，梁军开起车来更是风驰电掣。

已经迎来了春天的武陵山区一片生机盎然。抖落了冰雪的植被绽放出新绿，杜鹃花以及其他不知名的野花已经冒出花蕾，即将迎来百花怒放。山涧溪流欢快流淌。

杨培新神采奕奕，挽起衣袖，撩撩乱发："你们说说看，这个冉土司是怎么想的呢？"

"这次我们去，这个冉土司该不会像上次那样了吧？"沈伟笑着说。

"他敢！"梁军头也不回地冒出一句，又专心地开自己的车了。

"我想，这回大概能够看到这个土司吧？你们谁见过，知道他长得高矮胖瘦？"

"我没有见过。"沈伟说。

"没有见过。"梁军摇头。

"我只是听说……"杨培新刚说了半句，就被手机铃声打断了。他赶快拿起手机接听。

"喂，哪个哟？啊，是你个傅强啊……啊啊。好，好……我们快了……行，那就这样。"

杨培新放下手机："傅强他们在前边垭口来接我们来了。"

这个垭口就是彭水与黔江分界处，是一处风景很好的去处。我们曾经多次路过，所以，对此地印象很深。

"世道变了，世道变了。"梁军开着车，嘴里不停地嘟囔着。

"人家又不是像其他单位由领导带队，亲自到交界处来接。不过就是傅强来接你一下，你兴奋个什么劲？"沈伟故意逗梁军。

"这至少是个姿态嘛。过去是到单位都没有人理睬,现在派人跑到分界处来接,这就是一个很大的进步。"

谈谈说说,很快就到了垭口。这儿地势虽不险峻,却别有洞天。公路到这儿感觉就是一条断头路,前面关山叠嶂,根本看不出有任何出路。公路左侧的小溪也一头扎进看不见的灌木丛里,消失得无影无踪。

就像地上冒出来的一样,从断头处突兀地出现一辆警车,向着我们驰来。临近时,这辆崭新的捷达警车连连闪大灯,我们知道这肯定是傅强,赶快靠边停下了车。

"各位大哥辛苦辛苦。黔江公安局最热烈地欢迎你们到来。"从驾驶室里跳出小个子的傅强来。

看着这家伙满面春风,一副得意洋洋相,我们拥上去你打一下,我掐一把,亲热地打闹着。

"嘿,你这个家伙,鸟枪换炮了。这车是配给你们科里的?"杨培新打量着这辆崭新的还没有上牌照的捷达警车。

"土司对你们真的是另眼相看了,这辆新车牌照都还没有上。"沈伟感叹。

"这车是各位大哥给我们法制科挣来的。我傅强万分感谢你们!所以,特别热烈地欢迎你们。可是,在这荒山野岭的欢迎你们也不是个事,要不然咱们走吧?跟着我走啊。"

傅强驾车前行,我们紧跟其后,穿过垭口,拐了个弯,突然间,傅强的车离开公路,拐进了一条几乎看不出来的岔道。车就像在林海里穿行的小船一样,树枝刮得车身沙沙沙响,把个梁军心痛得连连嘟哝:"这家伙想把我们带到哪里去?把老子的车划烂了,得找傅强赔。"

真是柳暗花明又一村。转过弯去,前面豁然开朗,就像从地底下冒出来的一样,一座山庄出现在眼前。

这是一个隐藏在山坳里、环绕着茂林修竹的休闲圣地。那条消失了的小溪从灌木丛中冒出,潺潺流淌。山庄就建在小溪的岸边,另外三面依山,与山相接之处是大片的苗圃,栽种着各色植物,真是一个绝好的隐秘所在。

显然,这儿是个很受欢迎的地方,门前停着很多车辆,大多是些奔驰、宝马之类的高档名车。我注意到角落里还有几辆警车。

"杨大哥,你别问那么多,快到饭点了,饭总是要吃的。"傅强边嘴里说着,边领着我们往里走,一副趾高气扬、胸有成竹的样子。

"你就造吧,来这种地方,小心土司晓得了收拾你。"

"嘿嘿,这还真是他老人家交代的。我不把你们领进来,那才真的要遭收拾。"

说着走着,转过几个回廊,经过数个杯盘交错的包间,傅强得意洋洋地带着我们走进了一间豪华大包房。

"各位老大哥,请进吧。"傅强挂着灿烂的笑容,推推眼镜,声音里充满喜悦,真可以说是精神焕发。

跨进门,我们顿时目瞪口呆了。在这间用实木装饰一新的大房间里,一张偌大的圆桌直径足有三米,周围坐着的、站着的济济一堂,黔江公安局领导班子差不多都到齐了。见我们进来,所有的一切都停止了,大家拥上来争着握手。我们习惯性地向马政委和傅强伸出手去,可却被他们躲开了。傅强奸笑着推出一个毫不起眼的老头介绍:"这就是我们冉局长。"并把我们一一作了介绍。

这是一个饱经风霜的老人,头发花白,精干瘦削,个子偏小,面部还隐约可见老年斑。可是,精神旺盛,浑身上下透着精明强干。面部肌肉就像是钢钻镌刻岩石而成一样。特别是那两只鹰一般的眼睛,更是炯炯有神,目光锐利如电。

"欢迎,我代表黔江公安局真心地欢迎你们。"他的声音就像铜钟发出来的一样洪亮，而且丝毫不做作。

也许是反差太大，我们都愣住了，木讷地握手、寒暄。

分宾主坐定。席间，这个老人带头举起杯子："首先对市局来的同志们表示最真诚、最热烈的欢迎。我这个人是个臭脾气，还有点儿跟不上形势。以前有不周到的地方，还请市局的同志们不要和我这个老头子计较。明天，你们作辅导时我在台下听你们辅导。今后，我保证要像抓队伍管理一样抓法制。黔江公安局法制工作要不走到全市前头，我就、我就……"

他没有说出来"就"下面的内容，一仰脖子，把杯中的酒喝得干干净净。

……

早上九点整，我们按时到达讲座会场。全局所有高、中层干部和法制骨干一百多人整齐列队以最热烈的掌声欢迎我们。

我注意到，这是黔江公安局召开全局民警大会的礼堂。平时摆了些长条椅子，现在全部收到两侧。正前方主席台上摆着会议桌，放置着水杯、水果。仔细一看摆放的位置，果然如土司所说，只有我们四人的位置。

主持会议的政治处主任热情邀请我们上主席台就座。杨培新在前，我随后刚走了两步，突然觉得不妥。人家局长都在台下听讲，我们跑到主席台上坐着，有点儿不像话。我立即止住了脚步，表示坚决不上主席台。我这一止步，梁军、沈伟也都止步了。只剩下前面的杨培新独自夹着公文包，撩着乱发，在局领导簇拥下走上了主席台。

我们三人坚持不上主席台，且坚持要在后排，不到前面去。会务人员灵机一动，拉来一张长条椅子，让我们在后排就座。

土司讲话了，只听声音不见其人。他是和局领导们并肩站在前排的。他走出前排，面向会场声音洪亮："首先，让我们以最热烈的掌声欢迎市局法制处的领导给我们作法制辅导讲座。"

……

"都给我听好。今天的讲座,是我们局法制工作起步的第一个大动作,也是加强法制建设总动员会。各个单位都要高度重视,认真听讲,做好记录。我不让你们坐就是要你们把开小差、打瞌睡、交头接耳那些烂章法收起来。今天哪个要是不专心听就给我滚出去,回头再找你算账……"

……

一堂辅导课,两个半小时,全体民警肃立着听讲,做笔记。土司也是从始至终站立着听。这是我从警以来见过的秩序最好的一次辅导!

中午吃饭时,一直春风得意的傅强眉头又皱了起来。他磨磨叽叽地几次欲言又止。

我们都看出来他心里有事了。经过一番劝说,他才终于不好意思地说出来:"我们冉局长有个请求,还望各位再辛苦一下。你们都晓得,冉局长的话我不敢办不到。"

原来,是冉光珍想让我们把他们几个主要执法单位的执法情况看一看,作一次全面检查,发现问题当场整改。这项工作由马政委具体负责。

"今年我们进入不了先进行列,我就死定了。"傅强说得可怜巴巴的,我们不得不同意。

马政委带着我们从刑警、治安大队开始,再加上城区的几个派出所对所办案件逐一进行检查,发现问题当场指出,并提出整改建议。在这过程中,所有民警无一不是以最谦恭的态度来迎接我们,所有接受检查的民警都毕恭毕敬地捧着笔记本,逐项逐条地做好记录。在一个派出所检查时,一名民警对我们指出的问题稍稍表示了一点儿异议,就被马政委和傅强恶狠狠地教训得眼泪都差点儿掉下来。我当时感觉这样不太好,提出来:"民警能够发表意见这是好事,批评他们不好吧?"

马政委和傅强告诉我们，局里有个硬性规定，凡属于执法方面的工作，一切服从市局法制处和区局法制科。即使有意见也只能向马政委、傅强反映，由他们向上转达。

"我们这儿的民警大多不会说话，有些话说出来怕你们接受不了。"马政委笑容满面，十分真诚地说。

走完主城区执法单位用去两天时间，我们准备打道回府，可马政委却死皮赖脸地非要我们再走两个所不可。理由是这两个单位处于农村和城镇交界处，执法情况有特殊性，需要我们去指导一下。

走完这两个所，马政委和傅强说时间还早，反正今天也不可能返回重庆，就再帮他们看两个所，这是农村所，工作量也不大。

这两个所的工作接近完成时，傅强、马政委突然作恍然大悟状："哎呀，都差点儿忘了。我们这个地方有一处世界地质文化遗产，就离这儿不远，你们有没有兴趣去看一看？"马政委笑容满面，征询地看着我们，那神情好像我们如果不去，将会遗憾终生一般。

"这是目前国内保存最完好的地震遗址。"傅强马上就眉飞色舞、添油加醋地描绘起来。那是清咸丰六年五月壬子，即公元1856年6月10日，位于黔江小南海山谷底下的罗家院子举行盛大的祠堂竣工仪式。罗家是当地一名门望族。遗憾的是把祠堂地址选错了，占了龙王的地盘。罗家有一个姓黄的丫环，聪明伶俐，手脚勤快，心地善良。在修建祠堂时，石匠从山石中开出一条红色的小蛇。石匠和祠堂众人大怒，认为是不吉之兆，欲将小蛇打死。结果，它被这个丫环救下。丫环将它在山林里放生了。小蛇临走时，竖起身子向丫环作了三个揖。这天在庆贺宴席上，丫环手持饭瓢正在为来宾盛饭，突然之间，一只狗跑来将饭瓢叼起就跑。她起身追赶，追过了一座山、两座山、三座山时地震发生了。罗家人全部遇难,唯有救了小蛇的黄姓丫头幸免于难。整座山垮下来形成堰塞湖将罗家院子淹没在水下,占据了龙宫的罗家院子就此成了海底龙宫……

"既有行善积德,又有风水八卦,想不到傅科长还是个编故事高手。"我听得津津有味。直到最后我才反应过来,傅强如果不是事先准备,怎么也不可能把农历和公元的换算记得这么清楚。

"有意思,有意思,该去看看。"杨培新他们听得心驰神往。

"快,打电话安排。"马政委咧嘴笑着吩咐。傅强立时拨通了电话……

直到我们到达小南海时才知道,我们又上了当。小南海派出所所长来到后,领着我们在湖光山水间泛舟一番,便叫船家将船径直划向湖的深处。

这个所长年龄不过三十出头,又黑又瘦且不太注重修饰,如果不是那身警服,真会把他当作是一个家境一般的普通农民。但他却是一位很优秀的所长,在这儿扎根六七年,勤勤恳恳、任劳任怨地为当地老百姓排忧解难,做了大量工作,赢得了人民群众的高度信赖。局里曾三次调他离开,其中最近一次是调任治安大队副大队长,他终因当地老百姓联名向区里挽留而最终留在了这湖光山色之间。我不由对他肃然起敬。

晚餐时,马政委和傅强的真实意图终于暴露出来。由小南海派出所民警作陪,少许,临近的另外两个派出所也来了所长和内勤,抱着案件、簿册谦恭地请我们指导。

直到这时我才恍然大悟:这样一来,整个黔江公安局所辖执法单位已经全部得到了一次指导。而且,据我的经验,这样的指导效果是最好的。

本来只是作一堂辅导,结果却派生出这么多的工作,足见黔江公安局法制意识今非昔比。照此下去,今后的黔江执法质量上取得的进步将不容小觑。

八

从土司冉光珍开始,黔江公安局的执法质量自 2000 年的不及格,一跃而为 2001 年的优秀。从此,他们一直保持着执法质量优秀单位称号,多年来,每年都接待来自本市乃至全国各地的参观学习团体。法制科科长傅强在这一过程中更是经受了历练,业务水平逐步提高。2011 年,他在众多的竞聘者中脱颖而出,走上了重庆市公安局法制总队副总队长的岗位。

澄清"野鸳鸯"

重庆市公安局副局长周志仁个头儿只有一米六七的样子,且身材瘦削,小脸膛,头发也理得很短,浑身透露着朴实、随和、睿智,没有丝毫的骄矜、做作。平常中午,经常看到他端着一个搪瓷饭盆,串办公室找人下棋,输了不急眼,赢了不张扬,最多也就是得意地嘿嘿笑。确实,把他放在街市上,只会将他当成一个有文化层次的市民,你怎么也不会想到他竟然就是赫赫有名的重庆市公安局副局长。现在,他已经光荣退休多年,其生活既安静又忙碌。安静在于没有了工作压力,可以自由支配时间。我甚至还碰见过他在市场上和小贩们讨价还价,仍然是那身大众化的穿着,仍然把头发剪得很短,仍然噙着那根有机玻璃烟嘴,一副其乐融融的样子,颇有"弄儿床前戏,看妇机中织"之闲适韵味。其实,他很忙碌。几十年公安工作生涯使他对公安事业难以割舍,经常深入基层执法单位搞调查研究,其内容大至机构设置、警力配备,小到民警伙食无所不包,为全市公安工作提供了不少极有价值的参考意见。

作为公安法制干部,大家最为怀念的是他在位领导法制工作的那段岁月。那是一段激情燃烧的岁月，在他的领导下，公安法制工作真抓实干，逐步规范，我们市局法制处更是生龙活虎，各项工作有声有色。所确立的重庆公安实事求是、严格执法、依法办事的法制理念已经深深地浸润于全市公安队伍里，延续至今。

从 2000 年开始，重庆公安机关开展了进一步端正执法理念、强化队伍法制意识、提高执法质量的活动。2003 年，正是提高执法素质、强化执法质量的关键时期。那时，我还在法制处执法监督科当民警。1 月 6 日一上班，我就被副科长董舵叫到周副局长的办公室。在路上，我问董舵是什么事。他推了推眼镜，摇了摇头说他也不清楚。我满腹狐疑地敲了周副局长办公室的门，听见了惯常的"进来嘛"的回应声，推门进去了。

周副局长穿着一件米色质地普通的夹克，噙着的有机玻璃烟嘴青烟缭绕，发出咝咝的声响。他正伏在办公桌上仔细地研究着一份报纸。

"你们来了，坐，坐下来。"他起身走向我们坐着的沙发，随手甩出一包烟在茶几上，叫我们自己动手。然后他端着自己的紫砂茶杯在单人沙发上坐下来，咧着嘴笑了笑。

今天，他笑过后有点儿严肃了："看看，今天的商报，登的啥！"他指了指摊开的报纸，愤愤之情溢于言表，"影响真坏，简直把我们重庆公安机关的脸丢尽了。"

这是一篇报道，醒目的标题一下砸入眼帘。我相信，董舵的眼睛也是瞪圆了。

题目是：《农民夫妇被疑野鸳鸯》。

内容是说 2003 年 1 月 10 日，万州龙宝分局民警和协警队员怀疑秦勇军、崔坤族夫妇有卖淫嫖娼行为，将二人抓到刑警大队审查，并将崔坤族殴打致伤。现在崔坤族还在医院住院治疗。

我和董舵面面相觑了，他苦笑着看看我："王大哥，你怎么看？"

我咬着后槽牙直抽冷气：公安机关抓罚款、严重伤害人民群众感情，这是不争的事实。我们法制部门近年来做了大量规范工作，情况略有好转，但这股风还没有从根本上遏制。这类事十有八九是有一定事实依据，一般不会空穴来风。如果真是这样，后果不堪设想。搞不好，构成严重违纪，当事民警就得移交纪委处理甚至追究刑事责任。

"我觉得还是查了再说吧。"

周副局长指示：立为监督案件，一定要认真查，要把真实情况搞清楚，给社会一个交代。他还特别指出，如果报道属实，不管涉及哪一级，一定依执法监督规定追究责任，不能姑息迁就。

"经费不足用罚款补贴，真是害死人哪。"他最后这么感叹了一句！那时正在逐步取消罚款返还，但各地进展不一。这起案件显然是抓罚款引起的。

事关重大，执法监督科倾巢出动，在科长杨培新、副科长董舵的带领下，直奔万州而去。

万州是重庆市第二大城区，也是我市公安机关控制三峡库区治安的中心据点，警力和领导班子配备都比较强。直辖几年来，万州区公安局在万州区党委、政府和市局领导下，紧紧围绕社会治安综合治理、移民搬迁等中心工作，精心组织，严防死守，办理了一大批重特大案件，查处了一批严重危害社会治安的违法犯罪人员，对库区社会治安形成了有效控制。但就在大力提高队伍素质、提高执法质量的大气候下，却发生了这样的事，实在太出乎意料了。如果案件中真的有民警卷进去的话，后果不堪设想。我们的心里都沉甸甸的。

我们的到来并没有使万州相关领导感到惊讶。他们已经率先开展调查，也取得了一定进展。在见面会上，万州区局领导将他们先期调查的情况作了汇报。

局长骆斌正值中年，精干而且沉稳，此时此刻，他脸上满是沉痛的表情，人坐在那儿就像矮了一头，完全没有了平时那种雷厉风行、精明强干的神情："首先，对市局来调查表示欢迎。我们真心诚意接受监督。我个人郑重表态：尊重市局调查结果，无论怎样处理，哪怕是给我个人最重的处理，我都完全接受。这件事真是出乎我们的意料，不但给公安机关抹了黑，还造成了重大损失。我们十分沉痛，向市局作出深刻检查。我们不护短，不掩盖存在的问题，在报社来人的当天，我们就组织力量进行了调查……"

"是由法制、纪检监察共同组织的联合调查组，我也参加了。"插话的人四十来岁，瘦高个子，他就是区公安局法制科科长黄佑光。

当汇报到我们最关心的内容时，我们几乎是竖起耳朵，一个字都不放过：现在初步查出来的情况是，事件中没有任何民警参与，是两名协警带着三名社会闲杂人员私自干的。目前已经将其中四名参与人员刑事拘留，另外还有一名尚未到案，正在全力追捕中。在座的领导班子成员对造成这么大的影响，给公安机关声誉带来了严重损失深感内疚，一再深刻检查，态度十分诚恳。他们一个个脸上都带着难以言述的沉痛表情，会场凝聚着沉重的气氛。

杨培新科长是第一届云南支边青年，考上律师后回城，后来进入市公安局工作，是个不修边幅的人，头发总是乱蓬蓬的，眼睛有些斜。他一直在默默听着，不时地记着什么。听了一会儿，他放下了笔，抬起头来，拨拉着右边的头发往脑后一甩，左手握住右手腕说话了："听了你们讲的情况，应该好好总结一下，你们领导班子平时都干些啥了，在现在这种狠抓规范执法、强化执法质量的大环境下，暴露出这么大的问题，你们如何向市局交代，怎么给社会一个说法？"

一席话把会场气氛降到了最低点，所有的人都沉默不语了。

"嗳，气氛不对头哟。你们一个劲儿地检讨，把自己说得一无是处，好像你们区局就没有任何成绩，就只有这么一件不光彩的事了。你们破获了那么多有影响的大案要案，处置移民搬迁、维稳这些成绩都不算了？这样也不实事求是嘛……"

副科长董舵见气氛有些尴尬，插话了。他是名牌政法大学出身，对法律颇有研究，为人低调。他想了想，推了推黑框眼镜，觉得还是要给基层松包袱："这件事影响确实坏，区局需要总结。但是，周副局长指示精神是要给社会一个交代，并不是说非要把大家一棍子都打死。现在情况还不清楚，也说不上处理。我看这样，组织人员配合我们，先把这事调查清楚，再考虑如何处置。"

他这几句话一下把大家悬着的心放了下来。参加会议的区局领导都松了口气，紧绷的面孔、凝重的神色缓和了。

"或者，你们在宾馆里休息，我们加强力量调查，查清楚情况后如实向你们汇报。我们一定会实事求是，绝不会弄虚作假。"政委钟华太提出这么个建议。

"我看这样，"董舵深思熟虑一番后，习惯性地伸开右手掌，继续说道，"你们抽出力量和我们组成联合调查组，共同调查，调查结束后再研究怎么处理，好不好？"

"就这样定了！"杨科长不等区局表态，就定了调。

在看守所里，我们见到了已经被刑事拘留的聘用协警员张成祥（化名，下同）。

这是一个二十七八岁的小伙子。显然在拘留所里的日子很不好过，他脸色灰白，眼光游离，一脸的沮丧，谈起发生的事，头摇得像拨浪鼓一样，后悔不及："我本来就是正式聘用的协警员，是陈哥、赵哥喊我和赖希伟（化名，下同）来当的协警。"

他称的陈哥、赵哥就是刑警大队专管协警的民警陈宝国（化名，下同）和赵海洋（化名，下同）。

"聘用你当协警时，他们是怎么给你们交代的？"

原来，陈宝国、赵海洋聘用张成祥、赖希伟时只是告诉他们，当协警主要职责就是抓罚款，有提成，只要工作努力，每个月工资加提成还是相当可观的。

"相关政策给你们交代过没有，你们为什么动手打人呢？"

刑警大队对协警员的管理只限于追问抓了多少罚款，至于采用什么手段，是不是严格执行政策，从来就没有过问过。

"管你想哪门子办法，只要把嫌疑人嘴巴撬开就算数，嫌疑人没有吐的话我们还得挨训……"

"另外，当时在场参加殴打崔坤族的还有几个人，他们是怎么回事？"董舵突然发问，令张成祥一震，犹豫半天后才嗫嚅着回答："我、我不大清楚，可能是刑警队另外聘请的吧。"

"你要实事求是地谈，不要有任何幻想。"

最后，张成祥不得不交代，参与的任锡静（化名，下同）、王城（化名，下同）、谷木桐（化名，下同）都是自己的哥们儿，他私自找他们来帮他抓罚款。但是，他接着又强调，这些人来了后，刑警大队的人都知道，从来没有人过问，也没有人制止。

对赖希伟进行调查时，这个三十来岁的小伙子却因莫大的委屈而愤愤不平，很有抵触情绪："当初说得好好的，叫我们放开手脚干，出了事他们摆平。这一出了事个个都退了，拿我们来当替罪羊。"

他哗啦啦地一口气说了一大篇。

"小伙子，你得端正态度，带着这种情绪是于事无补的。"董舵和蔼地劝解他，"至少公安民警没有叫你去打人嘛，更何况民警给你们交代过相关政策，这些政策中最重要的一条就是不能刑讯逼供。你看你们把人家打成个熊猫样，你于心能安？"

他顿了顿，耐心地启发着："把当时实际情况好好地谈清楚，好不好？"

赖希伟沉默了好一阵，才谈起了事情经过。承认了他接到任锡静电话赶到现场，与任锡静、谷木桐、王城等人强行把崔坤族、秦勇军从家里带到刑警队,在询问过程中对崔进行殴打的事实。

"你们有什么资格办理案件,抓住违法人员为什么不向民警报告?"周德勇气愤之情溢于言表。

"过去都是这样,一般都不用向民警报告。我们把材料取完了民警来办个手续就算数。"

越往下问,杨培新科长的脸拉得越长,董舵的眉头皱得越紧。法制部门一直把执法质量当作公安执法生命线来看待,刑警大队竟然荒唐到让几个没有执法资格的协警队员来办理案件,这不是把执法当作儿戏嘛!

参加联合调查组的黄佑光几乎是气急败坏了,个子高大的他在审讯室里走来走去,脸上挂着愤懑,不时长长出口粗气。他就这样走啊,走啊,走了好几个来回,突然间若有所悟地站住了:"不对,我应该没有记错……你们等等,我去打个电话。"高大的身躯一晃一晃地走了出去。

一会儿,外边不远处隐隐约约传来了他打电话的声音:"你马上查……回电话……"

随后对任锡静、谷木桐、张城等进行调查。他们均称是张成祥、赖希伟叫他们来的,也想从罚款提成中分一杯羹。

事件过程并不复杂,对几名参与者讯问完结,整个事件基本清楚了。

1月10日下午,张成祥带着任锡静、谷木桐、王城一如既往地在万州区和平广场万安立交桥下寻觅可疑人员。

眼看离春节不远了,他们更加积极,都想多抓点儿罚款。自从参加协警,尝到了抓罚款返还的甜头后,张成祥为了争取更大效益,私自邀请任锡静、谷木桐、王城等一起帮助抓"六害"人员,特别把重点盯在卖淫嫖娼人员上,因为这种违法行为最高可罚五千元。罚款越高,提成就越多。

下午三时许,一位妇女进入了他们的视线。这是一位个子较高的中年妇女,三十多岁,一副忧郁和渴望的神情。她站在桥下东张西望的,似乎在寻找什么一样。

以他们的"丰富经验",当即判定,这一定是卖淫妇女正在寻找嫖客,当下几人分开在四周密切监视。

不一会儿,一个四十来岁的男人东张西望地走了过来,那妇女匆匆迎了过去,两人交谈了几句后便一同走向旁边的一排家属住宅楼。

几人在张成祥示意下也随之悄悄地移动,尾随着来到住宅楼前。眼看那一男一女终于进入了三楼的一家屋内,四人悄悄地在门前停了下来,静静地等待——以他们的"丰富经验",现在还不是时机,抓卖淫嫖娼最好时机是在床上抓现行。

突然间,一声叱骂在他们身后响起:"咋的,咋的,你们这些崽崽干什么?围在我家门前干什么?"一个中年男子出现在他们身后,这人穿着一身破旧的迷彩服,上面水泥斑驳、油渍麻花的,一看就是个下力人。他慌慌张张冲进屋内,迅速把用钢筋焊成的防盗门反锁上。任凭张成祥等在外面如何叫嚷,他就是不开门,只是隔着防盗门与张成祥等吵骂。

张成祥等人一番吵骂后无计可施,任锡静摸出手机叫赖希伟带撬棍来把防盗门撬开。

赖希伟接到电话带着撬棍赶来的途中,还是想起了给民警陈宝国打电话告诉一声,但陈宝国的手机当时并不在身上,因而未能联系上。当他提着撬棍火急火燎地赶到现场时,双方的吵骂已经达到白热化。互相谩骂夹杂着吐唾沫,无奈中间隔着一道防盗门,双方谁也奈何不了谁。

任锡静精瘦精瘦,鬼点子多。他灵机一动,从身上摸出了一个过去当联防队员,遣散后未上交的联防队员证向防盗门内的男子出示,并厉声叫道:"我们是联防队的,把门打开!"

防盗门内的男子这才住了声，沉默了一阵后，只好无奈地把防盗门打开了。

张成祥等人一拥而入，在室内到处搜索一阵，除了那个妇女外再无其他人影。几人恼羞成怒，遂将这二人带往刑警一中队办公室，既不向民警报告，也不办理任何手续，便将二人分开进行询问。

这群自封的"执法者"利令智昏，尽管崔坤族、秦勇军如实报出了姓名，出示了身份证，说明二人是夫妻关系，不可能有卖淫嫖娼行为，但他们根本不为所动，仍然逼迫他们承认有卖淫嫖娼行为，欲对其处以高额罚款。在秦勇军的苦苦哀求下，才答应叫秦回去拿结婚证。

询问崔坤族的赖希伟和任锡静并未因此停止，反而变本加厉地对崔坤族施加压力。由于崔坤族坚决不承认有卖淫行为，二人恼羞成怒，分别用手脚、胶皮警棍、手铐等对崔坤族进行殴打，直打得崔坤族遍体鳞伤。

直到晚上10点左右，秦勇军拿着结婚证赶来时，崔坤族已经被打得瘫倒在地，奄奄一息，险些休克，随后被值班民警发现制止，并及时送医院救治。

我们在医院询问崔坤族时，这个四十多岁的女人身上确实伤痕累累，看了叫人揪心。

经法医鉴定，崔坤族伤情已经构成轻伤，这是需要追究刑事责任的。

唯一聊以自慰的是事件没有任何公安民警参与，是这伙人打着公安机关的幌子私自所为，而且是在刑警队一名民警发现后在第一时间果断进行了制止，并将崔坤族送医院救治，才避免了更严重的后果发生。

案件基本情况查清楚了，但同时也令我们震惊了。

从2000年以来，重庆公安机关大力加强监督指导，狠抓规范执法，提高执法质量。特别是实施了对区县各级公安机关以及专业公安机构每年两次的执法质量考评，并相应实施了以错案追究为核心内容的一系列辅助措施，形成了全市公安机关齐头并进，执法质量稳步上升的局面。从清理联防乱执法到建立协警，有效解决执法主体问题，规范了执法行为，这是法制工作上的一大进步。在这样的大背景下，这伙聘用人员公然滥用行政权力，侵犯公民人身、财产权利，实施犯罪行为，给公安机关造成严重的社会影响。毫无疑问，万州区局管理存在突出问题，而且非常具有典型性。事关大局，我们的任务就不能只是简单地查办案件了。对管理上的深层次问题，我们岂能袖手旁观？

这天晚上在宾馆里，我们一个个都像泥胎一样沉默不语。

杨培新此时瘫在椅子上，瘦长的身躯让人感觉除了皮就是骨头架子了。他就像一只大虾一样蜷缩着，左手神经质地玩弄着签字笔，独自嚅着牙花子。

政法大学毕业，已有好几年工作经验，执法监督工作上颇有建树的周德勇只有二十多岁，身材较胖，与骨瘦如柴的杨培新形成鲜明对照。他将笔头咬在嘴里，看着笔记本上的内容不知在想什么。

卫生间里一阵哗啦啦的响动，董舵甩打着两手的水走了出来："今天怎么啦，一个个这么老实？"

平时，几个人凑到一起，都不是省油的灯，一有空闲总是闹得乱哄哄的，今天这样沉寂确实少见。大家互相看了一眼，都没有出声。

"我看也没有啥不得了的，不就是涉及区局领导的管理嘛。"董舵径直走过来，一屁股坐上床，盘上双腿，扶了扶黑边眼镜，微笑着一本正经地说道："单就案子没有问题了，就是张成祥、赖希伟和几个他们私自召集来的赖猴猴干的，没有我们民警参与，就现在掌握的事实、证据处理他们都没有问题。不过，我觉得我们还是应该本着负责的精神，对区局管理上的问题一查到底……是不是请示一下？"

"你的意思是……"杨科长一下抬起头来，盯着董舵语速极快地说道，"这好像有点儿摸老虎屁股哦？"

"啥子老虎屁股哟。人家基层同志觉悟也不比我们差到哪儿去。就算是老虎屁股有啥摸不得的，该摸就摸。管理问题不解决，不纠正，今后还不知要出什么问题。"周德勇将笔记本扔在床上，愤愤不平地说道。

意见很快统一，杨科长电话请示处领导，处领导叫稍等一会儿再回复。我们有一搭无一搭地闲扯着。一会儿，杨科长的手机响了，他看了看号码不熟悉，神情就有些不快。

"喂，哪个呀？啊，啊，周副局长呀，不好意思，不好意思……"杨科长腾一下站起来，神情一下变得毕恭毕敬了，"周副局长有什么指示？哦，是这样的，我先给您汇报一下……"

原来是周副局长把电话打到了杨科长的手机上。大家一下停止了戏谑，严肃起来，凝神盯着杨科长毕恭毕敬地接受周副局长的指示。

"是是是，……我一定照办。"杨科长毕恭毕敬地仔细倾听，鸡啄米一样地点头称是，我们凝神屏气耐心等待。一会儿，他终于合上了电话，畅快淋漓地舒出一口长气，右手习惯性地把耷拉到额头的乱发往后一捋，立时变得神采奕奕："好好好，真是太及时了！周局长对我们的想法非常满意，特别指示，涉及的管理问题更是要作为重点来查，不管涉及哪一级领导，一定要把情况调查清楚，一查到底。处理人不是目的，关键是要发现问题，消除隐患……这都是周副局长的原话。另外，周副局长还……这个……指示，情况查清楚后如何处理，要与区局的同志们研究，征求他们的意见，也要相信他们。我们再综合提出个方案来……"

"后面这部分不是周副局长的原话吗?"周德勇插科打诨,引得大家都笑了。

刑警一中队民警陈宝国、赵海洋是协警员专管民警。我们的调查首先从他们开始。

陈宝国只有二十多岁,中等个子。当穿着警服的他规规矩矩站在我们面前时,我不由得觉得有些滑稽,赶快叫他坐下来,慢慢谈相关情况。

"小伙子,张成祥、赖希伟这两名协警员是你去找来的?"说明来意,简单交代了相关要求后,我们直接发问了。当得到他肯定回答后,我们要求他谈谈相关情况。

是刑警中队长陈海叫他去物色两名协勤,他就去找来了张成祥和赖希伟。

"你们是怎么对这两个人进行管理的?"

对协勤基本谈不上什么管理,反正只要抓得到罚款就行。陈海就是这样交代的。陈宝国还专门交代了一下不要打人之类的政策。

"谁批准他们可以任意使用警械具?"

"这个、这个问题我还真不好说。我们的警棍、手铐这些警械具都是在墙上挂着的,谁需要时就自己拿。他们平时拿也没有哪个干涉。"

他沉痛地顿了顿,低着头说:"反正这件事我给公安机关抹了黑,我愿意接受处理。"他很痛苦地摇着脑袋抬起头来,眼睛里已经泪光莹莹了。

对赵海洋的询问大同小异,他虽然是专管民警,但实质上并没有参与太多的管理,我们也就没有过多纠缠。

中队长陈海,年纪三十多岁,壮实,一进门就感觉得到,这是个个性倔强、孔武有力的警察。这样的民警通常战功卓著,但对于政策的理解执行往往有一定差距。

"你就是陈海？……你当过兵？"一看他坐姿端正、举止规矩、昂首挺胸的，分明经过了良好训练。

"在人民解放军干侦察兵，五年！现在是刑警一中队中队长！"他回答得斩钉截铁。

这样的干部叫人喜爱，但有时也很叫人伤脑筋。这个陈海也是如此。

"你先谈谈这起案件。"

陈海在当天晚上接到民警报告后马上赶到队里，立即组织人将崔坤族送医院救治，并及时向刑警大队和局领导作了汇报，又亲自到医院看望了崔坤族。

"很好嘛。"杨科长还微微点了点头。

但接下来就不一样了。

"崔坤族不是普通老百姓，她是一个刑事犯罪嫌疑人。我们已经查清楚，她因为盗窃正在取保候审期间，检察院正准备起诉她。再说，她也确实有卖淫嫖娼行为，只是……只是我们没有把嫖客抓到，没有取得证据而已。"

他说的确实是事实。在现场了解情况时，邻近的居民反映，当时确实有一个男子从窗户跳下，仓皇逃走了。事后我们了解到，那名翻窗逃走的人是崔坤族请来商量应付起诉的，也是一个没有法律知识的人，他以为帮崔坤族打官司就是和政法机关作对，因此，听说联防来了，就慌忙从窗户爬出去逃跑了。

"既然没有证据，你还犟啥子！你哪儿见过夫妻一起让老婆卖淫的？"杨科长有些坐不住了。

"这种情况也不是没有，我就听说……"

"不要道听途说，你究竟见过几个？她卖淫的证据呢，凭证据说话。"

陈海无言以对，但神情分明很不服气。

"你谈谈协勤的设立和管理情况。"我见这时气氛有点儿僵，便转换了一个话题。

"我们是按照市局和我们局里下的文件，在队里设了两名协勤，是符合规定的。在管理上指派了两名民警负责，交代了政策，提出了相关要求，还定期组织学习。我们管理是认真的，但这些人素质太差，我们也没有完全尽到责任，所以才会发生这事。"

黄光佑因为是同机关的干部，碍于情面，不好多说话。他见陈海没有低头的意思，忍不住也冒火了。"陈队长，我们局设立协勤的文件上可是明确规定，刑警大队不设协勤的。你设协勤是经过谁批准的？"在我们讯问赖希伟时，他突然记起区局设立协勤的文件上好像规定刑警队不设协勤，但又一时拿不准，才出去打电话进行了核实。

陈海对于擅自设立协勤并不回避，坦率地谈了他擅自设协勤的动机：队里的民警一天十多个小时的工作量，收入微薄，养家都困难，正常工作也是举步维艰。所以，他想利用罚款返还政策使队员待遇得到改善。他说的是事实。那时，公安机关经费得不到保证，在万州城区，我们就亲眼目睹两个派出所因为没有钱只能使用一盏电灯办公的窘境。他便想利用政府出台的公安机关罚没收入按比例返还、还可以按比例奖励给办案民警的政策，进行弥补。这也是一种改善工作条件、改善民警待遇的举措，至少动机是好的。

"但是，在对协勤的管理上是我没有尽到责任，责任应当由我来负。如果要处分就处分我，请不要处理民警。另外，协勤的做法是个人行为，我认为这与公安机关没有关系，不应当由专管民警承担责任。"

"刑警本职是什么你不会不明白吧，但你们把精力用在扫'六害'上，这是不是本末倒置？"

"报告市局领导，我的队伍要带好，我的工作要正常运转，可是拨下来的经费仅够我三个月的开支。我只有抓罚款返还来弥补。不然,我这支队伍没有办法带。"

"政府有这个政策,可以用,而且要千方百计用好。但公安机关的一切执法活动都必须依法进行。而且,公安机关是纪律部队,必须做到令行禁止。没有规定擅自行事,是什么性质的问题?你看看,把一个普通老百姓打成什么样子,你于心何忍?"

我很严肃地对他进行了批评教育。我指出:他的执法意识还有待提高。一方面,证据意识淡薄。崔坤族卖淫没有证据,目前你所掌握的只是她带了一个男人进了家,你没有任何证据能够证实崔坤族与那名男子有以金钱为媒介发生性行为的违法活动。刑事侦查中疑罪从无的原则同样适用于行政执法,没有证据就不能认定崔坤族有违法犯罪事实,对其采取任何强制措施都是非法的。另一方面,我国刑事、行政执法基本原则之一是严厉禁止刑讯逼供。无论是违法犯罪嫌疑人还是普通老百姓,都不应当受到行政机关的非法打骂、体罚、虐待。我同时还指出,这起行政行为,无论执法主体、接受案件、传唤程序、询问主体资格等,都是不合法的。

在我们对他进行严肃的批评教育过程中,他仍然是正襟危坐,两眼炯炯有神地盯着我们,仔细倾听。这令我们油然而生喜爱之情。但我不由得有些惋惜,这个事情太大了,特别是社会影响十分恶劣,我们就是有心保他,不知市局领导能否通得过。

我看到他嘴张了一下,似乎有什么问题要问,我示意他:"你有什么疑问尽管提!"

"刑讯逼供是协勤干的,没有我们民警参与,而且事先一点儿都不知情。这账还要算在我们公安机关头上吗?"

"首先得纠正的是,刑讯逼供的主体只能是具有执法资格的执法人员,张成祥他们不具有这个资格,他们的行为只能定性为故意伤害。但是,事情发生在公安机关,人员是公安机关聘用的，而且是公安职权范围内的事，我们不能因为当事人不是人民警察就可以推脱责任。在这件事情上，公安机关必须承担责任。"

他的眼睛一下子睁大了，呆了呆，把头垂下去，沉默了一阵才抬起来，深深地叹了口气："我没有想到会给公安机关抹黑！真的，我真的不想给公安机关抹黑！哎，我接受处分！"他依然双手搁膝，挺胸昂首，目光直视着我们，但眼神里的光芒显然黯淡了。

在通报情况会上，我们严肃指出万州区局管理上存在的问题。特别强调需要端正执法指导思想，提高执法意识、执法能力以及证据意识、程序意识和令行禁止等。要求区局认真总结，汲取教训，采取措施，尽快解决存在的问题，防止此类情况继续发生。

研究处理意见时，出乎意料，万州区局领导从上到下全部站出来承担责任。特别是局长骆斌、政委钟太华，非常诚恳地表示完全接受批评。"毫无疑问，这是我们区局管理指导思想上出了偏差。上面针尖大的窟窿，到下边就是斗大的风，根子在我们，应当由我们班子承担主要责任，希望对基层干部处理上从轻。请你们相信，我们一定会加强教育管理，端正执法指导思想，保证杜绝这类事件的再次发生。我们还打算就这起案件在全区局开展一次端正执法指导思想的教育活动，进一步加强队伍管理，从根本上解决问题。"

杨科长抓了抓乱蓬蓬的头发，狐疑地说："哎，这倒出乎意料啊。"

董舵悄悄地和杨科长碰了一下头，推了推眼镜说道："区局领导这种精神，值得我们学习。我看，这个事情这样办，我们回去汇报一下，看看周副局长的意见，如何？"

"知耻而后勇，万州的同志不错啊……"周志仁副局长噙着有机玻璃烟嘴听完汇报，又十分认真地询问了案件的个别细节，咧开嘴笑了。他噙着烟嘴的笑容没有丝毫做作,就像是一个刚买到称心如意的商品的市民一样。

"这个案件是不是可以这样认为,区局执法指导思想不够端正,管理松懈,是案件发生的根源。但他们能够认识问题,端正态度,勇于承担责任,由他们自己决定如何处理,也不失为一种办法,给他们一个机会嘛!你们的看法呢,啊?说说!"

在他面前,我们从来是什么话都可以说,没有丝毫隐瞒的。我们也认为,应该相信区局领导班子能够认真对待处理这件事。

"这样,就由他们自己拿个处理意见,你们来把关。告诉他们,处理人不是目的,原则是执法指导思想得到端正,民警受到教育,队伍素质及执法能力得到提高。你们看如何,啊?"

"你说说?"周副局长见周德勇欲言又止,便点他的名。

"我也是这个意见。不过,有点儿担心。万一他们马虎应付一下,媒体那边可能不好交代。"

"所以要你们把关嘛,还是要相信他们会正确处理。至于媒体方面我去协调,大不了我去说好话、赔小心。好在没有民警参与,对媒体就好交代了。我们上级机关对同志要真正爱护,才能激发大家的积极性,我们这支队伍才能有战斗力。你们说是不是?"

万州区局没有辜负周副局长的期望,很快就作出了处理决定。区公安局向万州区党委和市公安局党委写出书面检查,对民警陈宝国、赵海洋给予警告处分,陈海被免职,区局及刑警大队领导分别被扣发岗位津贴一个月至一季度不等,并赔偿崔坤族医疗、误工等费用七千元。区局还就此开展了声势浩大、卓有成效的以进一步提高执法意识、执法能力、全心全意为人民服务为宗旨的教育活动。

自此之后,万州区公安局在执法质量上突飞猛进,很快就进入了执法先进单位行列。

白帝城之殇

　　2002年10月8日的清晨,我带着国庆节期间高度紧张的值班、执勤、备勤的疲惫踏进了重庆市公安局机关办公楼,开始正式上班。

　　大长假中,以长江三峡、抗战陪都、红岩景观以及大足石刻等精品旅游资源闻名于世的重庆,吸引着世界各地的游客蜂拥而至,交通运输、食宿、购物荷载达到空前程度,各大旅游景区更是人满为患,安全保卫工作责任重大绝不能有丝毫闪失。更何况,重庆市正在争创全国旅游品牌。所有的机关民警全部加强到基层,确保大长假期间治安工作万无一失。还算好,总算平安度过了这紧张的七天。

　　轻轻敲了敲法制处执法监督科办公室的门,没有反应,我这才放了心。如果冒冒失失闯进去,保不准就会从沙发上蹿起来一个加了班睡得五迷三道的民警,如果是男民警倒还好,要是个女民警那可就尴尬了,我们科里可是有两朵警花哟。

　　副科长董舵呼地从沙发上坐起来,被子滑落在地上,背心里露出不怎么丰满的肌肉。他睡眼惺忪地到处乱摸,好不容易才在脚踝处找着了眼镜。他撩起被角擦拭，眯缝着双眼仔细检视一番后戴上，装出一副愤愤不平的样子。"王大哥你烦得很，来这么早干啥子嘛。我正梦见中了五百万大奖，还没有来得及领……你得赔我。"说完意犹未尽地摇摇乱蓬蓬的脑袋，"我已经在这儿睡三个晚上了，腰酸背疼的。"他脸色灰暗，头发、胡子乱糟糟的，一看就是很长时间没有打理过。

"快去收拾一下，真是个名副其实的毛胡子！"因为他的头发总是乱蓬蓬的，一脸络腮胡子长得特别快，两天不刮就很扎眼，我们平时都戏谑地称他为毛胡子。

"休息好了？"

我得意地扬了扬下巴表示休息得不错。

"休息好了？"

"啊？"我有些莫明其妙地看着他。

他阴险地眨巴几下眼睛，习惯性地把右手抬到肋骨处摇了摇，嘿嘿地笑了。他这一得意，我心里顿时一紧，随即悬了起来：八成又有什么事了。

"摆在你桌子上的，各人好好看看吧。"他朝我桌子上一努嘴，几下穿好衣裤，拿起洗漱用具出门去了。

我满怀狐疑地翻开桌上的文件夹，几名南京游客的投诉材料赫然映入眼帘。

"王大哥，你看看批示，拿个方案出来，马虎不得哟！另外，准备一下，明天就出发。"董舵乱蓬蓬的头又从门外伸进来，严肃认真地交代着。

一看批示，我不禁倒抽了一口冷气：这些批示分别来自国务院假日办、公安部、国家旅游总局以及重庆旅游局等部门，这些批示均措辞严厉，要求相关部门一定要认真调查，严肃处理，如有违法违规行为，绝不姑息迁就。

我认真研究起来。从投诉来看，是南京一个大型旅游团体的游客在夜游白帝城时，与当地地陪导游发生冲突，地陪导游与当地不法人员相勾结，将其中三名游客扣留一天一夜，敲诈现金三万元。白帝城派出所调解处理结果不公正。

通过电话联系，很快，旅游主管部门传真过来他们的调查情况，内容简直就是投诉材料的翻版。

驱车十余小时，风尘仆仆的我们终于在9日傍晚到达奉节。奉节县公安局分管副局长熊志荣、法制科科长黄光佑等早已等候着了。连夜分析案情，决定组成有奉节县公安局监察副主任、法制科黄科长参加的专门调查组，于10日清晨距县城三公里的白帝城行进，开始调查。

白帝城是三国时期重要的历史遗迹，著名游览胜地，位于重庆奉节县瞿塘峡口的长江北岸，东依夔门，西傍水八卦阵，三面环水，雄踞水陆要津，为历代兵家必争之地，是观"夔门天下雄"的最佳地点。三国蜀汉皇帝刘备讨伐东吴，兵败白帝城，忧伤成疾，临终前在白帝城永安宫向丞相诸葛亮托孤。白帝庙内现陈列有"刘备托孤"大型泥塑，较好地展示了这一重大历史事件。

白帝城坐落在一座不太高的小山包上，远远望去，就见山顶亭台楼阁在碧绿的树丛中若隐若现，整个白帝城颇有仙山琼楼玉宇之韵味。鳞次栉比的建筑从山腰绵延到山脚，逶迤直到江边。尽头处，一座精致的八角亭上仰视着万仞悬崖，下俯瞰汹涌澎湃、浪卷千堆雪的大江，与雄奇、隽永的夔门遥相呼应。"夔门天下雄，舰机轻松过"，孙元良将军以及历代文人骚客的题跋映入眼帘，精致的雕栏、亭榭、碧瓦、飞檐与雄浑、气贯长虹的悬崖峭壁以及咆哮、奔腾、汹涌浩瀚的江水相映成趣。

我们一行沿着蜿蜒而上的青石梯道拾级而上，气喘吁吁地往山顶的白帝庙前进。

这是当年专门为刘备及其皇室成员、王公贵族上下而修建的宽大的石台阶，每一步都尺寸精当，宽窄均匀，而且是精雕细刻而成。由于年代久远，被不知多少代王公贵族、平民百姓踩踏过，已经被磨得光滑如镜。这石台阶缠绕着白帝城山体盘旋而上，直达山顶的白帝庙。考虑到体力因素，每上到一定的高度，便有一处宽大的平台，供登山者休憩。因为皇帝当然有随从，因此，这平台修得既宽且大，能容纳多人，并设有精心雕刻的石凳。

走在这儿的青石台阶上，感觉全身热气蒸腾，喉咙里就像火烧一样，一个个气喘吁吁，汗流浃背。好不容易来到一处平台，我们停了下来。平台上一片浓重的呼呼喘息之声。我极目远眺，夔门、大江、水八阵、无尽的山峦尽收眼底，突发思古之幽情：这就是当年蜀汉皇帝走过的路。曾经昙花一现的蜀汉就此一步一步走向衰落，最终被曹魏所吞并。以史为鉴，这鲜活的历史为我们今人不也留下了许多吗？

看看董舵，四十多岁，年富力强，科班出身，处事沉稳，能力出众。这家伙大敞着衣衫，一身热气蒸腾，就像刚从蒸笼里出来的一样。湿漉漉的头发乱蓬蓬地耷拉在额头上，挂满了晶莹剔透的小汗珠，他牛一样吭哧吭哧地喘着粗气。

"哎呀，累死我了！"他一下子将身子扔在石凳上，擦拭着眼镜，嘴里兀自愤愤嘟囔着，"真该……把那些屁事不干的人弄到这儿，让他们好好感受一下……想想……这些基层民警天天在这儿爬……上爬下的，不、不容易呀……"

周德勇身宽体胖，远远落在后边。三十出头的他除了眼睛略显小些外，活脱脱一副弥勒佛相。他从政法大学毕业，对法制工作颇有钻研，已经列入法制后备干部。此时的他十分狼狈，满脸涨得通红，血液就像要从脸上迸出来一样，吃力地挪动着双脚前行。头上就像刚刚淋过一场大雨，汗珠晶莹剔透，扑嗒扑嗒往地上滴落。"不好……意思，我……我喝点儿水都、都要长膘……"

他牛一样喘着粗气,自嘲着。

经过几次歇憩后,我们一行终于爬到山顶,走进了白帝庙。

与常见庙宇不同,这座庙宇依山势而建,并不像传统庙宇那样规整,而是错落有致。进了山门,穿过大殿,我们一行在奉节县公安局法制科长带领下在迷宫一样的建筑群落里左弯右拐,爬坡上坎,下台阶,转绝壁,在极偏僻一隅,陡然进入一间依山势而建的房间。"各位领导,到了。这就是我们的白帝城派出所。"黄科长如是说。接着他又补充了一句令我们愕然的话:"是惩戒的地方。"

这栋房屋是依岩壁凹面加上两面墙壁围成的一间二十来平方米的房间,据说是过去庙里用来惩罚犯戒的和尚的地方。进门左边迎面都是山崖代替的墙壁,摆了几个古旧破烂的文件柜,中间摆了几张办公桌,油漆斑驳、参差不齐的办公用具充分衬托出办公条件的简陋。

我们进来以后,室内四名民警都知趣地站了起来,让出座位。

"这位是……"

黄科长正要介绍所里的民警,被气喘吁吁的我们制止了。瘦削的他笑了笑,赶快叫民警拿水来。

接过民警递过来的娃哈哈矿泉水,满头大汗的我们拼命地灌起来,室内顿时充满了咕嘟咕嘟的喝水声和牛一样粗重的喘息声,惹得恭敬站立墙边的民警们拼命闭住嘴唇忍住笑。

黄科长介绍着:这个地方原来是庙里和尚犯戒后接受处罚的地方,凡送到这儿来接受惩戒的,只有少量的食物维持生命,无论天寒地冻都没有衣被,全靠自身潜能抵御,久而久之,这些和尚就练就了一身超强的能力。

"所以……"他特别强调,"惩戒的过程其实是对和尚自身潜能的挖掘和开发。"

说完，他特意向我们眨了眨眼睛。

"惩罚就是惩罚嘛，还说得跟牡丹花一样！"一个胖乎乎的头发梳得中规中矩的中年民警呛了他一句。

黄光佑微笑着介绍："这就是所长陈建国（化名，下同），他可是个名人，还和你们市局陈局长照过照片。"

顺着手指的方向，我们看到墙壁上挂着一张放大的照片，确实是意气风发的他很谦恭地扶着略呈老态的陈局长在瞿塘峡前的合影。

"老局长实在关心呀，反复叮咛我要好好干……惭愧，惭愧，这回，我辜负了他的信任……哎，你们先喝水，好好歇一歇。"

歇了一阵总算缓过劲来，民警们马上递上来热气腾腾的毛巾，让我们擦汗。最狼狈的是周德勇，不管不顾地脱掉了上衣。一身雪白的肥膘终于使民警忍俊不禁，派出所民警们赶快捂着嘴把头扭到了一边。

我们稀里哗啦地洗脸、擦身子，去除了浑身臭汗，顿时觉得神清气爽，轻快了不少，精神头也上来了。董舵看了看我："王大哥，咱们开始吧……德勇，德勇……"他扬着下巴叫了两声。

进门右边墙角边，周德勇正撅着身子仔细研究着一样东西。这是个下边支着四只脚的木架子，上面搁了个圆形、中间下凹、宽边的铁锅一样的东西。他一边看着一边自言自语："这是个啥东西哟？"

民警们赶快解释这是冬天烤火的火盆。中间放上木炭，大家围在一起取暖用。

"你以为是烫火锅的……来，我们开始吧。"董舵不失时机地开了个玩笑，引起一片笑声。

陈建国三十四五岁，风华正茂，我们请他先谈谈情况。他看看我们，又左右都看了看，叫了声："刘锋利（化名，下同），那天是你当班，你来说嘛。"

刘锋利接近三十岁,身材壮实,个头儿适中,给人的感觉不错。他看起来有些紧张,听到陈建国点他的名,略有些吃惊:"我来说呀?"

见推脱不掉,他只好简单叙述了一下当天的处置情况。

他当天晚上在家中接到陈建国的电话就赶去现场处置。他到达现场后见双方已经谈好了,就没有再多过问,组织双方签字后就离开了。

"真的!我还特别问了一下南京游客,问他们对这个调解是否自愿接受。他们都说没有意见,怎么这一回去就反悔了呢?……这些人真是的!"刘锋利还有些愤愤然。

"事情的起因是什么?"

"我也不是很清楚……哦,只知道个大概。"他的头低下去看着桌面,声音也低了下去,"好像是全陪导游与地陪导游发生矛盾,抓扯起来,把地陪导游搞伤了……"

"好像啊?详细情况你不清楚?"董舵声音明显透露着不悦。

一下子,办公室内沉寂得鸦雀无声。

"陈所长……陈所长,你们所里调查没有?"董舵点了陈建国的名。正把头埋在桌子上的陈建国一愣怔,才若有所悟地抬起头来,有些慌乱地盯着董舵。

"你们所里作了调查没有?事件是如何发生的,起因及其详细情况是什么?"

"我们也作、作过调查,确实不详细,我们因为游客都、都、离开……"

"各位领导,我来说两句可以不?我对当天情况作了些了解。"这是位退休返聘的老民警。他一脸的沧桑,皮肤紧致而没有丝毫弹性,头发就像是拙劣的化妆师乱撒了些白粉在上面,但双眼透露出来的神情叫人感觉到坚毅、睿智和温暖。

"对对,我安排的。"陈建国如释重负。

老民警说，第二天上班，他得知这件事后，出于职业敏感，找来了当事的地陪导游徐艳莉（化名，下同）了解情况。据徐艳莉叙述，当天晚上在白帝庙门前，南京全陪导游章倩挑起事端，抢夺徐艳莉的话筒并摔在地上砸成两截，她们两人发生抓扯，章倩和游客将她打伤，后来在文管所里调解时游客又再次将她打伤，之后跑了。她和文管所保卫孙天兴，还有治安队员一起下山将游客追上后，她的父亲和游客调解达成协议，游客道歉后赔偿两万七千元。

"她是不是真的有伤？伤情怎么样？"

"我看她脸上有擦伤，手上确实有抓痕，身上就不知道了。我叫她去医院检查治疗，把结果告诉我们，可她至今没有把病历拿回来，检查结果就不知道了。"他顿了顿，又补充道，"因为这只是单方面听徐艳莉说，具体情况不清楚。"

在所里能了解的情况看来只有这些了。我们索要相关材料，令我们瞠目结舌的是，内勤翻了半天只拿出一张受害者出具的收条，还有那名退休民警做的一份调查笔录，其余什么也没有。

个案监督工作主要是两条途径，通常是通过审查、核实案件证据材料，确定执法是否公正，然后作出处理。再就是特殊情况下，直接查处全案。这一般是在案件事实、证据发生重大变化、继发性案（事）件与执法活动有直接联系或者由上级公安机关指定的情况下才会这样做。因为这样一来，监督角色已经转换成办案单位，就已经不是监督了。一般的执法活动都是在占有证据材料的基础上进行，可是，眼前这个案件，竟没有任何证据材料，这样的执法真是叫人瞠目结舌。董舵气得脸上的肌肉扭曲，木雕一样坐在那里，狠狠地看着在场民警，半晌没有吱声。

"你们就这样执法办案？占有证据材料是最基本的常识，难道你们连这都不懂？你们这像啥子话？"一直埋头做记录的周德勇终于忍无可忍了，他抬起头来，用手里的笔指点着室内的民警们,义愤填膺地说。

"算了,算了,别说了!"董舵的喉头狠狠地吞咽了几下,克制住情绪,沉吟了一下。"你们派人跟我们一起重新调查……陈所长,啊,"他冲着陈建国温和地扬了扬下巴,"你看哪个跟我们去……要不然你跟我们去?"

灰头土脸的陈建国嘬着牙花子,半响才挤出来一句话:"我……有事走不开,刘、刘锋利去吧。"

迈过怪石堆,钻过虬松丛,穿过诗词碑林,在花圃中转了几个弯,我们来到了庙旁边一间小小的办公室。这间办公室里摆了张办公桌后就只剩下一半的地方,尽管这么狭窄,但桌椅板凳却抹得纤尘不染,办公桌角上还摆放着一小盆拳头大的仙人球。

文物管理所保卫干部孙天兴,是个相貌端庄,举止沉稳而又颇有见地的小伙子。他始终面带微笑、语速平缓,就像聊家常般向我们讲述了当天晚上他所知道的情况。

当天晚上,他正在巡查,突然听到白帝庙门口有争吵声,他匆忙赶到现场,就见地陪导游徐艳莉正在与全陪导游章倩抓扯,几名情绪激动的游客也帮着章倩争夺导游用的喇叭。孙天兴迅即制止,将双方带到保卫办公室询问情况。因为一名游客对徐艳莉推搡了两下,徐艳莉抓起桌上的茶杯要打,被孙天兴打掉,由此激怒了游客们,纷纷拥上来抓扯,场面失控,护着徐艳莉的孙天兴也被游客们冲散。游客对徐艳莉推搡、抓扯,致徐艳莉倒在地上后就全部离开了。

这时,文管所副所长李大权闻讯赶来,听取了孙天兴的报告后,立即打电话向白帝城派出所报警。孙天兴则带着徐艳莉往山下追肇事的游客去了。

"徐艳莉和游客的冲突是怎么引起的?你就谈谈你了解到的情况。"董舵和颜悦色地说。

"我到达时已经抓扯上了,听游客吵嚷,好像是徐艳莉拒绝讲解还是怎么回事引起的，详细情况只能由你们调查了。"他还是微微笑着说。

"你给我们讲一讲，喇叭是怎么损坏的？"

"抓扯时，徐艳莉与章倩还有两个游客互相拉扯，一下将喇叭拦腰扯断。徐艳莉一怒之下，将断掉的喇叭向游客砸去。我赶快冲上去将喇叭挡住，喇叭砸在我右侧身子上掉在地上，这才没有砸中游客。"

"那游客用喇叭砸徐艳莉没有？"

"没有。另一截一直在章倩手上拿着，我从她手上拿过来，拿到我的办公室里来的。"

"在整个过程中，派出所没有人到场？"

"李所长报案后，派出所才知道这儿出事了。"孙天兴微微顿了一下，微笑着回答。

"当时闹得这么凶，派出所就没有人来处理？派出所离得这么近，在办公室里也能听得到啊！"周德勇可谓一语中的。派出所就在白帝庙内，离事发现场仅百余米远。

孙天兴没有回答这个问题。他竭力回避刘锋利的眼睛，字斟句酌地想了想后，才补充道："这可能要问他们派出所的才清楚了。"

从孙天兴那儿出来，景区治安队当天参与处置的几名队员已经在等我们了。

治安队是文管所组建的一支治安队伍，负责景区治安事件处置。队员都是些二十多岁的小伙子，一个个生龙活虎，精神十足。难能可贵的是，在这件事情的处置上他们表现出了高度的责任心。

接到派出所的电话，治安组长苗鑫迅即率领队员与孙天兴等汇合，很快在山腰、码头和游客乘坐的长鲲号旅游船上找到了章倩和其他参与肇事的游客，将他们请到了趸船上的警民联系点内。

这时,已经是午夜,一向冷清落寞、只有江水陪伴的趸船顿时热闹非凡,徐艳莉及与其一同工作的导游同事们与章倩及六名游客唇枪舌剑,争执不休,双方互相指责对方,谁都不想承担责任,尖利的女高音与粗犷浑厚的男声此起彼伏,将偌大的趸船空间充溢得满满当当。治安队员们只有在中间努力排解,劝说双方心平气和地协商。

平衡被打破最初是从长鲲号旅游船乘警到来开始的。

这位乘警是一位尽职尽责的好乘警。当初,治安队员带着徐艳莉要上船去寻找参与此事件的乘客时,他经过认真审查后才允许上船,并全程陪同治安队员寻找,有效地防止了惊扰乘客。在这几名乘客被请到趸船上后,他希望事情能够很快得到解决,便让船长耐心等待。可开船时间临近了,一直未见这几名乘客登船。左等右等一直不见踪影,他只好下船来到趸船上催促,希望事情能够早日得到解决。可是,他的到来却让游客们的心理防线开始松动。章倩等人看着这名乘警离去的背影,这才意识到,船是不可能等他们的,此地不可久留!

从这时开始,他们才考虑自己的退路了。几人碰头悄悄商量了一下,决定打掉牙齿往肚里咽,自己主动承担赔偿责任,便与徐艳莉协商起来。

双方进入如何赔偿的磋商,讨价还价终于使气氛开始缓和。但就在这时,形势突然发生了大逆转。

"是哪个,是哪个?"随着吆喝声,几个气势汹汹、情绪激动的男人一拥而入。为首的男子五十来岁,粗壮、剽悍,太阳穴上横着一条青筋,浑身充溢着一股煞气。他就是徐艳莉的舅舅来成先(化名,下同),也是徐艳莉的父亲徐国华(化名,下同)的谈判代表。徐艳莉的父亲和其他亲属紧随其后,不管不顾地蜂拥而入,一下就把个不大的趸船挤得满满当当的。

"敢跑到老子地盘上撒野,老子今天叫他吃不了兜着走!"

来成先带头,一干亲属气势汹汹地扑向惊恐万分、拼命向角落里蜷缩的游客。

"站住!不要乱来!哪个乱来将要承担一切后果!"治安组长苗鑫挺身而出,带领队员及时将徐艳莉的亲属拦在舱外。

来成先似乎没有把这几个治安队员放在眼里,口里嚷嚷着:"今天不赔钱,我看哪个走得出奉节!"仍然一股劲儿地往里冲,后边的其他人也跟着往里拥。

"都过来,把门拦死,一个都不许放进舱。"

苗鑫确实是好样的。他将五名队员分成两组,他自己带一名队员在舱内护住游客,三名在舱门外拦住徐艳莉亲属和其他人。这一做法非常奏效,双方被隔开后,气势汹汹的来成先等只能无奈地吵吵几句,再也无法与游客发生冲突了。

趸船上的秩序平定下来,饶是来成先再凶悍,也无计可施,只好乖乖地接受调解现实。

这人确实不是个省油的灯,他先是对苗鑫发难:"你不让我们进舱,难道我家艳莉就这样白遭打了?"

"你自己谈嘛。"

"我不进去怎么谈?"

"你这不是在谈吗?能够和我谈就能够和他们谈……哎,你们……"他转向惊魂未定、蜷缩在一起的游客,提示着,"你们还是商量个方案,这样下去也不是办法。"

游客们眼看当前形势非常不利,碰头商量了一下,就由一名游客去船上找了一位名叫熊光华的游客作为代表前来协商处理。

"我不管,没有三万块,看哪个走得出奉节!"来成先对眼前的几个游客根本没有放在眼里,一副居高临下的架势。他清楚地知道,这个时候派出所民警是不会来的。今天这个羊儿套定了。

游客们好说歹说,来成先根本不为所动。那位谈判代表和游客们又是检讨又是自我批评,谈了半天,却给来成先一句话就堵到了南墙头:"好话值多少钱一斤?"

"你……你,"谈判代表气得瞠目结舌,无奈之下,他转向苗鑫,"我要求派出所民警来解决……我就不信,派出所总得讲点儿理。"

苗鑫跟派出所联系后,无奈地告诉他们:派出所的民警现在还在路上,他只能催他们快一点儿。

章倩们就只好抱着这么一丝希望,无奈地等待着。

时间就在这样的等待中一点一点地过去了,直到深夜,民警也一直没有出现。熊光华小心翼翼地向来先学商量少赔偿点儿钱。

"三万,少了一分钱你走出奉节,我手板心煎鱼给你吃!"

熊光华无奈地摇摇脑袋,又叫苗鑫再催一下派出所民警。可苗鑫催问的结果一下让游客们从心里凉到了后背:派出所民警在半路上因为修路不能通行,被堵住了,肯定赶不来了。

这时,长鲲号游船的乘警又一次出现了。他告诉乘客们,开船时间马上就到了,让他们赶快解决完,游船不可能再等他们多久。

这个消息无异于晴天霹雳,游客们面面相觑,目瞪口呆。室内一时静悄悄的,没有任何声息。

来成先脸上却浮起了得意的笑。

场面就这样僵持着,足足有一刻钟。

最先崩溃的是全陪导游章倩,这个花容月貌的女导游绝望万分,扑通跪在船舱坚硬的铁皮地面,声泪俱下,请求放过他们。

"还不赶快去凑钱,一会儿船走了看你们怎么办。"来成先终于说出了一句人话。

游客们赶快上船东拼西凑地借来了七千八百元递到来成先面前,哪知,来成先根本就不屑一瞥:"你侮辱我的智商?我说的是三万。"

　　趸船上的游客面如死灰,气愤但又实在没有办法,只好低三下四地向来先学说好话,但来成先根本不为所动。

　　章倩想到事情由自己引起,把这个团带得如此糟糕,且不说自己的业绩受到影响,单是游客们乘兴而来、败兴而归,自己这个导游就没有办法交代。她又一次直挺挺地跪在了来成先面前,涕泪交加地嘶喊着:"叔叔,我们错了,求你放了我们嘛。我们真的没有办法,我实在拿不出这么多钱哪。实在要拿这么多钱来赔,我只有一头撞死……"

　　"别吓唬我,我不是吓大的!"来成先冷若冰霜的话语,让游客们彻底失望了。

　　他们派人再次到船上去借钱。

　　船上的乘客们一听,顿时就炸了锅,纷纷咒骂着:"这哪里还是共产党的天下,简直没有王法了。"

　　"去告他们,告!"

　　"走,找他们算账,我就不相信,这儿不是共产党领导的天下!"

　　"走、走,大家都去!"

　　"大家不要激动,听我说两句。"在乘客们的怒吼声中,一个气质优雅的中年妇女站了出来,她用很好听的声音不急不缓地说道:"现在这样也不是办法,还是先解决眼前的问题要紧。这样,我身上还带有公款,先借给他们救急,不然,事情闹大了,大家都走不了,而且后果还不知会是什么样。"

　　这三万元拿上了船,来先学的眼睛里放光,咧着嘴得意地笑了,伸手就去接这厚厚的三叠钞票。

　　"等等!"苗鑫叫住了他。在这过程中,苗鑫等人因为不是执法者,无权处理,只能控制局面,确保游客人身、财产不受到伤害。但对于这样的结果,他觉得太不公正了,眼看来成先的阴谋就要得逞，他灵机一动，把他们叫住了。

苗鑫叫队员把钱接过来，然后低声与游客们商量了一阵，才抬起头来，对着门外的来成先等人大声说道："这个事情你们不能私自处理，必须等到派出所民警来才能处理！"

苗鑫事后告诉我们，这不是明显的恃强凌弱嘛！他想等到派出所民警来处理，这样游客们才不至于吃亏。

这时已经是凌晨三点半，早就超过了等候时间的长鲲号旅游船，拉响了汽笛，缓缓驶离了码头……

无助的游客们只能耐心地等待着，等待着民警的到来。这是他们最后一点儿希望。

……

结束了外围调查，我们乘工作间隙参观了白帝城博物馆。

白帝城是长江三峡最著名的旅游景点之一，凡来三峡旅游者无不到此一游。可以说，不到白帝城，就等于没有到三峡。无怪乎在黄金周短短七天时间里，白帝城接待游客竟达到六万人之多。

长江三峡第一峡，也是最雄奇的峡口夔门历来是兵家必争之地。魏、蜀、吴争霸在此演绎出诸多荡气回肠的史诗。诸葛亮的水、旱八卦阵更是为今人津津乐道。其实，在我看来，白帝城真正的价值在于它承载着一个王朝的兴衰。一代枭雄刘备殚精竭虑，穷尽各类权术，最落魄时竟自甘屈辱，投靠宿敌曹操门下，"勉从虎穴暂栖身"，韬光养晦。最终在诸葛亮辅佐及众多将士拥戴下，成就一番帝业，演绎出中国历史上雄奇壮阔的三国争霸。此等雄风何其壮哉！

遗憾的是，其后来者却未能继承先辈之励精图治精神，蜀王朝从此走向没落。刘备托孤便是其转折点。

大殿里的塑像生动传神地反映了这一重大历史事件：一代枭雄病容满面，侧卧榻上，满面忧戚，用忧伤的眼神凝望着阿斗。

诸葛亮等一干老臣恭立榻前，个个表情复杂，全没了往昔叱咤疆场、勇冠三军之雄风。

后来者，你可要肩负起先辈的重托啊！

白帝庙里陈列着不少各个时代的艺术珍品，琳琅满目，真叫人眼花缭乱。我们在一套引人注目的室内陈设面前停了下来。

这套陈设由十二件座椅、木榻及相关器具组成。单是一个坐椅，上面就镶嵌有数十颗玛瑙和红蓝宝石，绿莹莹、红艳艳交相辉映，光彩夺目。整套用具价值连城。

这是一套曾经摆放在紫禁城里供李自成会客时使用的家具。城破之时，被一名籍贯奉节的大将所掳获，运回了奉节。

董舵取下眼镜擦拭了几下又戴上，周德勇惊愕地瞪着这些东西。两人的头颅轻轻摇动，半晌没有出声。

屁股坐着这等奢靡器物，何谈励精图治、安邦治国？我正在这样想。

董、周两人竟同时连说了两声："太平天国不垮台才怪！"

……

外围调查结束，大致情况基本清楚了，我们三人回到宾馆里，稍稍洗漱一下，年龄最小的周德勇主动跑前跑后地沏茶。董眼镜笑眯眯地看了看我："大家来说说，分析研究一下，怎么样？"

大家其实就我们三个人，周德勇正在忙，其余的"大家们"都认真坐到了茶几前。

洗漱后的毛胡子，满面红光，但头发仍支棱八翘，胡子拉茬儿的，怎么看都像是刚经历了一场激烈的情感冲突。

"王大哥，先把烟拿出来抽啊。"

周德勇还在忙，我们抽着烟先等着。待周德勇坐到座位上后，我们开始分析研究下一步工作。

毛胡子一般不会把自己的主观意见带给大家，遇事研究从来是先听大家的意见。

"德德，你的想法？"

大家把周德勇的体形与著名歌唱家德德玛联系到一起，常以德德相称。

周德勇肉多，宽鼻大脸，眼睛就显得有些小："我觉得大体情况有了，看起来，派出所有逃脱不了的干系，基本可以确定是失职的。只是后面完善证据的工作量还很大，而且，这个陈所长有点儿抵触情绪，我们该好好考虑个方案。"

"这些人眼皮子浅，与局长合过影，就以为是尚方宝剑了。"董舵微微一笑，"别管他，依法办。"

"徐艳莉与章倩的冲突是如何发生的目前只有游客和孙天兴的证词，徐艳莉本人和亲属还有些什么说法，以及伤情如何，这都是下一步需要做的工作。另外的问题是南京游客均已经离开，怎么取证？"

议了一阵儿，思路清晰了，董舵安排我和周德勇询问所长陈建国，他和奉节法制科科长黄光佑询问刘锋利。"老大哥，你就多辛苦点儿。"

南京游客由董舵直接用电话联系。好在初步审查下来，南京游客投诉情况与我们调查的情况大致差不多，只有个别情况需要进一步核实。电话联系能够解决问题。

徐艳莉的家位于县城旁边安置拆迁户新区一栋新居民楼内，室内凌乱不堪。蒸饭用的木甑子搁在床上乱七八糟的被褥间，长条板凳横七竖八地倒着、立着，卧室和客厅几乎没有任何区别，到处都是编织袋、麻绳之类的器物。

徐艳莉是个给人印象不大舒服的女孩子，年龄不大，却让人感到太老于世故。

当弄清我们是从市局来的后，她一下由冰冷变得分外热情，翻箱倒柜找出了一包不知哪个年代的茶叶要给我们泡。她张罗着弟弟烧开水，拿水果。当我们表示只是调查处理民警情况时，她的热情一下就化为乌有，立时又恢复了病快快的神态，对我们的提问也不怎么配合了。

尽管她有着一张利嘴，很会狡辩，但是最后还是不得不承认了当时先动手的事实。

"地陪导游讲解这是责任，你为什么不给游客们讲解呢？"周德勇的提问让徐艳莉语塞了一阵，这才不得不解释，"我在山上爬上爬下两趟，很累了。反正前面有地陪导游在讲解，他们又不是听不到。"

"地陪导游的职责是什么？你的职责就是给游客讲解景点相关人文知识，你不好好履行职责，引发后面这一系列事情，你还没有责任？"周德勇长了一副菩萨相，可一旦上了案子，很有些咄咄逼人。而且，他还有个特点是冷静，语速始终如一，这就更增添了一种不怒自威的气势。

"那他们也不该打我呀！"

"你自己有问题没有？你拿话筒砸游客是不是事实？哪一条规定允许导游可以拒绝讲解，可以用话筒砸游客？"

"算了，随便你们怎么处理。反正……反正……"

徐艳莉就这样败下阵来。在县医院里提取了徐艳莉的病历，主治医师介绍了治疗情况，确实有皮外擦伤、青紫。

直到事件第二天，即10月2日上午6时许，派出所民警刘锋利才赶到现场，陈建国也几乎同时到达，对事件展开调查。

刘锋利带着徐艳莉和游客代表到医院做检查。偏偏奉节县医院的医生杨中勇对徐艳莉伤情检查到一半时，即腹部未作透视时又遇到了停电。此时，距事件发生已经十多个小时了，彻底绝望的游客们被折磨得濒于崩溃，此时只是想着早点儿离开。他们分别请杨中勇和民警刘锋利转达调解的意愿。此时，如果刘锋利稍微多一点儿人民警察公平公正执法的责任心，也能在最后时刻维护游客合法利益不受侵犯。可遗憾的是，刘锋利主持的调解竟以游客一次性赔偿两万三千元收场。其余七千元存放在派出所,作为万一徐艳莉病情出现意外时的治疗保证金。这样,章倩及游客们才在滞留了十五个小时后乘中午一点的游船离去。

在县局法制科办公室里,陈建国情绪激动,很不配合。大家做了不少工作,政策都交代清楚了,道理都讲完了(当然,除了给其许愿外),他就是梗着脖子,油盐不进。他大着嗓门作激愤状,还哇哇吼叫着和陈局长照过相,你们能把我怎么样。

黄光佑在隔壁和董舵一道询问刘锋利,听到这边的嚷嚷声,过来看了看。但一看这场景,碍于同事情面,只好悄悄地回避了。

这样的场面当然见得多了,我微笑着点上支烟:"小伙子,你能不能冷静一下,好好谈一下事情的来龙去脉?"

这人眼皮子确实浅,他竟然跳着脚,疾言厉色地哇哇叫着说:"我和陈老局长照过相。你们是不是他的部下?你们没有资格来问我……"

"你的意思是不配合调查?"我收敛了微笑。

"我没什么可说的。"

"谈谈事件发生情况,你及所里民警的处置过程!"

"……"他梗着脖子就是不开口。

"你不谈是不是?"

"……"

"谈不谈?不谈就把工作交代了,到市局陈局长那儿去谈!"我的语气不容置疑。

他终于软了下来,开始谈问题。

当天晚上,在所里值班的正是陈建国,当文管所副所长李大权向所里报警后,陈建国即通知文管所治安组组长苗鑫带着队员前往处置,电话指示家在县城的刘锋利也前往处置。过后,便再没有过问了。而刘锋利从县城驾车前往处置时,途经渝巴公路施工,道路被阻断,直到凌晨 6 点半左右道路疏通后才赶到趸船上的警民联系点内,陈建国也几乎同时到达。这一事件这才正式进入公安查处程序。

"所里就你值班,刘锋利无法赶到现场,你为什么不赶到现场处置,而是在所里睡觉?"

陈建国沉默了,脸色青一阵白一阵,激烈地思想斗争了一阵后才恍然大悟地说:"哦,对了。因为所里没有其他民警,保险柜里有枪、警械具和重要文件,不能离开。哦,对了,这不正是你们市局所要求的吗?"

这个理由乍一看好像还站得住脚,其实,我们在前期的调查工作中早已了解清楚。白帝城派出所并未执行市局枪支集中保管的规定,枪支都由民警个人保管而且当天刘锋利等人均是佩带枪支回家的。

"刘锋利不能来,你离不开,安排其他民警没有?你也可以通知治安组把他们带到所里来处理呀。你做这些工作没有?"我一针见血地指出这不是理由,当天他安排刘锋利去参加处置后就再没有过问此事,作为所长应该负失职责任。

这下他再没有话说了。

"你得好好认识一下自己的问题,对照人民警察法的规定好好找一下离一个合格的人民警察还有多大的差距!"最后我如是说。

结束了陈建国这边,我到隔壁去看刘锋利那边进展得怎么样了。在询问陈建国时就听到隔壁有吵嚷声,想来那边进行得也不顺利。

走进隔壁办公室,就见除了董舵、黄光佑外,熊志荣副局长也在场。原来,刘锋利也是颇费了一番唇舌后,才吞吞吐吐地谈了问题。但是,到最后谈到三万元现金去向时,却卡了壳。

刘锋利一口咬定：章倩临走前把剩余的七千元钱都领走了，却拿不出凭据。案卷中只有徐艳莉的父亲领走两万三千元的收据。因为没有书面协议，这余下的现金究竟是怎么回事怎么也说不清楚了。

但章倩却坚称她肯定没有领过钱，如果领钱一定会出收据。这把打电话的董舵忙了个不亦乐乎。再次问刘锋利，他言之凿凿地说还有两名游客在场，可以证实。从章倩处找着了那两名游客的电话，董舵拨了过去："喂，你好，我们是重庆市公安局的，想找您了解……"

"操你妈的，敢冒充公安骗到老子头上来了！我告诉你，再来烦我，当心我报警抓你个小鳖养的……"一顿突如其来的抢白让董舵苦笑连连，就连气急败坏的刘锋利都差点儿露出笑容。

董舵推了推滑落到鼻梁上的眼镜，仍然温和地耐心解释着："哎，哎，你别，别，你别着急，我们真的是重庆市公安局的，我姓董，叫董舵，是市公安局法制处执法监督科科长。我们是在调查你们黄金周游白帝城的投诉情况。你不是其中的投诉者之一吗？我们是通过你们的导游章倩找着你的电话的。"

"不好意思，对不起，对不起啊。我还以为是社会上的电话诈骗呢。你讲，你讲……真不好意思啊。"

两名游客一致否认章倩在民警处领过钱。

董舵白了刘锋利一眼，收起手机，坐回了座位上，气愤地盯着刘锋利："你怎么说？我可是开着免提的。"

"我，我怎么都说不清楚了。"刘锋利满脸尴尬，支吾着。

"说不清楚了？你是怎么当的警察？把衣服脱了回家去抱娃算了！"年轻气盛的熊志荣怒气冲冲地盯住刘锋利，雷霆大发，"老子派你到那儿去不是叫你当尊神，是让你做事……把事情做好。你就这样履行职责的？你今天不给老子把事情说清楚，看我怎么收拾你！"

黄光佑也是火冒三丈，连声怒斥着眼前这个不争气的民警。

在基层，民警帮当事人办了事后当事人给好处是潜规则；事先谈好，办完事后给多少好处是受贿；还有可能就是工作上的失职。这三种情况究竟是哪一种呢？我们得查清楚。

"刘锋利，你实事求是地说，这余下的钱究竟是怎么回事？"

中午休息后，我们接着进行。

午饭后的刘锋利与之前大不一样，他显得忧心忡忡，烦躁不安，不时地长吁短叹，一副灰溜溜的样子，叫人怜悯。可是，在处理这起案件中，他极不负责任，对游客们的意见充耳不闻，甚至连游客反映的基本情况也不听，一味催促他们达成协议的态度也着实可恨。

我们这时心情十分复杂。毕竟是一个年轻民警，犯错误也在所难免。

"谈谈吧，考虑得怎么样？"

"那天晚上我是有些懈怠。主要是因为我的娃才三个月，又哭又闹的，一直都没有休息好。我看修路一时过不去就回去弄娃了。我确实存在不够主动的问题，请你们上级机关原谅。我保证今后不再犯了。"

"那钱究竟是怎么回事？"董舵的口气不容置疑。

"认识还是可以的，但你得把事情说清楚才行啊。"周德勇说。

刘锋利浑身就像是被抽去了筋一样，垂头丧气的，最后实在被问急了才嗫嚅着吐出几个字来："我说不清楚哇，你叫我怎么说吗？"

看他那样子又不像是装出来的，再给他施加点儿压力看看。我咬着牙齿，运用从警之初从王景埔那儿学来的动作，走到他面前，用眼睛恶狠狠地逼视着他，一字一句地说道："谈不谈得清楚？今天要不谈清楚，那就换个地方，到市局去！"

这句话真见效,刘锋利一下慌了神,全身就像是被电击了一样乱颤,连连摆着双手:"别别别,别别,我错了,我真的错了,错、错、错了,错了,错了……"

"那到底是怎么回事,谈清楚!"

"我……我……本来钱是我保管的,交来的时候确实是那么多,但现在确实是少了七千元。我真的没有办法说清楚了。我敢赌咒发誓,我说的是真的。我,我……"

他犹豫了一会儿,终于咬咬牙,下定了决心似的说道:"要不然,这些钱我、我,我赔,从我工资里扣。"

那时,刘锋利的月工资不到两千元,这个数额对他来说不是个小数,真够他喝一壶的。

多年来,对基层民警,我一直是怀着一种敬佩的心情来看待。他们在第一线兢兢业业、任劳任怨,甚至是忍辱负重地履行人民警察职责,为社会治安作出了贡献,奠定了公安事业赖以建立的基础。但是也有极少数民警往往以工作忙为借口不肯学习提高,而是把多余的时间花费在一些不健康的娱乐活动上,如赌博、出入色情场所等。工作中或马虎应付,或简单机械地照搬条款,不爱动脑筋思索。长此以往,思维迟钝,领会党和政府的精神能力低下,观念跟不上形势发展。个别人甚至严重抱残守缺,以无知为荣,无形中给公安事业发展带来损害。对这样的人,我一直是怒其不争。但具体到人和事上面,我一直有一种悲天悯人的情怀。我真心希望他们能够早日醒悟,认识这些问题,回到正确的道路上来。

"好吧,这个问题暂时不说,你对自己的问题是如何认识的?你给我们谈谈。"

"我有错,我写检查。"

"错在哪里?"董舵严肃地问。

"小伙子,你不好好认识,改正错误,今后还会栽跟斗。"周德勇也很严肃，虽然他比刘锋利大不了多少。

刘锋利吞吞吐吐地谈了些认识，十分肤浅。

从西南政法大学毕业后进入公安机关法制部门的周德勇，出身比较贫寒，但他有志气，而且踏实，颇为内秀。经过一段时间的锻炼，他的思想日益成熟。后来，他成为法制处中层领导干部，再后来在众多竞聘者中脱颖而出，走上了市局经侦总队总队长的岗位。他对刘锋利进行了一番真诚的法制教育："你首先要深刻领会'执法为民'这四个字。我们执法的最终目的就是为人民服务，为他们排忧解难。你身在这个地方，对这儿的社情民意是了解的，外地游客孤立无援，遇到了这种事情后果你应该想象得到。在出警阶段不是想办法克服困难，而是安心回去睡大觉，你……"

周德勇见刘锋利张嘴要说什么，摆了摆手阻止了他。

"我知道你要说什么。工地施工就那么难，把车放下，徒步过得去不？工地上有工人施工嘛，他们能在施工现场工作，你就不能从中间穿过去？再说，你确实过不去打个电话通知所里一下，另外安排人去处理行不行？这是其一。其二是最不能原谅的。第二天到达现场后，就这么个抓扯事件，要游客赔偿三万，这是哪家的王法？你一个堂堂的人民警察在现场干什么，脑海里就没有点儿公平公正的概念？你的职业道德在哪里？"

"太不像话了。"从来就斯文儒雅的董舵忍不住将眼镜重重地甩在桌子上，声音也有些粗重，"你回去好好认识，写出检查来。我们看你的态度。"

回到宾馆里，我们开始商量下一步的处理。大家议论了一会儿，分析认为，这是一起在旅游过程中因双方均有过错而引发的治安纠纷，白帝城派出所应当负出警不及时、处置不当的责任。我们觉得情况基本清楚，可以结案了。

"我们回去就撰写报告，怎么样？"董舵扬起右手，伸开拇指、食指和中指。

"好的!来哟,斗王大哥。"周德勇一见董舵的这个姿势,马上兴奋起来,侧身从床头拖过挎包,从里边摸出一副扑克牌,在茶几上"唰啦啦"地洗起来。

"别慌,还没有完哪。"董舵抓过扑克牌在手里摆弄着,"我们还是先考虑几条,把责任划分清楚。"

"这样,我们也好与县局交换意见。"我很赞成。

我们三人商量了一阵,归纳成五条意见:一是事件定性为治安纠纷,可以调解处理。但南京游客赔偿三万元过高,应当重新处理。除去徐艳莉治疗费用外,多余部分由县局负责退还给南京游客。二是南京游客在与导游发生争执后,对徐艳莉殴打是错误的,应当严肃批评教育。三是来成先、徐厚国利用游客急于离开的心理,提出过高赔偿要求是错误的,予以批评教育。四是白帝城派出所出警不及时,处置失当,与事件的发生发展有直接关系。建议奉节县局对责任人依照相关规定作出处理。五是徐艳莉虽是受害者,但此纠纷是由其违反导游规定引起的,应负有过错责任,建议由市旅游局作出处理。

"怎么样,大家想想,还有啥没有?"见我们都摇头,他习惯性地扬起右手伸开三个手指一晃,几乎是咬牙切齿地说道:"那好,现在开始斗王大哥。"

"凭啥子?"我心里明白,但还是嘴上不服。

"谁叫你水平差呢!"两个家伙竟然异口同声地贬低我,令我气愤异常。

斗地主是我们几个长期的娱乐活动,每天中午下班,都要斗上几个回合,把三元一份的午餐钱打出来。在这儿吃饭当然有县局买单,那就斗烟钱。二元一盘斗得我狼狈不堪,到吃晚饭时,几十元不见了踪影,气得我恶狠狠地诅咒他们:"我叫你们抽,抽了个个都得肺癌。"

两个家伙一边往包里装我的血汗钱,一边恬不知耻地笑起来。

　　临离开奉节前，我们与县局交换意见时，顺便提到，如果没有新的证据证实刘锋利有违纪行为，那七千元钱是否能由县局承担一部分，县局领导很爽快地点了头。

　　我们的意见很快得到处、局领导批准，迅速制作文件报国务院假日办、国家旅游局等相关单位，下发到奉节县公安局。文件要求迅速得到了落实，陈建国、刘锋利分别受到免职、处分、调离等处理，徐艳莉被吊销导游资格，奉节县公安局对游客赔偿问题重新实事求是地作出了处理，多余部分现金全部退还给了游客。

西域追捕

一

2009年8月6日下午两点整，重庆江北机场，波音737庞大的机身卷起一阵强劲有力的旋风冲向跑道，以一往无前的气势拔地而起，掠过云层，像利箭一般径直往西北方飞去。机舱里一派宁静祥和的气氛，维吾尔族乘务员轻盈地来回走动，提供细心周到的服务。乘客们安静异常，尽情享受这份闲适，舒缓日积月累的劳顿。

空中旅行是一件惬意的事。然而，在飞机腾空而起的一刹那，感受着挣脱地球强劲吸引力的同时，我们却陡然迸发出与轻松、愉快毫不相干的激情，洋溢起一股临战状态下的冲动，一种自豪感油然而生——为我们承担的任务，也为我们的付出。这时候，面前哪怕是刀山火海，我们也一定会毫不犹豫地冲上前，以泰山压顶之势将其击成齑粉。

我们这个小组由于志刚、秦玖德和我三人组成。平均年龄五十一岁,身高均在一米六六左右,且其貌不扬。不知内情的人肯定把我们当成一个小小的夕阳红旅行团。

于志刚的年龄最小,四十七岁,现职科长。无论是谁都不能把他的形象与"好人"联系在一起:硕大的葫芦样光头,眼睛以下的脸盘十分宽大,令脑袋呈最难看的"凸"字形,面孔上密密麻麻的粗大毛孔十分明显,如果不是每天咔嚓咔嚓地刮胡须,肯定是个活脱脱的张飞。加上他下巴长、腮帮宽,大嘴又喜欢恶狠狠地朝上噘,使得他哪怕是最真诚的笑容也像他的胃溃疡发作时的表情一样,一副凶神恶煞相,任谁都会把它归为犯罪分子嘴脸堆里去。正是因为这副尊容,行程刚开始就在他身上屡屡出麻烦。我和秦玖德顺利通过安检,前行了一阵,才发现他没有跟上来,驻足等了一会儿也不见踪影,只好返回去看个究竟。原来这家伙还在安检口被一男一女两个安检员折腾着。尽管他满脸堆着讨好的笑容,但漂亮的安检小姐和另一个前来协助的男安检员简直如临大敌,板着脸硬是以严谨的科学研究精神把他全身上下仔细检查了一遍又一遍,探测器细致入微地扫了又扫,转身、举手、解衣扣、抽皮带、捏裤腰、探腋窝、摸脊背,拍打全身上下,连腚沟子都没有放过,把个可怜的于志刚弄得陀螺似的转个不停。旅行箱里边简陋的衣物和小件物品被翻看了一遍又一遍,就连那一刻也不离身的电动剃须刀都被拆卸成几块。似乎不如此,就有可能闹出个劫机事件似的。好不容易才重复数次走完了程序,一无所获的安检小姐心有不甘,皱着柳叶眉,圆睁丹凤眼,打量一番,思忖了一下,突然呵斥他解鞋带。已经晕头转向的于志刚气恼不已,想发作又不能,被那个身材魁梧一看就是受过专业训练的男安检员一脸正气地瞪着,只好尴尬不已地噘着嘴、苦着脸弯下腰去解旅游鞋带。见此动作,我和秦玖德不由自主地退了两步。刷地一下,就像打翻了硫酸桶一般,一股刺鼻的浓郁酸臭味冲了出来,顿时就把安检口笼罩了。忠于职守的安检小姐倒退了一下,还是皱眉拧鼻子地奋勇上前,拾起鞋子一只一只地凑到眼前仔细端详,抠出鞋垫翻看一番,还把鞋底折上几下,这才如释重负,一脸鄙夷地扔在地上,擦拭着被污染了的白手套,扬了扬下巴,放行。我们这才发现,安检口早已空无一人了。

秦玖德五十三岁,现职副科长。矮粗个子,花白头发贴着头皮剪去后,就像一个柚子顶上挂满了白霜一样。也许是从基层到机关一直任副职,而且经常忍受高血压发作的原因,他的嘴角时时刻刻耷拉着,一双愤世嫉俗的眼睛,看什么都不顺眼。他的神情既愤懑又委屈,给人一种随时随地都可能爆发的感觉。

我就是那唯一的民警,已经五十七岁,身体没什么大毛病,一副玳瑁板材宽边眼镜遮挡住小眼睛,使自己有了些斯文样。无奈岁月不饶人,发稀、背躬、皮松,五官写满沧桑,还得听命于两个小兄弟的指挥。好在我还有老大哥的资格,时不时地还可以指手画脚一番,也算找回了点儿自信。

我们三人是重庆市公安机关开展的百日集约攻坚、破积案、追逃犯战役中数百个追捕小组中的一个,承担着追捕命案逃犯陈长路(化名,下同)的任务。

年初,局里开展了规模空前的为期百日的集约攻坚,全警动员,破积案,追捕命案逃犯。

市局把历年未破的命案清理出来,任务分解落实到每个单位。严格的问责制、高悬的排名榜激励各单位奋勇争先,动用了一切公秘手段、国际刑警组织、外交途径,追捕足迹涉及全国各省市、自治区、直辖市乃至境外。震惊巴渝大地的大追捕开展得如火如荼,战果颇丰。

我所在的法制处也组成了专案组,承担了破获一起命案,追捕一名逃犯的任务。四十多岁的处长刘建中是个典型的学者型领导,曾荣获重庆市十大青年法学家称号。在印象中,他总是笑容多于严肃,似乎还找不出关于他疾言厉色的记忆。那天,他把我叫到办公室里,先简单问了问参加市政府法制办组织的立法研讨会的情况,又有一搭无一搭地聊起了我曾经拒绝担任领导职务的事。

二十年前,我从基层领导岗位调入法制处,一直从事公安执法监督指导工作。十多年前,曾经荣幸地被抽调去一个新组建的单位任职,但我觉得新去的单位业务离公安主业距离太大就婉言谢绝了。我想,既然当警察就要当个响当当的警察,政治上要过硬,业务上不说精通至少也要出类拔萃。从此,我就一直是一个普通民警。

他微笑着肯定我淡化官本位,有情操,适合复杂工作。直到我满脑子问号憋不住要往外冒时,他才转到正题:"你可以抽烟,我知道你烟瘾大……对于集约攻坚有没有想法?"

"你是说……进专案组?"

专案组中青年民警都有了,需要老同志。"老王,对于法制处各项工作你可从来没有落在别人后面!"

这句话让我体会到了分量。对这个从上到下均得到很高评价的领导,我们还有啥说的,拼了命也要实现目标。

我们十多个同志没日没夜连轴转,南下北上、东奔西逐,足迹踏遍了大半个中国,分别从贵州、广东抓回了两名在逃命案嫌疑人,一举破获了三起命案,排名一下飙升到排名榜榜首。

离战役结束仅剩二十余天,我处排名高悬榜首已无悬念,就在我们弹冠相庆之时,震惊全国的打黑除恶以更大的规模,更为强劲有力地开展起来。法制处作为监督指导单位,一下就抽出了一半的警力投入其中,任务量增加,人员减少一半,日常工作自然捉襟见肘。在这种情况下,集约攻坚任务完成得这么漂亮,警力紧张到了极点,专案组还有存在的必要吗?我们都在揣摩着领导意图。

这一天，刘建中处长脸上没有任何表情地把我们三个人叫到了办公室，先是把我们大大表扬了一番，然后，把一个薄薄的案卷摆在我们面前："你们三个把这个案子破了，把人捉回来！"这时，他的脸上有了笑容。

他把眼镜摘下放在桌子上，脸上的笑容消失得无影无踪，目光炯炯地看着我们，特别强调：战役一天没有结束，集约攻坚就不能停止！这就是党性！

这是个高难度命案。嫌疑人陈长路现在已经是四十三岁的壮年汉子，原是四川省遂宁市来渝的个体修理摩托车人员。2003 年 6 月 13 日，陈长路在重庆李家沱驾驶摩托车发生交通事故，竟挂着与之论理的对方驾驶员疯狂逃窜，致其死亡。他从此扔下读书的女儿，带着老婆和儿子不知所终。六年来，办案单位费尽了心血，可这家伙就像从地球上消失了一样，一点儿蛛丝马迹都没有。

面对这不过十来页的案卷，我们不禁面面相觑。

"怎么样，两位大哥？"指定的负责人于志刚掂了掂案卷，竭力掩饰着苦笑问道。

只有二十来天时间，破一个六年多来没有任何蛛丝马迹的案子，我们都知道这意味着什么。

"不考虑这些，只有上。"我觉得这是一种信任，哪有打退堂鼓的道理。

"抓住他！让年轻人看看老同志的风采。"秦玖德沉默了一阵，老成持重地冒出了一句。

我们三个都有担任基层领导的经历，我和于志刚均是来自基层后又到基层挂职任副所长、刑警队副大队长，秦玖德也是从派出所指导员岗位上调入法制处的。而且，我们都一直从事执法办案监督指导工作。这些经验积累起了至关重要的作用，我们一出手就摸到了蛛丝马迹：陈长路正在四川某学校上学的女儿，几年的生活费、学杂费均来自新疆阿克苏。汇款地址和姓名极不固定，几乎没有相同的，但都是从同一个邮政储蓄所里汇出。我们迅速判断出，这可能就是陈长路的踪迹！于是，我们就像饿急了眼的狼，闻到一点儿血腥味也要拼死追个山穷水尽，不管三七二十一，直扑新疆阿克苏而去。

西域新疆可是出胡杨的地方！

领略婀娜多姿的西域风情，徜徉浩瀚的戈壁滩、大沙漠，一直是多年来的愿望。特别是那坚硬无比、生命辉煌的胡杨，更是令人神往！这胡杨据说是沙漠中、戈壁滩上生命力最强盛的乔木，抗旱、耐风沙，能在最恶劣的环境里生长，被称为生长千年不死，死后千年不倒，倒后千年不腐。或许正是因为它生命终结后的辉煌格外引人注目，各类文章中对它的描写多是枯萎、倒卧的枝干；经历沙尘暴、龙卷风及其他恶劣自然条件洗礼、磨砺，其生命已经化作辉煌，却依然屹立不倒的躯体。久而久之，在我脑海里的胡杨就是或倒卧、或挺立在狂暴的黄沙、石砾中铁青、黄褐色的、没有生命的、形象狰狞的枯树。对那些拥有旺盛生命力的鲜活的胡杨却基本没有印象。

飞机上的气氛是温馨的，身材高大，一表人才的维吾尔族男乘务员阿布力江轻轻来到我的座位前，脸上挂满亲切的微笑，将一杯热气腾腾的咖啡放在我面前，右手捂住左胸，微微颔首，用不太熟练的汉语告诉我：尊贵的客人，新疆现在进入了，欢迎您欣赏我们新疆风光。他说话尾音很高，拖得很长，让人听着十分舒服。

我迫不及待地将头凑向舷窗。

啊，这就是新疆！蓝天白云下的大地广阔无垠，在视线所及的远方天地交融、浑然一体。这片由山峦、丘陵、戈壁滩、沙漠所组成的土地以铁青色为主调，夹杂着火红、橙黄、深蓝等色彩。那铁青，是那么雄浑、凝重，似乎蕴含着无穷的力量，凛然不可侵犯；那火红是那么热烈，令人想起排山倒海、跃跃欲试；橙黄的鲜活昭示着源远流长、生生不息；深蓝的爽朗，天高地远，开阔幽远无比。这些色彩互相交织、彼此渗透融合，组成圆润线条和离奇图案，折射出一种摄人心魄的魅力，就像青少年时代的达·芬奇一时情绪失控，疯狂地挥洒三色油彩写意而成的巨作。其间，一簇一簇的绿洲星罗棋布点缀其中，这就是人们的家园、新疆各族人民赖以繁衍生息的城镇、乡村。它们就像一颗颗精心镶嵌的宝石，令这幅巨作熠熠生辉。这幅巨作与纯净得令人匪夷所思的蓝天白云交相辉映，立时就产生了一种摄人心魄的震撼力。见惯了南国青山绿水的精奇秀丽，乍一看见这雄奇的景象，无端地，脑海里跳出一句话：到了新疆才知道祖国之雄奇壮阔。

这就是出胡杨的地方。这次，我一定会真正认识什么是胡杨！

二

经自治区公安厅的接洽，我们在乌鲁木齐转机，于2009年8月7日下午，降落在阿克苏机场，踏上了这片戈壁滩上的绿洲。

阿克苏是个地级市，地处我国与吉尔吉斯斯坦交界之处，是古丝绸之路西北方向的重镇和重要通道。它是茫茫戈壁滩、浩瀚大沙漠中的一块绿洲，而且是国家级森林城市。披满皑皑白雪的天山雪峰深情地俯瞰着大地，塔里木河从中横穿而过，浩浩荡荡地流向塔里木盆地，最终悄无声息地消失在沙海、石砾之中。被天山雪水所浇灌，广阔的大地富饶美丽——水稻田、棉花地平整无垠，各种庄稼生长茂盛，望不到边。池塘里跳跃着一两尺长的大鲤鱼，瓜果梨桃硕果累累。硕大味美、砸开一汪蜜的哈密瓜、西瓜遍地都是。白杨树高大挺拔，宗棠柳郁郁葱葱，把城市笼罩在一片葱郁之中。

从机场到市区的途中，我第一次见到了生机勃勃的胡杨！

沿着公路两边整齐排开、冠高不超过两米、树龄不过一两年的行道树，直溜溜的树干黄褐色带嫩红，表皮光滑细腻，轻轻一掐，就是一汪水。它的枝条如垂柳一般随风摇曳，嫩绿略带红色的叶片比普通的杨树叶小，呈尖长的梭镖形，叶脉犹如少女细嫩皮肤上的血管一样十分清晰。如果不是谢科长告诉我们这就是胡杨，我们真还可能把它和柳树混淆。这些小胡杨沿公路两侧排列得整齐有序，就像两排婀娜多姿的少女亭亭玉立，在等待情人青睐一样。就这些娇嫩、青翠欲滴的小树苗，竟会千年不死、千年不倒、千年不腐？

在西域边疆，历来以维护祖国统一、反分裂、反动乱为第一要务，虽然刚刚发生过极少数别有用心的人挑起的动乱，但治安秩序平稳，维、汉、哈萨克等各民族人民仍然和睦相处。商店里土特产品琳琅满目，大小巴扎（商品交易市场）生意兴隆，前来购买商品的人川流不息，街道上穿着各色民族服装的人们照常交往，农贸市场、商铺、公司、企业里人们照常工作、劳动，其乐融融。只是街面上多了些公安、武警，媒体不时有敦促违法犯罪人员投案自首、公开悬赏通缉在逃人员的信息，才使人把这里和曾经发生过的动乱联系起来。

到了阿克苏，才真切地感觉到新疆同仁为维护社会治安作出的突出贡献，不由得为自己的一点儿付出便沾沾自喜而自惭形秽。

我们首先接触到的是阿克苏地区公安局法制科科长谢立新。他是个接近五十岁的中年人，一米八二的个子，身材魁梧，相貌端庄，仪表堂堂，举止沉稳、自信并洋溢着亲切感。毫无疑问，这才是人们心目中标准的人民警察形象。这自然让我们感觉到压力，面对比我们高出一头的他，真有点儿小矮人围着白雪公主的感觉。打招呼、握手、亲切地寒暄，他总是不紧不慢地应答。他将我们带进订好的宾馆，将身子沉重地扔在椅子上，舒服地长出了一口气。我们这才发现，他的脸色灰暗，眼角皱纹呈黑褐色，眼袋一团黑，好长时间没有刮胡须，头发也有些零乱。特别令我们吃惊的是，他那对大眼睛布满了血丝，红彤彤的。

我以为他害了眼病。

"哪有的事。都是动乱闹的，休息不好。"他眼神深邃，和蔼稳健，微微一笑，淡淡地一带而过，谈起了我们的任务。

谢立新协调能力非常强。阿克苏市公安局局长程绪明、刑警王大队长、户政博科长等一班人一起接待了我们。这几位领导中除王大队长年龄稍长一点儿外，其他同志都是三四十岁左右，身强力壮，正当年。但令我们感到意外的是，他们个个脸色晦暗，举止沉滞，从发梢到四肢，处处都被疲乏浸透了，而且个个都是熊猫眼圈，眼睛红红的，布满了血丝。但是，他们的眼神和骨子里透出来的那种警察百折不挠的劲头却更突出了。和他们在一起，感觉就像是面对一群红了眼的饿狼，一旦猎物出现在面前，他们一定会扑上去撕得粉碎。

话题并不是从我们的任务开始。

最为年轻的程绪明局长除了眼神还是炯炯有神外，整个身子都瘫在沙发上，好像连动一下的力气都没有了。他一边落座，一边首先堵住众人的口："先说好哈，今天是欢迎重庆的同志们，哪个也不许谈休息的问题，咱们只谈重庆同志们的事，啊？"

话音还没有落地，其他几个同志还是不管不顾地索起"觉"来：只要能给两天休息时间，有的愿意给他洗一个星期的衣服，有的愿意请他吃手抓羊肉，等等。王大队长眼睛红得像桃子，而且还不停地淌眼泪，手里拿着手绢不停地擦，嘴本来就有些扁平,脸上皱纹又多,那副尊容叫人感到滑稽。他一出口就与众不同:愿意协助程局长老婆带孙子。

"儿媳妇都不知道还在哪个丈母娘家里养着呢。哦?你家丫头不错,哈哈哈……好,不说笑了,全疆安定了,你们想怎么睡就怎么睡,别把重庆的同志们冷落了。"

新疆各地,维稳成了压倒一切的任务。特别是国庆临近,更是不能有半点儿马虎。哪个地方出了问题拿相关领导是问!各级领导的指示层层贯彻下来,被不折不扣地执行。阿克苏虽然不是重灾区,但仍然像全疆各地一样,既要全力防控,又要全力追捕在逃人员,全体民警哪怕近在咫尺也不能回家,吃住都在单位,二十四小时严防死守,已经是地地道道的军事化管理了。

面对新疆同仁那红红的眼睛,我们不觉有些汗颜,为自己的自我感觉良好而有些无地自容。

"你们一点儿都不休息?"我们探究地问。

"瞅个空子在单位打个盹。实在起不来了,就在办公室里靠一会儿。我们大部分办公室里都有床铺。"

程局长大度地摆了摆手:"别担心,我们都是属胡杨的,硬得很。老谢,安排时间带重庆的同志们观赏一下胡杨。这是我们新疆人的骄傲!"接着问起了我们的来意。

谢立新简单地介绍了我们的来意,通报了情况后,微笑着说:"各位主官,重庆的朋友们能不能完成任务就看你们的了。"

场面竟意外地冷了下来。几双红眼睛,探究地看着我们,灰暗的脸上溢满惊诧表情,半天没有说话。

这把我们闹得莫明其妙。

沉默了一阵,王大队长揶揄着开了口:"你们局长真是爱兵如子呀。他竞选公安部部长,我一定投他一票。"

场面一下冷清起来,我们一个个丈二和尚摸不着头脑。

"法制部门出来追逃,还是头一回听说;三个老哥哥,还大老远地跑到我们这儿来追逃更是第一次见;像这样基本没有线索的追捕更是闻所未闻。"

言下之意是领导照顾我们几个老同志,找了个捉人的理由让我们出来玩一玩,抓不抓得到人都无所谓。

"你是说领导照顾我们,找个理由出来……耍?"于志刚素来小动作特别多,这时率先表现出极度的委屈感。他伸长脖子,摊开双手,甩着头,咧着嘴,做出一副痛苦相:"冤枉啊,我们比窦娥还冤哪!你们哪晓得我们是'白加黑'、'五加二'……"并且特别强调,现在实行责任倒查:"这个陈长路抓不到,破不了案,我们回去都要遭下岗,进入再培训中心培训。如果培训仍然不合格,那就……拜拜。"于志刚扬起手臂,做了个十分滑稽的再见,倒把他们搞得大眼瞪小眼的了。

我们赶快解释,"白加黑"就是白天工作了晚上还要加班,五个工作日后还要义务贡献两个周末就叫作"五加二"。实质上没有什么上班、休息之分。我们现在是全警动员,包括办公室、行政处等所有市局机关都分配有任务,如果完不成,从领导到民警,全部都要被问责,责任倒查直至下岗等。这才令他们恍然大悟:怪不得,重庆接连来了好几支追逃队伍,抓了不少逃犯。

程局长是重庆江津区白沙镇人,我曾经在那儿当过派出所副所长。这一下就拉近了我们之间的距离,他详细地询问了我们全警动员百日攻坚的情况,若有所思:"哦,原来是这样!真难为你们几个老同志了。"

他话锋一转,指着王大队长立马果断作出指示,口气斩钉截铁:"你给我派出精兵强将,尽最大努力协助重庆的同志,警力再紧张也要安排好……"

他打断了王大队长的争辩,不容置疑地说:"你自己想办法,实在没有人哪怕你亲自上。只要人在我们这个地方,你就得抓住,让他们带走!你也是老哥哥了,看看他们,你能忍心让他们空手回去下岗吗?"

"你老弟真是……又叫马儿跑,又不给点儿料。"王大队长咧着嘴,一脸的痛苦相,表示派出维语较好的侦查员刘澎专职协助。他那红眼眶不停地淌着眼泪,配合那副极为难受的表情,真叫人忍俊不禁。"这小子还在协助外单位追逃,最迟两天一定到位。这两天你们就在宾馆休息,逛一逛。我们阿克苏风景可不错哟。"

他唯恐我们不放心,又特别强调了一句:"只要人在阿克苏,我保证你们带回去交差。"

"我们户政负责基础工作,人头核查交给我们,保证全力配合。"博科长比较斯文,也迫不及待地表态。

"重庆的同志就交给你们了,希望他们高兴地来,满意地回去。拜托几位了……"谢立新脸上浮起了微笑。

"谢大哥,你是上级领导,这样说就见外了……"在座诸位都忙不迭地摆着手说。

三

接洽工作过程对我们是一次深深的触动。与新疆同行相比,我们的"白加黑"、"五加二"实在太微不足道了。这使沉湎于自我陶醉之中的我们感觉到一种巨大的压力,这种压力之大,以致压出了灵魂深处的渺小来。

从走下阿克苏公安局的台阶,到一直走出大门,我们都沉默无言。

"很……很受启发呀。"走到了街上,我觉得应当说点儿什么。

"我还以为就我们辛苦,看看,看看人家……"秦玖德啧啧赞叹。

"算了算了，这时候咱们可别去欣赏什么西域风光。抓紧时间做活路，别让人家小瞧了咱们重庆警察。"于志刚晃着大脑袋，苦笑着说，那副容貌看起来让人忍俊不禁。

侦查员天生对案件线索极具敏感性，就像饥饿的狼发现了猎物就一定拼命追逐到山穷水尽一样，哪怕一丁点儿与案件有关的蛛丝马迹也要死死地咬住，拼命地抽丝剥茧。甄别筛选、去伪存真，竭力将其扩大为有价值的线索，再顺藤摸瓜，一举破案。虽然我们的履职行为受到问责、责任倒查甚至下岗等制度的制约，但这绝不是我们锲而不舍的原因。事实上，在公安机关人民警察这个群体里，魔高一尺，道高一丈，战胜对手是一种浸润了整个肌体的普遍精神。几十年公安工作的积淀驱使着我们，再加上新疆同行的榜样激励，陈长路注定逃不脱法律制裁。

我们当天下午就开始了工作，凭着嘴勤、腿勤、手勤，凭着一天十来个小时的奔走，用两天时间跑完了整个市区，硬生生地掌握了第一手材料。

8月10日凌晨2时，我们齐聚在酒店房间里交换情况，研究下一步工作。

窄小的三人间里摆了三张床，占据了大部分空间，活动的余地实在太小了，于志刚骚哄哄的脚臭味叫人窒息，秦玖德把房间窗户全部打开，把电扇开到最大也无济于事。我们不得不呵斥于志刚赶快把鞋子穿上。无奈天太热，他只好苦笑着跑到卫生间里用肥皂好好地搓洗了一阵。

"两位大哥，这回可以了吧。你们要不要闻一闻？"

他还装模作样地真要抬起脚丫子来。秦玖德赶快往床头上躲，我狠狠地拍了他一巴掌才作罢。

这两天的劳动绝对是有效劳动，二十来个小时一直马不停蹄，一个个筋疲力尽，浑身就像散了架一样，秦玖德的脚上还打起了泡，痛得龇牙咧嘴的。

"怎么样？"我们互相探询着核查情况。于、秦二人苦着脸直摆脑袋，把身子扔上床，一点儿也没有说话的兴趣了。

核查发现，那些汇款地址分别是垃圾站、游泳池、计划生育中心，均位于塔北路邮政支局周围。另外的就是一些根本不存在的空号。

汇款人的住址、暂住地分布在新疆各地，与汇款单地址风马牛不相及。

这些情况让我一阵激动，心里嘀嘀嗵嗵地扑腾起来。

"那就是说，我们的线索彻底断了？"于志刚伸长脖子瞪着眼，摊开双手，歪着大脑袋问。

"难不成我们该打道回府？"秦玖德用手揉着脚丫子，盯着自己的核查记录，头也不抬，嘟哝着。

如果线索中断，我们几乎没有在战役结束前完成任务的可能了，也难怪他们情绪低落。

看着他们沮丧的样子，我觉得好笑，该给他们提点儿神："我倒认为这是好事，可能回不去了哟！你们想一想？"

一句话说得大家面面相觑。半晌后，突然间，他们就像发了神经一样，哈哈大笑起来：毫无疑问，我们终于抓住了这家伙的尾巴，汇款人就是陈长路无疑！

就像注入了一剂兴奋剂，两个家伙扑通扑通地跳到了地上。

于志刚大嘴咧到了耳根上，学着电影《地道战》里的汉奸汤炳灰的样子，一手叉在腰里，一手指着地板，咬着后槽牙恶狠狠地说道："挖，给我挖！挖地三尺也要把他个狗日的刨出来！"

秦玖德气宇轩昂地走着首长步，一只拳头举到胸前不断地晃动，嘴里嘟囔着："这下机会来了，抓住他，让事实来证明老同志的价值……"

信心一坚定，思路也就开阔起来了。案发前，陈长路从四川农村进入重庆，一直以修理摩托车为职业。我们精准地判断出，陈长路在阿克苏应当还以修理摩托车为生,确定以此为重点查找。令我们振奋的是,整个阿克苏市的摩托车销售、修理、零配件供应正好集中在塔北路一线——汇款邮局正是塔北路支局。

我们对历次汇款情况进行解读,结果发现,按汇款时间规律,这家伙应该再次汇款了。我们连声催促于志刚:"赶快告诉建中处长,让他也高兴高兴。"

"别忘了提醒他安排人查询……"

于志刚早已夸张地高举起手机,眉眼生动,"哇啦哇啦"地报告起喜讯了。

刘建中处长听完汇报,第一句指示就让我们感到一阵温暖,更是把我们的情绪推上了顶峰:"你们很辛苦,但首先要确保自身安全。能不能捉到人是次要的,不能出任何事故。另外,生活上要搞好,该花的钱要花,注意别把身体搞坏了。"

但接着的指示又让我们感觉到了压力:目前处里因为打黑除恶抽调人员太多,工作空前紧张,急需人手。集约攻坚时间已经不多了,只要有可能,务必在规定时间里完成追捕。实在不行了就回去,但不希望我们空着手回去。

我们三个人相视一笑,伸了伸舌头,赶紧计议下一步行动方案。

精神焕发的秦玖德揉着有些明显的将军肚,走了会儿首长步,摩挲着那挂霜柚子似的脑袋思忖了一下说道:"我有个想法。咱们搬到塔北路去,咋样?"他已经在摸排中看中了一家离塔北路邮政支局最近的孔雀宾馆。

这是一家位于十字路口利用旧民房装修出来的私人小宾馆,各方面条件当然比谢科长给我们安排在闹市中心区的酒店差得多,甚至连电梯都没有。它距离邮局仅两三百米远,坐落在摩托车配件、修理门市群中部,左边和十字路口一侧都是油渍麻花的摩配门市、修理铺。特别是左边一墙之隔的彭氏摩配门市在众多门市中特别打眼，显然经营有方，偌大个门市成天车水马龙，人员、货物进进出出，热闹非凡，许多小型货车也纷纷停在门前等业务。这使得宾馆门口像个小集市一样，乱糟糟的。

当天，我们就搬过来住进了五楼22号。殊不知，这次搬家竟像是中了双色球大奖一样。

第二天一早，完成了追捕任务的刘澎上案子来了。小伙子三十多岁，大脑门、大鼻子、大眼睛，快人快语，非常活跃，而且性格特立独行，桀骜不驯。尽管他也是一身的疲乏，但丝毫也没有妨碍他生气勃勃、活蹦乱跳的。也可能是他年轻气盛的原因，他眼睛里的血丝比其他人要少些。

"我吗？聪明人办聪明事。抓紧一切机会睡觉，我还特别会睡觉，一睡就睡得特别死。哪怕上厕所都能眯那么一会儿。人家吃饭我睡觉，我边工作边吃点儿盒饭什么的，这不就比别人多睡一会儿，嘿嘿嘿。"

他在办公室里搭着一张钢质行军床，被褥、衬衣、内裤等堆得像天山山脉一样，显然是个不大爱收拾的人。

"夫人不吵你？"

"哪个有我聪明哟？拿了两万块钱，叫老婆带娃去旅游，随便她到哪儿，出国都可以，只是别回来。他们在身边肯定要闹矛盾。他们这一走，我不就解放了？嘿嘿嘿。"

我们觉得他笑起来很爽朗，说话吐字清晰，发音准确，但语速过快，就像吵架一样。

"喊，岂止吵架？我和我们老局长、大队长还打过架。老局长原来在刑警大队当大队长时，是我的老师，我和他是打出来的交情。他最喜欢我，经常给我说：澎儿那，你给我吵，给我闹无所谓，我是要你当最棒的侦查员。要是哪天我发现你不好好干工作，看我不把你的骨头拆了！我只好老老实实地回答他：是是是，老人家，小刘澎哪儿敢呢。"

接着,话题一转,他赞许地说道:"啧啧,你们选的这个位置特好,绝对是中心现场……老革命,我真佩服你们。放着好地方不住,在这儿来吃苦,真是从工作考虑。就冲你们这种精神,只要这家伙在阿克苏,我刘澎保证把他揪出来,让你们风风光光地回去交差。"

交换完情况,他就迫不及待地提出排查建议:"在,这家伙肯定在。我建议咱们在等查询结果期间,把城乡统统篦他妈一遍。我敢保证,他就是上了天入了地也要像篦虱子一样地把他篦出来。现在就分组,出发,怎么样?"

这小子显然是个工作狂,屁股都还没有坐热就风风火火投入工作,真叫我们刮目相看。

自从确定了目标,于志刚的精气神达到了顶峰,恨不得一伸手就把陈长路从人海里揪出来。他用怪模怪样的眼神盯着刘澎看了看,赞许地笑了笑,马上作出了分组安排。

因为于志刚那张脸嘴,无论在哪个地方出现,任谁也不会把他与代表公平正义的人民警察联系起来。所以,他带着秦玖德在城区摸排,挥汗如雨,徒步走遍大街小巷,假装与顾客谈生意,贼眉鼠眼地窥视着一家家摩托车经销商店、零配件门市、修理铺。也正是他这张嘴脸,使他在排查中屡受讥讽、白眼,这成了我们每天晚上在宾馆里汇合后的谈资。秦玖德绘声绘色的介绍常常令于志刚气呼呼的,有时甚至疾言厉色地吼叫起来。好在都是多年同事,并不真怒恼。

我和刘澎顶着烈日,驱车在城区周围的温宿县、红木巴什、阿热力等几个乡镇调查、走访、核查四川来此的打工人员、种粮大户,特别是有修理摩托车技能的人员。我们每天在灰尘弥漫的机耕道上风尘仆仆奔走,在浓密的青纱帐里钻进钻出,和形形色色的人谈着藏头露尾的话。这是个劳累、枯燥、琐碎而又极不易见成效的工作,而且还得有极大的耐心,这对一般年轻民警来说是一种考验。与我的担心相反，刘澎工作热情之高真叫人佩服，不仅没有半句牢骚，没有丝毫懈怠，反而一直兴致勃勃地做好这项工作，而且显示出优秀侦查员的天赋。不论维、汉、回、哈萨克民族，不论职业，也不论男女老少，随时随地都能拉上话，稍微熟悉一点儿的视情况叫他辨认照片，叮嘱发现什么情况及时联系。末了他还不时告诉对方身份证办到什么程度，娃娃上学进展情况，等等。

我们每天早晚两头不见阳光地奔波一整天，晚上，我们在宾馆休息了，他却还要去武装检查站执勤。

"小刘澎，在我们这儿好好睡一觉，鬼都不晓得，怎么样？反正要等查询结果。"

"我小刘澎命苦哇，哪有睡觉的福气。老革命你好好休息，我明天一早准时接你。"他左手伸出车窗外挥了挥，油门一踩，一会儿就不见了踪影。

别看这小子没有一点儿庄重感，其实，他不仅精神状态非常好，而且还很内秀。他对新疆的历史典故如数家珍，从新疆十国到坎儿井，国内唯一的内陆河塔里木河流域政治、经济变迁，伊犁回归祖国乃至新疆历史上几次分裂与反分裂的斗争等，一路上讲得绘声绘色，使枯燥的奔波过程平添了几分乐趣。

峰回路转始于8月10日，刘建中处长反馈了重庆查询的结果。

这天上午，我们来到红木巴什乡派出所，在两个眼睛红红的维吾尔族民警协助下核对摩托车修理、种粮大户务工人员情况，并找了几个重点大户上门了解情况。下午，来到了一个背靠土崖的村庄。小刘澎眼睛里闪着诡谲，狡猾地问我知道不知道这是什么地方。

我当然只有老老实实地承认不知道。

看了温宿县文物管理局立下的石碑碑文，我才恍然大悟：原来这就是《西游记》里边猪八戒背媳妇的高老庄。

"我在这儿破了个绑架案,就从这个洞里把受害人救出来的。当受害人一家大小给我下跪表示感激时,我的眼泪一下就流了满脸。这时候,才真正体会到人民警察那种崇高、神圣。"他指着那红黄色土崖下一个深深的洞穴说。

他讲述起案情来非常传神。

几乎是在接到报案的同时,一个朋友就提供了一个线索:实施绑架的嫌疑人可能要乘开往乌鲁木齐的火车外逃。刘澎立即反应过来,这趟车还有半个小时就要开了。他接到电话时刚值完夜班,情急之下,只穿着衬裤,抓了件警服套在光膀子上就冲出门,正好将来上班的王大队长撞了个仰面朝天。他歉也不道一个,拔腿就飞跑而去,气得王大队长在后面跳着脚骂他兔崽子。

赶到火车站时,已经到了发车时间。他情急之下,以百米冲刺的速度冲向检票口,不顾检票员的阻拦,大吼一声:"快让开!"纵身抓住栅栏飞身跃过去,直扑已经缓缓启动的列车,抓住车门把手,悬在车门外拼命地敲打玻璃,列车员发现他,打开了车门才把他放进去。

"当时检票口那个乱,都在骂我是神经病。我边跑还边给那几个女检票员说了声'对不起',嘿嘿。"他吵架一般地讲述,得意得眼睛都笑眯了。

在车上把那家伙逮住后,乘警看他那身打扮,怎么也不相信他的警察身份,他又拿不出证件,乘警只好打电话回来核实。

"你猜,王大队长在电话里是怎么说的?"

他看着我,带着一副得意相说:"王大队长在电话里告诉乘警这是他的最好的小兄弟,就是捣蛋,要乘警狠狠地收拾他一顿,最好给他吃点儿苦头,再好好地招待,所有的费用他来付。"

人被抓回来,全部情况都搞清楚了。最后,通过技术侦查监控,确定了人质所在方位,就从这个洞里把人质解救了出来。

这家伙真是个神勇的侦查员。后来,我们碰见王大队长时,王大队长笑问我们刘澎怎么样,我们异口同声地把这小伙子好一番夸奖,王大队长却得意地笑着说:"我的人……其实,他在我们这儿还属于一般化。"

"我当时就是凭直觉才……"他突然沉思起来,半晌后才盯着我说,"老革命,我有点儿预感……"

他迟疑不决地没有往下说。

"你不会是寄希望于查询结果吧?"我非常赞成他的预感,总觉得在一天天地接近这个家伙。真恨不得一天到晚连轴转,早日把这个家伙拿下。

"不,咱们离这个家伙不远了,感觉这家伙就在周围转圈圈……我……我想抓紧点儿,就怕你吃不消。"

这真是不谋而合,简直说到我心坎上了。这两天,我的第六感觉始终觉得陈长路就在身边,好像一层窗户纸,马上就要捅破了。只要能够把陈长路抓出来,哪怕付出再大的代价都愿意。更何况,我一直自认为是国防身体,工作时间长点儿算不了什么。这天,我们直到天黑透了才驾车踏上回程的道路。

我们十分疲乏,谁也不愿意说话,就这样默默无言地驾着车向市区行进。一会儿,前面一片灯火迎着我们的车灯扑面而来,原来我们来到了阿热力乡。这是阿克苏紧靠国境的最后一个乡,前面一百多公里处就是吉尔吉斯斯坦共和国。集镇处在主干道上,相对比较繁华,街道两边各种各样的营业招牌大放光芒,把街道照得通亮。我们一打眼就发现,这些招牌中尤以摩托车销售、修理为最多,不由精神一振,就像有心灵感应似的,不约而同地冲口而出:"停下看看。"

我们走进派出所,正逢所里的民警全副武装地披挂着准备出发,去武装检查站执勤。在刘澎软磨硬泡下,所长只好硬着头皮将我们交给了留守的内勤。这个眼圈红得像桃子似的维吾尔族民警,一边不停地往字纸篓里扔擦过眼泪的餐巾纸,一边从外来暂住人口资料档案里查找出二十多个来自四川、重庆的个体修理、承包种粮的外来人员。遗憾的是天太晚了，我们只能把这些资料记录下来，准备第二天再来逐个核查。

出了派出所我们还恋恋不舍地不愿离去，就开着车在集镇大街小巷里转了个遍。遗憾的是，因为太晚了，各个修理铺都已经打烊，我们已经没有时间一家家敲开门查问，只好记住大致方位，待第二天再来查询。

晚上11点多，我和刘澎才风尘仆仆地返回孔雀宾馆。当我们的车灯照射到宾馆门口时，光柱里就见于志刚、秦玖德站在门口台阶上正眼巴巴地盼着我们，一看他们伸长脖子焦灼地探望和按捺不住的神情，我第一反应就是有重要情况，八成与陈长路有关。

"快快，等你们半天了，有，有……"秦玖德激动得有些结巴了。

"走，好消息，到房间里去说。"

重庆反馈的查询结果让我们欣喜若狂，8月4日陈长路的女儿又收到一笔汇款，汇出地仍然是阿克苏塔北路邮政支局。这就好办了，凭现代公安科技侦查手段，嫌疑人只要有行动，就一定能够让他曝光。我们坚信，这个人跑不了是陈长路。这时，大家的一身疲乏早就烟消云散，一个个按捺不住激动的心情，摩拳擦掌，跃跃欲试。

"明天是个关键时刻，今天晚上好好改善一下，就冲王大哥他们的辛苦也得有点儿犒赏啊。"

在我们的撺掇下，于志刚不得不发出了令我们开心的指令："建中处长曾指示我们在生活上不要怕花钱。"

"吃，好好地养精蓄锐。看明天怎么把这家伙抓出来。"秦玖德满面放光，再不走他的首长步了。

"吃饱了抓他个狗娘养的。"于志刚这时候豪气冲天。

这倒成了个难题。这新疆的东西太多也太好吃。三个家伙离开了家，少了管束和唠叨，本性暴露无遗，完全放任自流，什么好吃的都往嘴里填，几乎把新疆的好东西都吃了个遍。今天该吃点儿什么呢？

"这有啥难的。看我的。小刘澎带你们去吃'最新疆'的东西。我在这儿土生土长，啥不知道？"刘澎自豪地拍着胸脯。他的父辈是第一代进军新疆屯垦戍边的军人，他就生长在这块土地上。

本来，进入新疆后大家就像跟羊过不去一样，成天泡在手抓羊肉、羊肉抓饭、烤羊肉串、羊杂汤、羊排、烤羊肉包子、羊肉饺子等一切与"羊"有关的食物里。无奈新疆羊肉肥而不腻，味道鲜美，实在令人馋涎欲滴，结果，我们几个饕餮之徒在一家维吾尔族人开的风味馆子里，点的"最新疆"的美味仍然是"羊"。因为吃了定心丸，大家的心情好到了极点。加之获得了彻底解放，我们早就把高血压、胆固醇、高脂肪什么的抛到了一边，风卷残云般吃光了一大堆手抓羊肉和一大盘烤羊肉包子，又啃了几串一公尺长的铁钎子串着的烤羊肉，还觉得意犹未尽。管他的，哪怕明天牺牲也得憨吃憨胀个够。刘澎眨巴了几下眼睛，对着维吾尔族老板哇啦哇啦地说了一番维语，得意地对我们说道："再让你们几个打打牙祭。"一会儿，一个热气腾腾的特大盘子端上了桌，顿时令我们眉开眼笑。这盘子里盛着的全部是整根的二尺长的牛大腿骨头，一根根地摞着，高高的一大堆。

"哇……爽、爽，干啰！"于志刚忍不住淌下口水，咧着大嘴欢呼起来。不等老板递上剔肉的餐刀，不管不顾地伸出双手捞起一根捧着送往嘴里，大腮帮拼命抽动，"呱嚓呱嚓"地啃了起来。这时当然不需要榜样的力量，八只手早就捧着大骨头啃成了一片。那吃相简直让人想起《西游记》里的黑山老怪吃人的情景。

哪曾想，我们在这儿狼吞虎咽、风卷残云，尽情享受着佳肴，倒把那维吾尔族老板惊得瞠目结舌。他愣了半晌，突然间又是耸肩又是晃头，两个拳头举到肩膀上摇晃，嘴里一阵乱动，呜哩哇啦地蹦出一连串的维语，怎么听都像是汉人嘴里常挂着的国骂"妈卖×"。我们吃了一惊，搞不懂是怎么回事，一个个泥塑木雕一样地僵在那里，只是往刘澎那看，想从他那知道答案。

"哎哎，你这不是影响民族团结吗……"正吃得兴高采烈的刘澎苦笑着把餐刀往肉骨头架子上一插，抓起餐巾纸擦擦手，起身走到老板面前，亲热地搂肩膀、拍胸脯，挥舞着双手又比又划，嘴里叽叽哇哇地冒出一通维语。那老板顿显尴尬，神情一变，马上双肩耸动，竖起两只大拇指，连连摇晃。

"他是夸奖你们亚克西，就是好厉害的意思。我叫他竖起大拇指，你们不就明白了吗？"

我们才明白，由于曾经发生过动乱，各行各业都受到严重影响，餐馆的生意也非常萧条。我们这顿消费已经是近段时间里少见的，老板视为真主赐福，当然高兴。维吾尔族人本来就性格外露，一高兴就手舞足蹈。

刘澎送我们回到宾馆，因为他们每天晚上无一例外地要上街巡逻，或到防暴检查站守卡，只简单地聊了两句就走了。尽管已经夜深了，我们却意犹未尽。提气、壮阳、大补的羊肉下到肚子里，更是顶起了精气神，我们兴奋地讨论案情，预见侦查工作发展方向，设计着各种各样的抓捕方案，憧憬着抓住陈长路那激动人心的一刻。

"这回，咱们肯定会把这家伙押回重庆，让他们看看老同志是怎样工作的！"秦玖德激动得按捺不住，在窄小的房间里挺胸昂首走起了首长步。

事实上，我们是因为吃得太多，不得不一边打着饱嗝，一边"挺胸昂首"地讨论案情。

"啊——陈长路，你逃不出我们的手心了。"我们越讨论情绪越激动，于志刚激动得按捺不住，大葫芦头一昂，脖子一歪，双手摊开，扯开破喉咙"唱"起了于派"咏叹调"，吓得我们赶快捂住了耳朵。

可这家伙却越唱越得意,竟然还配起了实在不像样的新疆舞蹈动作,耸肩摆手的,嘴里抑扬顿挫地唱着:"王大哥呀、秦大哥,你们真是……哎呀……哎呀,坏了坏了……我的妈哟……"冷不丁的,他竟捂住肚子凄惨地哀号起来。

只见他身子一阵颤抖,立时就龇牙咧嘴,脸色惨白,五官痛苦地扭曲着聚在了一起,大颗大颗的汗珠从额头沁了出来,全身抖动着往地上蜷缩下去。

我们大惊失色,赶快围上去扶住他,会不会是……联想到曾经发生的动乱,各级公安机关领导都一再叮嘱我们,吃东西要小心,已经发现多起食物中毒现象,尚不能排除故意投毒嫌疑,目前正在调查中……

此时的于志刚早已惊惶失措,一边用手拼命捂住屁股,一边手忙脚乱地拨开我们像一头受惊的野兽一样蜷缩着身子慌不择路、歪歪扭扭、乒里乓隆地碰撞着桌椅板凳电视机,拼命冲向了卫生间。门也没顾得关上,就听见里边乱七八糟地一阵响动,接着就是噼里啪啦的放屁声和呻吟声夹杂着恶臭接连不断地传出来……

从此开始,于志刚每天坚持无数次进出卫生间,吃了几次药也不见好转。

于志刚的痛苦对秦玖德是极大的警醒。他从此加强了锻炼,再也不有事无事往床上躺,而是时时刻刻都在走着他的首长步,还张罗着要找地方游泳,以帮助消化。

我本来肠胃较好,但也不敢暴饮暴食了。

四

当监视器图像滚动一番后,定格在汇款时间段上时,我们全身血液呼地涌上了头。要不是还有其他工作人员在场，激动万分的我们肯定要跳起来，碍于形象，只好拼命地忍住，纷纷竖起大拇指表示庆贺。

图像显示出一个身躯修长结实的中年男人，着浅蓝色西裤，白衬衣扎在腰里，精神抖擞，步履快捷有力，举手投足都带着干练和力量。我特别注意到，这家伙前凸的嘴显示着顽固、残暴，眼神阴森森的，透露着孤注一掷、鱼死网破的神情——正是我们苦苦寻找的陈长路！

苦苦寻他千百度，终睹庐山真面目。我们又是兴奋又是愤怒，真恨不得一伸手将他从监视器里抓出来。

他显然没有意识到，危险已经悄悄地临近，神情轻松自如，兴冲冲走进邮局，汇完款就出门走了。而且，来去都是我们住的孔雀宾馆方向。

去了什么地方呢？趁刘澎去洗印照片这段时间，我们打开了我们住的宾馆门前的监控录像，可翻来覆去地看了无数遍，也没有发现这家伙的踪迹。大家一时陷入了云里雾里。

于志刚摊开双手，晃动大脑袋，一脸的诧异，咧着嘴狰狞地怪笑着连连说："真他妈的怪了，跑哪里去了呢，真他妈的……"

"得好好分析，得好好分析……"秦玖德兀自揉着肚子，不停地来回走动，嘴里念念有词。

"老秦咧，你他妈的别那样转好不好？转得我头昏眼花的，思路都没得了。"于志刚一急，就沉不住气。

"我转我的与他跑哪儿去有什么关系？不会开车怪路不直！"

"你转来转去的，我，我怎么考虑嘛……王大哥，拿个主意吧。"

两人就像两只好斗的小家雀你一句我一句地斗着嘴，我仍然全神贯注地翻看图像，渐渐地心里有数了：只能是这样——这家伙根本就没有从宾馆门前过。

"我们中大奖了。"我胸有成竹地说道。两只小家雀停止了斗嘴,眼睛直愣愣地盯着我。

"这家伙就在这段距离内活动,只要排除从公路对面过来,这里面就可能有他的窝点。"

大家如梦初醒,立时就把瞳孔放大到了极致,一个个满脸潮红,全身都微微颤抖起来。

"怎么样,当初我提议搬过来有道理吧?"秦玖德不无得意地说。

"妈的,老子们竟然住到了陈长路身边!这家伙的气数尽了。"于志刚高兴起来也是咬牙切齿的。他白了秦玖德一眼,咬着后槽牙,恶狠狠地说道:"走,查他个底朝天!"

观察发现,这一地段至少有七个监控点。只要调出图像,陈长路来去路径自然一目了然。

刘澎带着拷贝好的照片和录像来了,一听便自信地边说边掏出手机:"这就简单了……喂,指挥中心吗?小熊?我澎哥呀……我要调几个摄像头的图像……"

可结果却令我们大失所望,这些摄像头正在调试中,尚未启用。

"两位大哥、小刘澎,咱们都装成顾客,一家家地去谈生意,行不行?"

于志刚的提议获得了一致认同。一不做,二不休,用最笨的办法,一家一家地查访。于是,我们变换着身份,一会儿是摩托车驾驶员,一会儿是五金采购,一会儿又变成了买日杂的模范丈夫,在各家商铺频繁出入,假借购买东西和老板讨价还价,暗暗地观察。当时心情那种急迫呀,真是无法形容。

"跟我来!"刘澎突然拍了拍我,"蹭蹭蹭"地快步跑到街边,进了另外一家名叫"来疆"的宾馆。这家宾馆门前极隐蔽地支着一个摄像头,监视着沿街的情况。他不无得意地说,原来他曾管过这一段的旅馆,这些摄像头还是他主持安装的,今天肯定能够起大作用。

但刘澎面对这五彩纷呈的监视器,却手足无措地抠起了脑门——他不会操作。于志刚把袖子一挽,恨恨地说道:"看我的。"他把监视器打开,调出了汇款时间段的录像。

"啊——"当陈长路的形象出现在荧屏上时,每个人都轻轻地发出了惊呼:这个家伙竟是从与我们住的宾馆一墙之隔的彭氏摩托车配件门市里出来的,而且汇款后又进了这家门市,盘桓了一阵才离开,过了街道,消失在对面。

活动点就在我们住宿的一墙之隔,这太出乎意料了!这个门面会不会就是陈长路的窝?大家一窝蜂地涌到了那个门面前,挤在顾客中探头探脑的。那神色,真恨不得一伸手就把陈长路从里边揪出来。

"哎,老板,你还要不要人?我是从四川来的,想找点儿事做。"一身旅游衣裤的于志刚被老板揶揄一顿,只得灰溜溜出来。

"老板,咱们研究一下这个……这个……配件的批发问题,好不好?"秦玖德的提议被老板轻蔑地拒绝了。

我佯装百无聊赖地走进门市,要购买考尔。

这个老板四十多岁,四方脸,他惊讶地问我啥子是考尔,干什么用。

"高压点火线圈,点燃压缩油气,产生动力。这个你都不晓得?"

"哦,你说的是这个?你还在骑啥子年代的车哟?那个早就淘汰十年八年了,现在哪个还用那个东西?"

"咦,听你口音是四川的呀,你就是老板?"

"啊,我是南充的。"

"贵姓?"

"姓彭。"同时把全名告诉了我。

"哎,你的东西真不少……哦,这个坐垫不错。小刘,你不是要买坐垫吗?"我发现,坐垫旁边就挂着营业执照,但光线太暗,我这个老近视眼怎么也无法看清楚,便向刘澎挤了挤眼,扬扬下巴。

"我的坐垫早就该换了。"刘澎真是机灵到了家,钻到了里边假装捏摸着坐垫,眼睛却仔细地看执照上的名字。果然,与老板说的半点儿不差。

关键问题是,这个彭老板是个四方脸,与嘴部前凸的陈长路相去甚远,不可能是伪装的。

聊了几句,大致搞清楚了,这个门面就是他自己一家人在经营,不存在合伙的可能。

我想了想,拉着刘澎返回了来疆宾馆。得搞清楚这家伙是进了门面后出来的还是直接就从门面出来的,这可以确定他是这个门面的老板还是老板的熟人,对我们下一步如何采取措施有着决定性作用。继续往前翻看录像,这才发现,陈长路是从街道对面走过来,提着个包,进入门面盘桓了一阵,出来去邮局汇款时,手里已经空空如也。

把包都留在门市里,这关系还能差了?

我俩对了一下眼神,达成了共识:毫无疑问,陈长路与这个老板关系不一般。

"动!"

"老革命说得没有错,动他。"

刘澎赶快几步跑到彭氏摩配门市前,把还伸长了脖子往里探看的秦玖德,抱着膀子做出一副无所事事的样子、实则满脑子问号的于志刚叫了过来。他把我们的意图说明后,于志刚当下就拍板:"干!"

决心一下,事不宜迟,刘澎掏出手机,拨通了电话。不一会儿,管辖这片区域的新城派出所来了一辆警车。

刘澎向老板亮明了身份,我们对门面内部全面仔细检查后,将老板及其一家大小六口全部带到了刑警队。

在刘澎办公室里,我们一个个正襟危坐,表情严肃,一脸正气,这令刚才还趾高气扬的彭老板屁股下就像坐了个刺猬似的。

我们严肃地交代了利害关系,特别强调:"你如果还想好好地做你的生意,就不得有任何隐瞒,否则你将构成包庇犯罪,知道吗?"

一直紧张而又期待地看着我们的彭老板忙不迭地表示一定配合,有啥说啥,绝不隐瞒。

才摊开已经洗印出来的照片,还不待看拷贝的录像,他就明白了,如释重负地说道:"原来你们是找他呀?把我的魂都吓出来了。"

"他是谁?"

"他是我的老客户,在我这儿进货,已经四五年了。"

"他叫什么名字,是哪儿的人?"

"叫彭刚,也是四川人,好像是遂宁那一带的。"

"他现在在干什么?"

"修摩托车。一直是我供应他的零配件。"

好家伙,原来陈长路化名为彭刚,和这个彭老板套上老乡后,形成了长期的供求关系。

"他在什么地方修车?准确地址?"

"在温宿县的阿热力乡汽车站旁,我没有去过。我每次都是把货给他送到汽车上,他自己到车站取,一般每隔十天半月都要来一次。"

"阿热力乡?"我和刘澎不由得瞪大了眼睛,脱口而出。这不正是我们昨天才将其列为重点,正准备查访的那个乡吗?我们对看了一眼,发出了舒心的微笑。

"他是几个人在一起?"

"他和老婆、儿子。"

彭老板倒是非常爽快,有啥说啥,没有丝毫隐瞒。他想了想突然说道,他还曾经给陈长路做过一个招牌,但是什么名称却怎么也想不起来了。

"走,带我们去找。"

"这个……"老板迟疑了,面露难色。

"还顾虑?这是个逃犯,带着命案。你现在唯一的机会只能是争取立功!"

"这,这……这好得罪人哟……我今后还要做生意哪。"

"你把我们带到跟前,指了地点就走人。你走后我们再动手,不会把你暴露出去。我们马上就出发。"

临出发,刘澎把老板一家人的手机全部收了,给他们交代,必须等我们的电话到了后,才可以回家,防止他们通风报信。

五

箭在弦上,一触即发,正式发起攻击总是令人热血沸腾,我们分成两组,像利箭直扑阿热力乡!

彭老板驾着他的送货车走在前面,秦玖德随车跟着,不失时机地给他解除思想包袱:"老彭,这回你可是功臣了,协助我们捉拿命案逃犯,既履行了公民义务,又支持了公安工作。公安机关应当向你表示感谢。"

"理倒是这个理。可是,可是……我这回把人得罪完了,今后怎么做生意哟?"彭老板哭丧着脸,就像家里死了人一样。

"这你就大可不必了。"秦玖德温和地笑着来了一番公理、法理教育,"你给公安机关提供情况,虽然因此得罪了陈长路,但是既为死者家属申了冤,同时还净化了社会环境,为自己平安经营创造了条件,是为社会除害,维护了社会公平、正义。你总不至于希望和犯罪分子做生意吧？你想想，这比起你得罪个把人来孰轻孰重？"一席话，将彭老板的心结彻底解开。他如梦初醒，顿时激动地表示，一定尽全力协助抓住这家伙。

就连紧随其后的我们，都感觉到，彭老板的车一下就有了激情。

刘澎驾着一台地方牌照的车载着我和于志刚紧随，一路风驰电掣地向四十公里外的阿热力乡而去。我们总嫌太慢，秦玖德咬着后槽牙恶狠狠地连声催促："快，快，加油，快点儿！"

刘澎也是恶狠狠的："催、催、催个尿。老子半截腿都蹬到油箱里去了！"

也就是一会儿工夫，阿热力乡就出现在眼前。

我们在镇外一棵大杨树下与彭老板汇合。这个看上去精明强干的老板竟是战战兢兢，比做贼还慌张，手忙脚乱地跳下车，抱头鼠窜过来。他"嗖"地窜上了车，挤到后排中间，还拼命地把头往车座下边拱。

于志刚在屁股后边摸出一顶皱巴巴的旅游帽子给他扣上："担心啥子嘛，车窗上有反光膜，人凑到跟前都看不见里边的人。"

"一定，一定要协助，就……就怕让人知道了，今后不好做生意。"他声音颤抖，浑身就像筛糠一样。

"好好地看着路边，见到门面指给我们。"刘澎开着车慢慢驶进镇里。他眼睛里闪着光，头也不回地说。

别看这个镇不大，街道也并不长，修理摩托车的门面真不少。招牌上有的是弯弯拐拐的维语，有的是我们十分熟悉的汉字。我们一家一家地看，有时还要下去假装谈谈生意什么的。彭老板一直信誓旦旦地说，只要看到招牌就认得出来，但就是没有指出哪一个是陈长路的。不一会儿，正街走完了，却没有任何发现。我们还满有信心，彭老板却沉不住气了，连连解释，这不能怪他，他也没有到这儿来过。

"好好看招牌，没哪个怪你！"刘澎驾着车缓缓前行，脸上显得很平静。

"你也别着急，想，想一想。"刘澎轻言细语地说。

"别急，别急。"秦玖德好言好语地说。

"好好想想。"于志刚恶狠狠地说。

我们安慰着彭老板，其实心里比他还要急。

"走，绕着车站转，去背街。"我和刘澎几乎是同时说出来。我们昨晚在这个镇上转了一圈，对镇上挂汉语招牌的修理摩托车铺子很有印象。

刘澎把方向盘一打，车拐了个弯进入了背街。这个镇是以公路为界分成左右两边，虽然是背街，但仍然与正街一样宽大，只是道路没有硬化而已。街道两边，挂着维语、汉语招牌的摩托车修理铺还真不少，我们需要的是找出哪一家是陈长路的。

前面有一个挂维语招牌的摩托车修理铺，里面围了一群维吾尔族人，正在手舞足蹈地谈论着什么。

"我去问问看！"刘澎将车停下，拉上手刹，跳下车，走了过去。

这时的刘澎完全变成了个吊儿郎当的家伙，腋窝里夹着个皮包，晃着大脑袋，走起路来一歪一扭地，看神情真像个发了点儿小财但层次不高的小土老财。

一开始，那些维吾尔族人还有些探究地看着他，不怎么搭他的话。但这小伙子叽哩呱啦，连说带比画一番，这几个维吾尔族人顿时就热情起来，又是连说带比画，又是指方向，又是拍胸脯，然后又是哈哈大笑着要拥抱。最后，刘澎满意地竖起右手大拇指，说着什么。他挥着手告别，兴冲冲地跑过来。这最后一句我听得有点儿懂了，好像是说的什么"亚克西"。

他一边发动车，一边兴奋地说："前边拐弯就是！我说是彭刚的老乡。他们还要送我去,我哪敢让他们送。让他们送我去抓人,他们今后日子还过不过了?"

汽车只往前行了几十米,拐过弯,来到了另一条大街上,彭老板突然叫起来:"哎……快点儿,快点儿。就是这儿,就是这儿,是这块招牌,我做的,绝对没有错。"

说完又赶紧把嘴捂上,把头深深地埋到双膝里。

"狗娘养的……"于志刚的话刚冒出嘴就收住了,大腮帮上的肌肉鼓起高高的一块。

"真的?"秦玖德惊喜地反问了一句,得到了肯定回答后长长地出了口气。

"格老子——"刘澎咬牙切齿地嘟哝了一声。

"咚"的一下,我心中的一块石头落地了!

随后,车里变得安静异常,四双眼睛射出锐利的光,将前方一个修理摩托车的铺子罩住了!

新疆农村街道特别宽大,这条背街足可供三四辆卡车并排行驶。街道两边每隔一段距离就是一棵高大的白杨树,繁茂的枝叶随风翻飞,"哗啦啦"地作响,一忽儿变成嫩绿,一忽儿变成银白,渲染着山雨欲来的气势。因为风大的缘故,土木、砖混结构的房屋都是坚实的平顶,整齐地排列在街道两边。少数家境好、比较讲究的还在门窗上漆上金黄色的油漆,雕刻云纹一类的穆斯林民族图案,散发着浓烈的西域风情。我们的目光就聚集在街道右边一家平房上。

这座平房与街道上其他房屋相比并没有什么特别之处,特殊的是房前搭了一个宽大的棚。这棚的建造活脱脱体现出主人桀骜不驯的顽劣个性。地上立几根手腕粗、长短不一的木柱,横七竖八地捆绑几根树干搭成架子。那捆绑树干的铁丝间距宽窄不一,但都是深深地扎入树干里边,捆绑手法令人触目惊心。棚顶上随意地苫了几张草席,有的甚至都没有完全铺开,致使棚顶有些地方堆挡得过厚，有些地方还露着天，太阳光柱一根一根地直射棚内地面。棚里边停着几辆旧摩托车，有的已经拆散，那些钢铁零件散布得很宽很远，似乎是被拆卸者狠狠地抛出去的一样。棚顶，一根锈迹斑斑、弯弯曲曲的铁丝很随意地钩着一块做工粗糙、板凳面大小的木招牌，一边高一边低，晃悠悠的，上书四个大红字：一虎修车。

"没有错，没有错，这就是我帮他做的招牌……"彭老板紧张得语无伦次，还在絮絮叨叨的。

我心里一阵狂喜：找到了窝就意味着陈长路落网是迟早的事。这对于我们来说无异于三伏天吃了冰淇淋一样浑身畅快极了，每个人都深深地长出了一口气。于志刚的面容更加狰狞，腮帮上的肌肉不住地抽动。秦玖德顿时踌躇满志，漾起得意的微笑。

"别慌，老彭，看看他人在不在。"刘澎打断了彭老板的絮叨，松了油门，车以怠速蠕动着前行。

滑行到棚子前，我们眼睛一亮，就见棚里门框上靠着一个女人。这是个典型的农村妇女，四十多岁，头发有些蓬松，瘦长脸黝黑，嘴和陈长路一样有些往前凸出。她身子倚在门框上，右手下垂，左手抱着右膀，神情呆滞，眼光木木的，百无聊赖地盯着街对面的一只正撒欢儿的小黄狗。

"这是不是彭刚的老婆？……你把头埋着干啥，抬起来看！"于志刚紧张起来，语气生硬。

彭老板几乎是战战兢兢地把头抬起来，看了一眼又埋了下去，耳语一般地说了句什么。

"大声点儿，你说话还是得让人听得见嘛。"于志刚很生气。

"别怕，你就是大声喊外面的人也听不见。"我赶紧安慰他。

"是她，她就是彭刚的堂客。"这回声音还是不大，但我们都听清了。

"认准了没有?"这是绝不能马虎的事,我特别再次问道。

"肯定是,绝对没有错。"彭老板的肯定回答让我们放了心。

"注意观察,看彭刚在不在!"秦玖德眼睛炯炯发光,也是耳语般地说。

缓缓前行的车眼看就要开过门口了,就见屋内一个穿白衬衣的人横穿堂屋走进了另一间屋。

彭老板眼睛一亮。"哎,那就是他,就是他。是……是……彭刚!穿白衣服那个,错不了。"彭老板声音发抖,几乎是捏着嗓子在说话。

"看准了吗?"

"放心,烧成灰我都认得!"

这就是我们梦寐以求的与犯罪嫌疑人的第一次照面,辛辛苦苦寻觅,就是为了这一刻。我咬着后槽牙嘀咕:狗娘养的,跑了六年,结果是窝在这么个人不知鬼不觉的地方,叫我们找得好苦。于志刚后槽牙咬出了个疙瘩,面部表情令人不寒而栗;秦玖德两只拳头几乎要捏出水来,手都已经抓住了车门把手,那模样真恨不得马上扑将上去将他拿下。

可这还不是总攻击的时候,车上还有个彭老板,得先转移了他才好动手。我们答应过要为他保密的。

"好的,等……"

我还没有说出下面的话,彭老板急得双手乱舞,飞快地把话头抢过去:"别别别……千万别……别动手,你……你们等……等……等我走了以后再捉他。"彭老板以为我们要马上动手,急赤白脸又是摆手又是跺脚的,似乎天要塌了一样。

"别担心,怎么也得你先避开了才动手,不会把你暴露。"

"放心好啦,先把你彭老板送出去喽——"刘澎拖着长声说,踩下了油门,车不知不觉地加快了速度,驶出了街道。

走到村头,刘澎和于志刚把彭老板送往村外停车处,我和秦玖德下了车留下来,分别在前后门监视,防止陈长路突然逃跑。

我们刚才观察到,他家前后门是相通的。

我找了一个既能监视正面,又能够观察到后面情况的拐角处,佯装无事地玩着手机,其实是目不转睛地盯着一虎修车棚。同时又留意着后门方向的动静,以便万一陈长路从后面跑,好支援秦玖德。

总攻击前奏正是中午时分,气氛沉寂得令人窒息!

街道上没有一个行人,鸡鸣狗吠都停止了,除了不时有风吹杨树叶的哗啦啦的声响外,一切都是静悄悄的,就连那条小黄狗,也安安静静地卧在墙角阴凉处,伸出粉红的舌头拼命舔着腹部。一虎修车棚空荡荡的,那张歪斜的招牌间或被风吹得晃悠几下,几台停放的摩托车和零配件散落其间。

正是因为万籁俱寂,让人的压力反而更大,精神高度紧张,让人觉得会有什么事发生。是的,真真切切地从房后传来一阵"唰啦啦"的异常响动,应该是在庄稼地里的奔跑声。绝不是错觉,肯定是秦玖德那边有事情发生。

我突然紧张起来:如果有危险,一定与陈长路有关,该不会是陈长路察觉了什么,从后门逃走了?别看秦玖德军人出身,而且常年坚持游泳、跑步,可他没有经过专门格斗训练,单枪匹马对付陈长路有点儿悬。真有个三长两短,怎么向他家里交代?无论如何,三个人一起出来,怎么也得平平安安地一起回去。

我赶快跑过去察看。屋后边是一大片庄稼地和茂密的草丛,只见秦玖德手里拿着一截树枝,惊慌失措地从草丛里跑出来,又站在草丛边使劲伸着短粗的脖子朝里边打量。看他神色肯定有什么事发生。但环顾旷野,只有风吹杨柳哗啦啦地响,茂盛的庄稼迎风扭腰,那片草丛里卧着几只新疆绵羊懒散地吃着青草,一个身材高大的维吾尔族妇女,穿着一袭黑色的大裙子,头上扎着维吾尔族人惯常用的花丝头巾,撅着身子不知在干什么。除此之外没有其他异常，肯定不会是陈长路逃跑了。

"胆小鬼。"见没有特别情况发生，我释然了，不满地嘟囔了一句，转身往回走。

就在我满脑子问号地刚踏上街道时，一辆摩托车驮着两个男子从我眼前急驶向村外。驾车的是个穿红色T恤的中年人，后面那个穿着白衬衣。从我身边过时，穿白衬衣的回了一下头。我清楚地看见，这个人相貌酷似陈长路，但年龄却只有十六七岁，显然是陈长路的儿子。我不由得一震，紧张了一下，但随即又释然了：陈长路穿着白衬衣，这中年男子显然不是，大概是邻居什么的来接他的儿子去干什么。然后，我便走到原来那拐角处继续监视着。

过了一阵，刘澎驾着车回来了。我把刚才的情况和他们交换了，大家也没有在意，佯装自然地一步一步向一虎修车棚走去。

"你们别说话，看我的。"刘澎吩咐。

我从秦玖德手里接过手铐，装进裤包里，神情自若地走向修车棚。

逼近了，已经走进了一虎修车棚，来到了陈长路的家门口，最后的攻击马上就要开始了。

一贯话多、动作多的于志刚眼神定定的，走路脚发僵。

秦玖德的嘴撇得更瘪，脸上的肌肉凝固成一块，感觉完全没有了生气。

苦苦地追寻，就看这一击了！我表面显得平静，脸上甚至挂着些许胸有成竹的表情，其实心里也有些紧张。虽然在基层时曾经多次参与这样的抓捕，但毕竟多年没有这种经历了。更何况，这个陈长路对我们是多么重要！

我们走进了修车棚子，站在了门前。

屋子里空无一人。

刘澎哇啦啦地吼叫起来："彭摩托，彭摩托，在不在屋里头？给老子修下车哇？"

连喊了两遍后屋里有人应声，何月华走了出来。

"你们找他干啥?"

我们不能说话，一开口就会露馅儿，一切应对都是由操本地话的刘澎进行。

"看嘛，我的车走到这儿坏了，听说你们彭刚修车修得好，才来找你们的。你是不是彭刚的堂客?"

"对头！他这会儿莫在家。"

"不在?"我们愣住了，一下就把心提到了嗓子眼。

"嗡"的一下，我脑袋里就像炸开了一样。跑了? 刚才明明还在家的嘛！我一下反应过来，刚才出去的就是陈长路和他的儿子！从警三十多年，只要和嫌疑人照了面，基本没有逃脱的，今天这家伙如果从我手里逃脱了岂不遗憾终生。

这个时候，我咬牙切齿地真恨不得把陈长路生吞活剥了：狗娘养的，大白天的换什么衣服嘛！

大家的惊诧只是一瞬间，随即便掩饰起来。我们悄悄地对看了一眼，一个个紧张地保持着表面平静，不动声色地任由刘澎表演。

"修车呀。我是四川南充的，在这儿承包土地，今天拉了点儿化肥，车又坏了……"刘澎一口川音说得相当好，要不是知道他的底细，真会把他当成四川人。他曾经夸过海口，走到哪儿就能说哪儿的话，今天露这一手，果真名不虚传。

刘澎面朝何月华，顺手指着背后的丰田车滔滔不绝地说着。

我一下着了急，剧烈地咳了几下，冲刘澎咬了咬嘴唇示意。我不敢说话，怕露馅儿。

何月华倚着门框，呆板的脸上浮起了一丝笑。但那笑里更多的却是深深的忧伤，显然是逃亡岁月留下的痕迹："你这个人才扯得怪，我们只修摩托，哪会修……"

刘澎一愣，赶快圆场："……我才，才借了这几个哥子的车来接他。我是个隆鑫 125 摩托车，在车站那边停着。"

"你推过来吧。就这几步路，又不远。"她动作迟钝，微微抬抬手，向街对面指了指。我们抬眼一看，才发现这个背街其实离车站并不远。

"我的车，在，在那个……驮着化肥的，在站外头那边，推都推不动。这大忙时节的，真要命，种点儿地硬是不容易哟。"

这个一手夹包包、大脑门、性格十分外向的"种田大户"一脸的委屈相，连我都对他产生了一丝怜悯。

刘澎喋喋不休地诉说他修渠、施肥、治虫的艰辛，说到动情之处眼圈都红了。这使何月华很难有插话的机会。

"进屋来嘛，我给他打个电话。"何月华显然被打动了，拿起手机，用右手食指一个键一个键很笨拙地按了一阵，将手机凑到了耳边，开始说话。

我一阵狂喜，因为清晰地听到她在电话里叫着："……长路，这个大兄弟的车坏了，你赶紧回来给他修，他开的汽车来接，就在屋里等你……"

她放下电话对刘澎说道："他在外头给人修车，一会儿就到。你们等一会儿。"

我们悬着的心终于放下来了。

于志刚和刘澎进到屋内，继续向何月华诉说种地的艰辛。

我和秦玖德进入屋内转了一圈后又退出屋外，假装打台球，待陈长路回来形成夹击之势。

对于玩，我是外行，打台球更是像绣花一样艰难。我想这下要出洋相了。没想到，秦玖德比我还差，他双手捧着台球杆，使上了吃奶的劲儿，就像当年在部队练习刺杀一样捅了出去，庞大的台球桌一阵抖动。那小球却只是在原地转了一圈，极不情愿地挪开了原来的位置几公分。他原来也不怎么样。于是，我的自信心又恢复了，咧着嘴笑了起来。

我们就这样装模作样地打着台球，眼睛却时时刻刻地瞄着公路尽头，希望陈长路早点儿出现。

一盘台球还没有打到一半时，"嘀嘀，呼隆隆……"就见街道口方向，一台红色的重庆产建设125型摩托车挟带着滚滚灰尘奔来，到了一虎修车棚前，潇洒地一甩龙头，"嘎吱"一声刹住。驾车那人一脚踏在地上，另一只脚蹬在摩托车脚踏板上，正是刚才出去那个穿红色体恤的人。瓜子脸，绿豆眼，嘴向前凸出，身子结实有力。不是陈长路这个家伙还能是谁?!

我和秦玖德对了一下眼神，不约而同地放下了球杆，假装漫不经心地向修车棚靠了过去。

这个陈长路身材壮实，肌肉发达，举手投足间充满了阴森气，而且那眼神一看就不是普通人，处处显示出精干利索。多年与犯罪嫌疑人打交道的经验告诉我，这家伙绝不是等闲之辈。一旦动起手来，我倒是有绝对把握制服他，但就是万一他撒开脚丫子窜出去，三个老头赛跑基本不是他的对手，谁知道刘澎怎么样呢？

本来刘澎携带着手枪，而且是国内警界中装备最先进的九九式。对网上通缉逃犯，而且属于暴力犯罪的，缉捕时逃跑完全可以开枪。但是，无论怎么说，这是一条活生生的生命，不到万不得已绝不能开枪。更何况，追求执法最佳效果是法制部门孜孜不倦的追求。这是执法责任的体现。我们当然要追求最佳效果。

也不知是警惕性特别高还是咋的，他就在修车棚外面一条腿站地，一条腿跨在车上，对着屋里的刘澎讨价还价，就是不进屋。这本来是个绝佳的战机，这时只要扑上去抓住双手，任他有天大的本事也休想逃脱。可惜的是双方距离都太远，冲上去的过程完全可能使他有时间逃脱。

我和秦玖德只好加快脚步向他靠拢，还得装出漫不经心的样子以免惊了他。

刘澎和于志刚确实能够审时度势,也没有轻举妄动,而是一脸委屈地和他绕着并不存在的摩托车汽缸、油路,甚至还搬出了早就淘汰多年的考尔等一大堆问题,还真把这家伙绕得眉开眼笑的。

还好,就在我还没有绕到他跟前的时候,他终于被刘澎绕来绕去地绕进了屋。这还等什么,动手!我突然一个加速,右脚猛一蹬地,一个箭步忽地冲进了屋,就在我冲进去的瞬间,于志刚、刘澎已经扑了上去,抓住了这家伙的一只手。

"咋个回事,你们要干啥子?"陈长路中气十足,嗓音雄浑,"嗷"的一声吼叫起来,震得人耳朵嗡嗡响,眼里射出狼一样凶狠的光焰。

"不准动,警察!"于志刚、刘澎喝道。

这家伙果然不是个轻易就范的家伙。他并没有因为警察的到来低头伏法,反而目露凶光,困兽犹斗,嘴里"嗷嗷嗷"地吼叫,使出浑身力气拼命挣扎,强壮有力的身躯虎虎生风地带着他们转圈,三人扭成一团。

我飞也似的跃到跟前,顺势一捞,抓住他的右手就是一个反腕,拇指顶着他的腕背一拧,将他强壮有力的右手背在了背上。再加了点儿力,效果真不错,刚才还雄浑有力的陈长路浑身力量顿时消失得无影无踪,左脚离地,身子仰面朝天,成了"S"形。虽然他脑袋瓜子还在痛苦地拼命晃动,嘴里"嗷嗷嗷"地发出震耳欲聋的吼叫,但已经完全丧失了反抗能力。这一招是小擒拿里的卷腕,是擒拿术中较厉害的一手,一下就锁死了他半边身子。

我嘴里同时大喝了一声:"陈长路,不许动!重庆公安!"

这真是一剂灵丹妙药,这家伙浑身一颤,紧绷着的肌肉一下就松弛了,但还是不甘心地扭动了两下,然后彻底放弃了挣扎。眼睛里的凶焰立时收敛,慢慢地黯淡下去,代之以无奈、沮丧,脸色也随之变成了蜡黄。最后,他绝望地闭上了眼睛,面朝天无奈地摇晃着头,嘴里喃喃着:"我不动,算了,算了,我不动了……哎，来了，来了，这一天终于来了……"

我左手死死锁住他，另一只手掏出铮亮的手铐向他的手腕上扣去，这才发现，这个秦玖德不知怎么搞的，把这只手铐锁死了。我赶紧换上另一只没有被锁住的手铐铐住了陈长路右手腕，仍然拧着背在背上。

秦玖德手忙脚乱地找着钥匙打开另一只，"咔嚓"一声，陈长路强壮有力的双手被反铐上了。这个潜逃达六年之久的命案逃犯就这样落入了法网！

时间是8月12日下午3点40分，离全警动员破积案、追逃犯战役结束仅剩八天时间！

真想尽情地发泄一番，真想尽情地呼喊一顿，真想拼命地跳跃腾挪，真想……

别忙，事情还没有完。

陈长路沮丧至极，嘴里嘟嘟哝哝一直不停地念叨着："我晓得早晚有今天的，来了，终于来了……"

"别他妈的嘟哝了，蹲下。"

马上核对身份。可别错抓了一个回去，那洋相就出大了。

"姓名？"

"我叫陈长路。"

听着他的回答，一直恶狠狠扮凶相的于志刚一惊，竟咧开了嘴，差点儿哈哈大笑起来。我们正在激动和兴奋中，也差点儿喷饭，秦玖德赶快捂住嘴把头扭向了一边。

原来，这个家伙大约是电视剧看多了，应答竟是用故意捏着嗓子学出来的普通话。

"家庭住址？"

"四川省遂宁市……"

"家庭人口和每个人的姓名？"

陈长路用硬憋出来的普通话老老实实地一一道来，丝毫不差。

"你的女儿在什么地方？干什么？妻子是哪里的人？"

全答对了。陈长路憋出来的普通话实在叫人忍俊不禁，我们忍不住，只好咧开嘴无声地笑。

"知道为什么抓你吗？"

"知道，我在重庆李家沱开车把人整死了……"

"咚……"心里一块石头彻底落地了。

"带走！"于志刚一声喝令，我们推着这家伙向屋外走去。

"王大哥，我们马上给建中处长打电话报告，让他高兴高兴，怎么样？"秦玖德已经掏出了手机。

"对，看看我们的工作！啧……"

"我倒觉得没有必要这样慌，把他丢进看守所里再说吧，怎么样？"

我们一边推着陈长路往外走，一边七嘴八舌地商议。这时，被这场面吓得一直呆若木鸡的何月华才醒悟过来，追上我们万分诚恳地说道："公安同志，我也犯了法，跟不跟你们走？你们让我收拾一下家什。"

我们一愣。自从发现陈长路踪迹，我们一直处于极度的亢奋之中，还真忽略了这个何月华。窝藏包庇怎么都该处理她，可把两个大人都抓走了，只丢下未成年的儿子怎么生活，修理铺、房子这一摊怎么办？

我们悄悄地商议了一下，达成了一致意见，叫何月华明天到局里来，这期间我们请示一下建中处长再定夺。

六

顺利捕获陈长路一下把压抑多日的阴霾一扫而光，我们一个个兴奋得原形毕露。

回程我们几乎是一路狂奔,刘澎一副趾高气扬的样子,拼命将身子靠在驾驶座上,以一种夸张的姿势握着方向盘,一起步就把车开得激情四溢。刚出村口,于志刚捏了一下刘澎的胳膊。刘澎这才醒悟过来,大叫着尿胀了,将车停在路边,叫上于志刚一同走进一条支路,走了很远,直到消失不见了。

我和秦玖德一左一右坐在车后座上,把陈长路夹在中间。虽然他的情绪已经平静下来,一再表示这回算是解脱了,怎么也不会再逃跑,但我们不能有丝毫大意,煮熟的鸭子再飞了的事,绝不能发生在我们身上。

为了安抚陈长路的情绪,我们和他聊起了摩托车。

这家伙对摩托车真是熟悉到家了。也许是我们在捕获过程中并没有任何滥施暴力、侮辱、打骂等情况,他显得轻松,而且很配合。我们问到什么问题他都对答如流,而且还认真地给我们解释其原理、性能,还特别介绍全国的摩托车就数重庆产的最好,不论质量、性能都是一流的,所以,在新疆,重庆摩托车占了大多数……

情绪真不是个东西,稍不注意控制就容易出错。聊着聊着,由摩托车话题自然而然地转到了我们的侦查过程。

"陈长路,咋样?想不想知道,我们是怎么把你找到的?我们为了找你,差不多把……"

我赶紧瞪着眼剧烈地咳嗽起来,狠狠地剜了秦玖德一眼。

"……我们甚至动用了高科技手段……"秦玖德赶快转圜,巧妙地掩饰过去。

"我晓得,你们的手段多得是,哪里能够跑脱了的哟。"陈长路无奈地说,显然是真心话。

"你还跑个啥,为啥不主动投案自首?"

"哎……"他只是拼命地摇晃脑袋。

我们还在等这两个"解手"的家伙,这时,我不由想起了秦玖德提着棍子慌慌张张地从草丛里跑出来的事。

一问到这个事,秦玖德一脸尴尬,支支吾吾半天才说出来。他在后门担心万一陈长路真的跑出来,自己一个人对付不了,就折了根树枝当武器,伏在草丛里紧张地注视着后门动静。突然之间,不知从哪里钻出来个维吾尔族妇女,她显然不知道草丛里还潜伏着一个重庆公安,就把那宽大的黑纱裙一撩,撅着身子"唰啦啦"地小便起来。这可把久经考验的老秦吓得魂飞魄散,也不顾任务在身,爬起来就狼狈而逃了。

从此以后,我们经常批判秦玖德同志"临阵脱逃"。

至少等了近半小时,于志刚、刘澎才返回来。两人还编着什么拉肚子、臭死人之类连小孩子都不会相信的谎言。其实,他们沿着小路钻进小树林,七弯八拐一阵后,才赫然发现躲藏在大树后面彭老板的货车。彭老板正躲藏在一旁焦急万分地张望着。这时的于志刚已经激动万分,迫不及待地扑了上去。

陡地见这个两眼瞪得溜圆、凶神恶煞的警察恶狠狠地扑上来,彭老板顿时吓得魂飞魄散,以为是大祸临头。

"我……我,这,这不怪我……我真的是……"彭老板浑身打战,腿脚发软,就要往地上出溜下去。

然而,于志刚的一句话立时让他把心放在了肚子里。"彭老板,"于志刚"咚"的一拳头打彭老板身上,抓住他的双手狠命地摇,"抓住了,感谢感谢感谢……"彭老板这才放下心来。

刘澎电话联系刑警队已经抓住了陈长路,可以让彭老板的家属们回去了。他还交代让彭老板跟在我们的车后边走。他在前面万一被我们的车追上,就容易露馅儿了——陈长路对彭老板的车是非常熟悉的。

我们这样安排令彭老板感激涕零,不知说了多少谢谢。

刘澎这小子开起车来风驰电掣,公路边的一排排白杨树刷刷地往后退,远方茫茫戈壁滩嗖嗖地旋转着往前跑,急驰的车体冲撞空气发出尖利的啸叫……

眼看就要到市区了,前方就是一个安全防范检查站,在这儿,公路被分成双向车道,检查站就设在进城方向的路面上。站上似乎正在检查车辆,两辆大客车停在那儿,乘客们都被赶下了车,乱纷纷的。尽管路口立着告示,而且有路标清晰地指示着进城车辆必须到检查站接受检查后才能前行,但刘澎把方向一打,飞驰的车没有丝毫减速迹象,从左边的道路逆行着飞快地冲了过去。

"停车,检查。"

"站住,站住……"

严厉的吆喝声骤然响起,提着冲锋枪、步枪的公安民警、武警战士迅速跃向前面,好几支黑洞洞的枪口封住了我们的行进方向,刘澎这才极不情愿地停下车来。

这下我们可是惹了大祸,执勤公安、武警一定是认为碰上了紧急情况,持枪成战斗姿势一步步地逼过来。我见势头不对,招呼秦玖德看好陈长路,就要下车去说明情况。

哪知,刘澎却把头伸出车窗外,哇啦啦地叫了起来:"干哪样嘛,对澎哥这么凶?"

"哎呀,原来是澎哥呀。吓死我们了。"一个负责人模样的民警挥了挥手,那些武警战士们才把枪收了起来,纷纷撤回了原地。

那个负责人模样的人跑到车前来,眨巴着红眼睛,对着刘澎你打我一巴掌,我捅你一拳头,亲热了一番。

"睡觉没有?"

"睡倒想睡,哪有时间?你呢?"

"给我们睡了两个小时。"

"好幸福呀,澎哥真羡慕死你了……怎么这么热闹?"刘澎问。

"抓住一个四川逃犯,还是个女的。"

"哦?恭喜你,请客啊。哎,巧了,我们也刚刚抓住一个命案逃犯。他们是从重庆来的公安。"

那个负责人把我们挨个看了看:"好了,不耽误你们了。慢走啊!"

他挥了挥手,让我们走了。

过后,我们才知道,他们抓获的是重庆长寿区的一名逃犯。他们还当长寿是四川省的一个县。

从现在开始,我才真有心情来欣赏大漠风光。这才发现,这大漠风光是那么雄奇壮阔,是那么摄人心魄。

公路行道树是笔直的白杨树。远处目光所及是铁青、凝重、茫茫无边际的戈壁滩,寸草不生,只有砂砾和风沙,唯一可以视作生命的只有风卷起的一股股沙柱在茫茫的旷野里缓缓移动过来移动过去。天是蓝色的,纯净得没有一点儿杂质。远处少见的山是红色和黑褐色相间的,跟《西游记》中的火焰山没有二致。这茫茫无边的青幽幽与火热的红色、黑褐相间,在蓝天白云下面,更显出空旷、悠远。大漠孤烟直,长河落日圆。西域特色就是这么醉人,就是这么悠远……

"胡杨,那边!"刘澎吼了一声。

公路行道树外边就是大片的胡杨林。刘澎放慢了车速,最后干脆停了下来,让我们好好欣赏。

这是些碗口粗细的胡杨,一棵棵枝繁叶茂,挺立在原野上,组成的绿化带绵延望不到尽头。胡杨不张扬,没有白杨树的高大挺拔和喧嚣。俗话说,瓜田里听雨,杨树下听风。稍微有点儿风,杨树叶就会哗啦啦地喧嚣起来,可是胡杨则不然,它十分内敛,无论风暴怎么吹,它只是随风摇曳,最多也只有点儿极细微的沙沙声。它只是低垂着枝条,静静地生长着,孕育着顽强的生命,在这铁青色的戈壁滩、茫茫沙海里焕发出勃勃生机。与当初看到的那娇嫩欲滴的小胡杨不同的是，这些成年胡杨已经不再笔直挺拔，枝干不规则地弯扭，褐色的树皮满是皲裂和大大小小的斑驳伤痕，显露出与风沙搏斗的岁月印记。

"胡杨是在抗击风沙、雷暴、龙卷风的袭击中成长起来的！它们的枝干当然不可能鲜亮、光滑可人，但骨子里的坚强不屈是任何乔木都不能比的……"

刘澎滔滔不绝地介绍，这条胡杨组成的绿化带挡住了风沙侵袭，是人们生活的绿洲的屏障。没有它，这个城市很难想象会是个什么样子。胡杨浑身浸透着坚韧、顽强的精神，生命力极强，无论多么干旱，它都能扎根、抽枝发芽。无论多大风沙、雷暴，它都能顽强地生长，而且强悍到能够生长千年不死，死后千年不倒，倒后千年不腐。正是因为胡杨具有这种品质，在新疆，它是各民族人民的图腾，不仅许多单位、企业以它命名，很多山庄、休闲场所甚至博物馆都将它陈列着供人观瞻。

最后，刘澎动情地说："你说，我们警察像不像胡杨？"一句话说得我们沉默不语了：这种坚韧、顽强不屈的品质，无论在西域边疆、在内地乃至整个人民警察队伍里，不是正淋漓尽致地体现着吗？

第二天，何月华老老实实地带着儿子，背着一大包行李来到了刑警队。她知道自己也犯了事，要跟我们一同走。我们经过请示，考虑她还有个未成年的儿子，家里那一摊子也还需要处理，就告知她把家里的事情处理完了后自己来重庆归案。因为她是个文盲，我们把行走路线、找什么人都给她写在纸上。并告诉她，找不到地方就找民警问，末了还让他们三人见了面。

陈长路哽咽着对妻儿交代完所有的事情，最后一咬牙，鼓起勇气，对着儿子声泪俱下地大声地说道："儿子，你要吸取老子的教训，做一个规规矩矩的人，一定要走正道哇。"

后来，何月华果然主动来到重庆投案自首。

再后来,我们才知道,刘建中处长接到我们的报喜电话时正在主持会议。从不苟言笑的他合上手机盖,突然激动起来,大声说道:"报告大家一个好消息。三个老同志冒着生命危险,在新疆阿克苏成功抓获了命案逃犯陈长路。"

"哗"的一下,安静的会场顿时就像开了锅一样。

七

阿克苏看守所的大铁门在身后缓缓地闭上,陈长路终于被关进看守所的高墙之内。我们这才真真切切地感觉到了轻松,一个个笑容绽放,举起双拳挥舞起来。于志刚的大嘴几乎咧到了耳朵根上,怎么也合不上;秦玖德的首长步几乎走成了模特儿步;这时的我,真想像年轻时那样来他几个前空翻、后空翻、侧手翻、旋风脚、乌龙绞柱,畅快、淋漓尽致地发泄一下。

在日常工作中,大家偶有烦言,有时也会闹点儿情绪什么的。可在这次追捕中,我们竟然没有一句牢骚话,整个过程都是以一种一往无前的精神进行。走出了重庆,我们才知道,全国公安民警都是在拼命,都是在殚精竭虑地为社会治安贡献着自己的力量。

当今的宣传机构喜欢把人民警察宣扬成高大且完美无缺的形象,感觉都是一些不食人间烟火的神人。殊不知,正是这种不切实际的宣传,人为地拉开了现实中的公安民警和人民群众的距离,甚至引起人民群众对生活中真实的公安民警的反感。其实人民警察就是人民群众中的普通一员,几十年的警营生活并没有消蚀掉我们的本性。胜利完成任务,一直紧绷的神经终于松懈下来,从极度的亢奋中回归本原,我们再平民百姓不过了。

宴请阿克苏各位领导时一个个又是勾肩搭背,我们又是胡吹海侃，又是留联系方式，把感情话说得天花乱坠。于志刚甚至还抹起了眼泪。蒙头大睡到第二天中午，谢立新把房门敲得震天响，睡眼惺忪的我们才想起阿克苏是个风景美丽的地方。我还没有仔细端详那令人难以割舍的胡杨。

"那就去神木园！它记录了新疆各族人民抛头颅、洒热血，捍卫祖国统一，抵抗侵略的一段历史。"谢立新说。

神木园坐落在披满皑皑白雪的天山脚下的国境线旁，再前行几公里就是吉尔吉斯斯坦人民共和国。它是一片孤独的绿洲，面积只有几平方公里。一边是铁青色的浩瀚戈壁滩，另一边是无边无际的大沙漠，这片翠绿就在雪白和铁青、金黄交汇的中心点上，显得分外夺目。传说数千年前，新疆各族人民与波斯侵略者在此进行了一场惨烈、血腥的拼杀，全歼侵略者。为鲜血所浇灌，茫茫戈壁滩上竟孤独地长出了这么一片号称"神木"的天然林。在这里，千年古树遮天蔽日，松、杉、柏、杨、柳、榆等一应俱全。与众不同的是一棵棵长得支棱八翘、虬枝扭曲、横躺竖卧的，什么通天门、卧龙柳、天山第一犁、鹿角怪兽等，林林总总，令人眼花缭乱。我们甚至从这奇形怪状的神木中看到了奥运会的五环标志。那是数百年的树枝自然生长而成、实实在在并列在一起的五个环。因为有此为证，所以，新疆各族人民对北京能够成功地举办奥运会一直深信不疑。

在这里，我才真正认识了胡杨。

这里的胡杨和其他树木一样，个个弯曲、扭绞，绝没有挺拔直冲云天的矫健，也没有小胡杨的鲜嫩可人。一根根粗大的躯干上伤痕累累，斑驳陆离，皮糙枝扭，毫无美感可言，而且都不甚高大。但仔细打量，正如谢立新所言，它们无论站立还是倒伏，骨子里都透出一种坚强、凛然之气。我怀着一种尊崇的心情认真端详一株标注树龄为二千二百年的枯死胡杨。与其他枯死、腐败，四处散落木屑、粉末的树木不同，它倒卧在地上，质感仍然与活着时没有两样，不同的是它中部弓起老长一截，两端触地，就像一只蓄势待发的苍龙。它通体黄褐色略带铁灰，表面印满了石砾、沙尘、风暴形成的斑驳伤痕，顶端显然遭受过雷击，焦黑一截。单看外观，实在无法把它与千年不死、千年不倒、千年不腐联系起来，怎么也看不出它的坚硬、顽强。但任我用脚踢、石头敲击，发出的都是金属般悦耳的当当声，丝毫没有腐朽，质地之坚硬，令人咋舌。在神木园最顶端，还有几株遭到雷击的小胡杨，树龄最多不超过十年。通体被雷暴击得焦黑，下端的黑色树皮已经裂口外翻，露出了白色的树干，枯死的时间应该相当长了，但仍然昂首挺立，枝杈直指蓝天。满园青翠和蓝天白云之间，这突兀的黑色枝杈顿时就产生了一种摄人心魄的魅力。

"胡杨的品质不在于表面，它骨子里蕴含着的顽强不屈的精神，最令人尊崇——它把生命辉煌演绎到了极致。"谢立新如是说。

这就是胡杨，这就是那坚硬无比的胡杨！我眼前幻化出当地民警那饿狼一样的神情：红红的眼圈、晦暗的脸孔、疲乏至极的身躯、不修边幅的五官。更想起身边那些殚精竭虑、勤勤恳恳、任劳任怨的人民警察，突然茅塞顿开：这不就是警察气质吗?!不论什么人，长期与违法犯罪作斗争、冲杀在维护社会治安秩序第一线，在这支队伍熏陶下，不知不觉中就会形成这种气质，并且深入骨髓，永远磨灭不了。形成了这种气质的人，自然与油头粉面无缘，甚至在生活中会有很多的弱点，但这并不影响他们骨子里浸透了坚韧、顽强、视死如归、勇往直前。一旦与违法犯罪分子狭路相逢，必将战而胜之！

吃好了，玩好了，犹如大梦初醒一样，三个老家伙这才记起了自己在家庭里的第三把手身份，是履行女婿、丈夫、父亲、姐夫、妹夫职责的时候了。随着于志刚一声自由活动，几个一本正经的老头瞬时间便挤出门，无影无踪了。

于志刚急忙冲着我们的背影说:"哥子们,天黑前回来,千万不要出事哟……"

我只身来到维吾尔族聚集区里,两位"古丽"(维语,花儿一样的姑娘)为我推荐了一堆维吾尔族姑娘的花头巾、小花帽,而且真诚地帮我剔除了有瑕疵的商品。她们推荐给我的头巾,无论质地还是花色,绝对是一流的,价钱也很便宜。

为了给老婆买回最新疆的东西,征求这两个"古丽"的意见,她们主动带着我去了几个商店,有波斯铜壶等铜制品,新疆的银器、手工艺品等,但都不合我意。

两姐妹中的姐姐捂着胸口,微笑着问我究竟想要买什么。我告诉她们:如果我不买回最代表新疆的东西,回到家里就要被责备,惹得两姐妹吃咪咪地笑个不停。

"你就买奥斯曼,这是我们新疆的特产,主要产地就在阿克苏。"那妹妹忽闪着两只大眼睛不假思索地说。

"什么是奥斯曼,是干什么用的?"

她们俩告诉我,为什么新疆姑娘的眉毛特别黑,就是常用新疆本地特产的一种乌丝玛草来描眉的缘故,这种草汁能够使姑娘的眉毛变得更黑,而且黑得漆一样发亮。现在政府把这种资源开发出来,制成一种名叫"奥斯曼"的眉笔,海内外销路很不错。

我觉得,她们说起汉语来就像唱歌一样好听。

"我们都是从小上的双语班,光听口音当然听不出来。你跟我来吧,不会错的。"姐姐带我来到街对面一家专门经营化妆品的商店里。

这是个维吾尔族用品专营店,老板也是个"古丽",而且是那种具有一种高贵气质,看一眼就叫人忘不掉的姑娘。她双目又大又圆,清亮如宝石,明亮得就像一汪清水。肌肤光滑如凝脂,健康红润的脸蛋棱角圆润,线条柔和,高鼻梁挺直,简直就是再生的西班牙皇后。两个姑娘用维语交谈了一番,双双捂着嘴开心地笑了一阵,这个"西班牙皇后"用灿烂的笑容迎接我,热情周到地为我介绍了奥斯曼产品系列。她的汉语可没有那个"古丽"流利,那个"古丽"便自动充当起了翻译。原来这种奥斯曼眉笔产品种类繁多,价格各异,而且还有相应的配套产品眼影、睫毛膏等。这个"古丽"明白了我的意图后建议我买一种比较普通的,价格也不贵。"买很贵很贵的,你,无必要,很无必要的。歌星们才有必要。"她汉语不太熟练,但语音像夜莺一样动听。

到了晚上11时许,天才黑尽了。我两只手一手一个提着装得满满的大包回到宾馆,心里不免有些忐忑:我这副倒爷样,不被这两个家伙笑话才怪呢。嗐,管他的,让他们笑去吧。

电梯里差不多快被挤满了,我还是挤了进去,就这样与另外几个也是扛着大包小包的人紧紧地挤在了一起。

可气的是,我面前站着一个个子不高的人,他肩上扛着一大包,手里提着两大包,腋下还夹着一卷地毯,整个人几乎都被这大包小包罩住了。问题是,他肩上的那包东西正好抵着我的下巴,一身的汗臭味直冲鼻子,这让我很不舒服,十分气恼。

这肯定是来进货的商贩,真烦人!只顾自己赚钱,也不考虑影响别人。我真想使劲推推他,让那人挪动一下,解放我的脖颈。可听着那人沉重的喘息声,也就不忍心了。无奈之下,我只好艰难地昂着头忍受着,但心里却有点儿平衡了:原来扮倒爷相的不止我一个。

楼层到了,我倒退着退出了电梯,甩了甩头颈,让在一旁,把两个大包放在地上松松手。

就像是几大包东西自动地缓缓滑出来一样,那个人也退了出来,把手里的东西一股脑儿地甩在了地上,叉着腰牛一样地喘着粗气。

"哎呀,老秦哪,是你?"我一下惊呆了。

"呵……"他牛一样喘着粗气,笑起来都不连贯。

"你那一大包东西可把我顶得够呛,脖子现在还没有恢复。"我夸张地晃动着头。

"还说,你把我挤得差点儿就背过气了。要在早几年,我还不两脚踢出去再说。还好,幸亏没有……"

我笑他差点儿把新疆都搬回家了,他却振振有词地说:"老大哥,哈密瓜……哈密瓜……我那丫头其他什么都不要,就要哈密瓜。我都问好了,在机场专门有卖的,而且还给打包,托运也方便。这些哈密瓜多好吃!咱们到机场时买他两箱回去,给老婆孩子们吃个够。怎么样?"

于志刚特别重朋友关系,跑了一天回来,手里只提了一个半大的口袋,原来是干枣子。

我们的大包小包令于志刚眉飞色舞,笑得十分灿烂:"王倒爷、秦倒爷,像我这个兄弟学嘛,你们这样累不累哟?"

他手舞足蹈、滔滔不绝地告诉我们,他转了不少地方,先后买了水果、干货、杏仁还有服装等至少上百公斤的东西,结果都从邮局寄走了。

还是这家伙聪明,我们怎么就没有想到这点呢?这让我们毫不吝啬夸奖之词,也令于志刚更加得意。

他越说越兴奋,打开了口袋,捧起枣子炫耀着:"看看,看看,啧,你们在哪儿见过这种枣子。"

他捧着枣子凑到我们脸前,瞪着眼睛,带着一副很凶恶的笑容,滔滔不绝地说下去:"学着点儿,学着点儿。这个维吾尔族人要价一百二十元一公斤,我吹胡子瞪眼睛的,哄、吓、诈啥都用上了……"

这种枣子也是阿克苏的一大特产。它与众不同之处就是枣子虽然干透了,但不像其他地方的品种呈干瘪相。这些枣子因为日照长,糖分重,虽然干透了,一个个仍然饱满无比,只是失去了鲜枣的鲜艳色彩而已。

一人吃了一个,咬在嘴里干沙沙的,咯嘣脆,味道非常可口。

"多少钱成交的?"我们几乎是异口同声地问。

他的回答令我们目瞪口呆,每公斤足足节约了二十元!"怎么样,老弟不仅能当科长,买东西也行吧?"他兴奋得双手举到齐肩抖动着,伸出大下巴,咧着大嘴朝我们两人炫耀,得意极了。

这小子确实能侃,想不到购物也这么能干,我打心眼儿里对他佩服得五体投地。

秦玖德撇嘴拖着长声,不无醋意:"今后单位评选模范丈夫,我投你一票。"

"嘿,你格老子还有啥子不服的,学着点儿……"

"走走走,该吃饭了。"我赶快打断了两人,率先向外走去。

招了辆出租车,让司机帮助我们找个好馆子吃饭。于志刚还沉浸在兴奋之中,在车上仍兴致勃勃地炫耀他的干枣,越说越兴奋乃至全身都晃动起来。

"哎,哎,你怎么老是盯着我看呢?我这个枣子的价格你都眼馋了吧?"正说得高兴的于志刚突然对着出租车司机说道。

一直不断地用目光瞥着我们的出租车司机为这一问,实在忍不住了才说道:"老哥,你遭宰了。我们这个地方干枣一般只卖到三四十块钱一公斤,最好最贵的也不会超过五十块钱。"

"啊"的一声,于志刚一下把他葫芦样的头扬得老高,得意洋洋的表情瞬间消失得无影无踪,嘴张成了"O"形,半天没有合拢。

我和秦玖德一愣,突然间,畅快地哈哈大笑起来……

8月14日中午一点半,我们依依不舍地告别了阿克苏,告别了热情的谢立新科长、程绪明局长、刑警队王大队长、户政科博科长和与我们结下深厚友谊的刘澎。我们身着警服,押着陈长路登上了从伊犁开往乌鲁木齐的火车。

回程最方便的交通工具莫过于飞机,几个小时就可以到重庆。但押送犯罪嫌疑人乘坐飞机非常麻烦,必须有省公安厅一级批准,而且不能带警械具。飞机上的安全可不是一般的问题,嫌疑人在飞行途中事实上是处于失控状态,如果肇事,后果不堪设想。乘坐火车倒是可以避免这些问题,但从新疆到重庆,至少也要耗费四五天时间,人疲劳不说,危险周期更长。因而,危险系数反而更大。

我们三人拍着脑门,想来想去,一会儿设想把陈长路化装成平民百姓一前一后夹着上飞机,一会儿设想坐火车回去。于志刚甚至还提出甘脆租辆汽车,三人轮流开着回去。最后大家还是统一了思想:从阿克苏坐火车到乌鲁木齐,办理好手续后再乘飞机回重庆。

临上车前,刘澎竟然有些眼圈发潮,像一个小弟弟一样恋恋不舍地对我们说:"老革命,我会想你们的,今后我们能多联系吗?"

"小刘澎,你给我记着,今后到了重庆如果不给我打电话,看我怎么收拾你。"我握着他的手说。

这是趟双层旅游列车,设施较好。因为客源特别多,票非常紧张,还是谢立新通过关系从始发站伊犁搞到手,交由八号车厢列车员带给我们的。我们上了车才发现,这车上的卧铺是四人一个小隔间,但我们四人却是分散在两个隔间里。与我们住在一起的还有一个小伙子和一个六十多岁的老妇人。另一个隔间里则是两个维吾尔族老年妇女带着两个尚不会说话的小孩儿。

这可令我们犯难了。

我们原来设想上车补软卧,在四人一个房间的软卧里,把门一关,就与周围完全隔绝,对于押送犯罪嫌疑人是再好不过了。可软卧已经没有了,只有想办法把这两个铺位调换过来。

我有铁路乘警的经历，又是老大哥，当然该我出面。

下铺的小伙子很爽快，但这个中铺的老妇人就麻烦了。她反倒提出来在另外车厢里还有一个伴，想换到这儿来照顾她。我怎么商量也不行。她反倒要我们另外想办法。说着说着她还显出委屈相来，鼻子眼睛一阵抽动，似乎就要流下伤心的眼泪。

这老妇人的凄惨路线取得了巨大的成功，把于、秦二人彻底打动了。他们气冲冲地一把拨开我，趋之若鹜地上前好言好语安慰，让她不要着急，就放心地在这儿住。他们两人还煞有介事地拍着胸脯："老人家，你放心，身边没有亲人，我们照顾你。"

"老人家，你有什么需要就开口，跑腿算我们的。"于志刚豪爽地拍着胸脯说。

"要不然我去给你打点儿开水来？"秦玖德和颜悦色、轻言细语地，显示出极好的教养。

这一下把我气得直跺脚，旅客和命案逃犯混住在一起，这无疑是押送工作中的大忌，发生危险的可能性成几何级增长。很简单，睡到半夜，一个翻身就是一起劫持人质事件，真是两个不长脑瓜的憨包！

我一下就发作了，重重地跺着脚，恶狠狠地瞪着这两个科领导愤愤地吼起来："你们在搞什么名堂？两个……"我本来是要骂他们"浑蛋"的，但还是硬生生地吞了回去，把口气放平和了一些："你们长的猪脑壳呀，这是玩同情心的时候？这是玩火！找死！"

这不是骇人听闻，如果押送途中真出现什么意外，不要说下岗，追究刑事责任都是有可能的。

我把他们两人吵了一通后，扯开盖在陈长路手上的毛巾，指着锃亮的手铐直截了当地对那老妇人说道："你看清楚，我们押送的是个命案犯罪嫌疑人，他手上有一条人命。你如果不怕出事可以不换，但我们无法保证你的安全！"接着我又缓和了口气补充了一句:"请你支持工作。"

这下这个老妇人才真的意识到问题的严重性了,嗫嚅地说:"那你们得给我找地方换。"

这个问题又超出了我们的能力范围了。我叫她等一等,径直去找列车员。

刚才上车时没有注意,原来这个列车员是个三十多岁的维吾尔族妇女,大眼睛、高鼻梁。她不像一般的维吾尔族妇女婚后就体形发胖,而是仍然保持着青春少女的苗条身材,浑身洋溢着一股成熟职业女性所特有的气质。她正在一群刚上车的旅客中间忙碌着,说话办事干脆利落,有条不紊地办票,安排铺位,解答疑难。任其他人怎么着急,她总是按照自己的节奏做着自己的事,态度不急不躁,但坚决果断。

我挤到跟前:"你好,我们是……"

"我知道,回车厢里等着,我一会儿就来处理。"她只是扭头看了我一眼,又忙着做自己的事去了。

我一边灰溜溜地往回走,一边暗自思忖,她怎么就知道我们是什么事呢?

一会儿,这个列车员来到了我们车厢。她也不征求我们的意见,一头钻进铺位之间,就和那两名乘客对起话来。

"你们有什么困难我给你们解决。这个铺位要调整,这也是为了你们安全的需要。"因为小伙子已经表示了怎么安排都可以,所以她主要是对着那个老妇人说。

"他们另外找地方不行吗?我这么大的年龄……"那老妇人一脸的委屈和无奈。

"你看看,"她指着陈长路说道,"他们押着犯人,出了事怎么办?万一是个杀人犯呢?这都是为了你们旅客平安,你不是也希望安全到家吗?"

"是,就是个命案。他身上有一条人命!"

于、秦二人这时也开始帮腔了。于志刚还摊开双手抖动,咬牙切齿地特别强调:"他搞死了一个人,一个一米八的大汉死在他手上,流了一大摊红彤彤的血……鲜红鲜红的。"

工作就这样做通了,我们四个人被调到了一起。那个小伙子还爽快地表示不要下铺的差价,高高兴兴地接过列车员换的票走了。老妇人也被这个列车员带着到另外的卧铺上去,而且她的那个伴也给换到了一起。

在聊天时,我看到她吊在胸前的服务名牌才知道,她名叫阿背干,是新疆乌鲁木齐市人,从事列车员工作已经十多年了。她是我见过的最好的列车员。

"我刚才去找你,又没有说什么,你怎么就知道我们有什么事呢?"

她爽朗地一笑,眼睛里透露出调皮的神色。

"我有特异功能,算出来的。"她哈哈哈地笑过后才一本正经地说,"列车从伊犁始发时,我就知道有公安人员从阿克苏押犯人上车。你们一个姓谢的同志订的票,我们领导专门作了交代。你看你们,一脸的正气,威风凛凛的。公安人员找我,还能有其他问题?"

我们这才恍然大悟,原来谢立新已经把工作做到了前头。

"你的汉语说得真不错,光听声音很难想象得出来你是维吾尔族人。"

"我从幼儿园开始,一直读维、汉双语班,直到走上工作岗位。其实,政府应该在新疆全面推广这种维、汉双语班。这样,才利于维、汉两个民族沟通,动乱什么的就不会那么容易发生了。"

她见我们听得入了神,突然嫣然一笑:"怎么样,维吾尔族人是不是也不差?"

她爽朗地笑起来。

"何止,维吾尔族人真的很不错,只有民族团结才能有利于社会发展。"我们大加赞扬维吾尔族人的善良、热情、好客,而且能歌善舞。

"你们也别怪,维吾尔族人和汉族人一样,都是中华民族大家庭一员,搞动乱的毕竟是极少数别有用心的人。"

列车要运行二十三个小时才能到乌鲁木齐。下半夜,我在值班过程中,时不时地到过道上去透透气,活动活动。这才发现这个维吾尔族的列车员并没有在休息室休息,而是端端正正地坐在过道上。见到我,她疲乏地嫣然一笑:"你们放心睡吧,我给你们看着,有事我会叫你们。"

"太感谢你了。"我由衷地说。

就这样,为了我们的安全,维吾尔族女列车员阿背干一直在车厢过道上坐着,整整守了一个通宵。

列车到达乌鲁木齐,自治区公安厅法制处领导亲自带着全副武装的特警前来迎接我们。两名头戴钢盔、身穿防弹背心、手提防暴枪、身材魁梧的特警不等陈长路的脚踏上站台,就像拎一只小鸡一样地把他提溜走了。

由于自治区公安厅法制处大力协助,各项手续很快办理完毕,8月22日上午10点我们押着陈长路来到机场准备登机。

机场派出所冯所长个子高大,威武雄壮。他一脸的疑惑,把我们看了又看,那眼神把我们看得直发毛。我们又一次把手续和警官证递给他。他又认真地研究了半晌,才探究地问道:"你们……平均年龄怕有五十多?"

从抓住陈长路开始,我们就一直处于极度的兴奋之中,把什么都忘记了。冯所长这一问,一下尴尬起来。

自治区法制处的领导同志赶快给他们介绍了情况,冯所长听罢,颇受感动,豪爽地说:"你们放心,保证让你们顺利地登机。来,来,快坐下休息……小伙子们,赶快给这几个老同志拿矿泉水。"

他一边和我们聊着天,一边眼睛还是探究地在我们和陈长路身上来来回回地打量。一会儿,他摇了摇头,果断地说:"这样不行,得采取点儿措施。你们把他带上,跟我来。"

因为在飞机上陈长路将处于一种完全不受约束的状态,冯所长显然是担心我们三个老同志在出现万一的情况下不能确保安全。

冯所长领着我们把陈长路带到机场卫生所里,叫护士们给陈长路的右臂和左腿关节都打上夹板,缠上绷带。这样就有效地限制了陈长路的活动能力,走起路来只能一瘸一瘸地慢慢挪动,右胳膊更是僵硬难动。后来,在飞机上,陈长路连吃饭都无比费力。

他又帮着我们把大包小包的东西以及在机场水果店买的几大箱新鲜的哈密瓜,全部办理了托运,并亲自带着我们顺利通过了安检。

通过安检口时,那漂亮的女安检员一边装模作样地给我进行安检,一边悄悄地问我:"他受了伤啊?"

我故作神秘地点了点头:"是的。"

"是你们开枪打的?"

"对头!"我故作严肃地答。

"打得好,这些坏蛋!"她象征性地用安检仪器在我身上划了几下就放我通过了安检。

于志刚也终于第一次顺利地通过了安检而没有被刁难。

冯所长直把我们送到机舱口,把我们交给空警后才紧握着我们的手说道:"老同志,我能为你们做的就这么多了。你们几个老同志好样的,值得我们学习。祝你们一路平安!"接着,他"啪"地来了一个标准的敬礼。

随着巨大的轰鸣声,机身一阵颤动,庞大的波音737飞机以不可阻挡之势加速滑行，越来越快，越来越快。突然间，就像挣脱了羁绊一样，所有的颤动烟消云散，庞大的机身腾空而起，直冲向纯净的蓝天……

8月18日下午2点20分，我们乘坐的从乌鲁木齐飞往重庆的CZ6037航班安全降落在重庆市江北机场。当我们押着陈长路步出机场，任专案组组长的蔡副处长代表刘建中处长带着政治处、秘书科的同志和巴南刑警支队的民警已经在机场外等候多时了。

当我们挟持着陈长路走出机场时，蔡副处长带着大家蜂拥着迎了上来，他眼睛里闪着兴奋的光芒。

我正在为胜利完成任务而兴奋，心想怎么也得表扬几句吧。哪知，他上下打量陈长路一番后，一下就气急败坏地跳起脚来："你这个王大哥，叫我怎么说你呢？"

我愕然了。

"你都干了些啥子？把他手脚都打坏了！有个三长两短怎么办，是追究你的责任还是追究我？"

"没有啊！"

"还说没有，那上起夹板为啥？"

原来，他看到陈长路打着的绷带和夹板误会了。当明白了事情的原委后，他转怒为喜，歉意地狠狠拍打着我，连连说对不起："老大哥，辛苦了，辛苦了。我还当你这个'毛三匠'又不知轻重了呢。回去好好休息，嫂子早就等得着急了！"

众目睽睽之下，办理完交接手续，陈长路被戴上手铐脚镣，押上警车向巴南方向飞驰而去。

"蔡处长，我们辛苦一番给我们几天休息？"

蔡副处长一脸坏笑地说道："这没有问题，今天晚上你和嫂子把房子拆了都没有人管。明天早上8点半，按时到处里来接受任务，上打黑专案……"

"啊……"我们目瞪口呆了！

清剿特大地下钱庄

一

2011年3月25日,重庆市公安局经侦总队副总队长杨勇同志带着内勤风尘仆仆地赶到北京,走进了公安部二局。

对于此行目的一直摸不着头脑的他,一头雾水。行前,是重庆公安局通知经济侦查总队派出一名领导立即赶赴公安部接受任务,具体是什么任务却没有说。杨勇刚刚从奉节县公安局副局长职位上调入,对经济犯罪侦查工作还比较陌生。

"不外乎就是经济犯罪案件而已,怕什么呢。"他忐忑不安地落座,打开了笔记本,准备聆听领导指示。

"重庆来的同志辛苦了,你们先看看这个。"公安部二局领导将一份通报递了过来。

就像是触电一样,杨勇不由得颤抖了一下。这是国务院批转的中国人民银行总行的重大情况报告。中国人民银行总行反洗钱中心发现，近期有大量的公营账户资金非法从广东沿海流向重庆，在重庆分散进入私营账户后又分散回流入沿海地区的广州、深圳、东莞等诸多城市，以及全国各地多个个人账户。这种公营账户资本非法流向个人账户，是典型的洗钱行为，对国家金融安全危害极大。为此，国务院总理温家宝及多名中央领导均作出重要批示，要求公安机关采取果断措施，严厉打击。

洗钱犯罪，对于杨勇来说还是第一次接触到，其犯罪形态、构成形式对他来说完全是陌生的。这已经让他感到了巨大的压力。当部领导告诉他涉案金额时，他再也抑制不住表面装出来的沉着，差点儿从椅子上跳起来。

"案件命名为'3·25'，涉案金额达三百多个亿，是新中国成立以来涉案金额最大的。目前，此类案件全国仅办理了五件，仅有一件结案，只判处一名犯罪嫌疑人缓刑，基本不成功。部里希望你们能够办成经典案件，为全国办理此类案件提供示范。怎么样，你们有没有信心？"

面对这闻所未闻的天文数字，杨勇这回可真的目瞪口呆了。他不敢在公安系统最高机关领导面前表现出丝毫犹豫，那样的话会直接影响整个重庆市公安机关的形象。他迅速平定了自己的情绪，冷静地思索了一下。

重庆市公安局经侦总队是一支特别能战斗的队伍。在领导班子调整时，他就是奔着这个名声而报名参加遴选，结果终于胜出，成为了副总队长。令他意想不到的是，刘建中也被调来到这儿任政委。刘建中是重庆市公安局著名的法制专家，原是市局法制处处长，从西南政法大学毕业后一直从事公安法制工作，在公安法制研究领域颇有建树，曾获得重庆市十大青年法学家称号。他组织撰写的《公安机关常见警情处置规范》一书出版后被公安部作为全国公安民警培训教材，向全国发行。

有这么一个领头人在背后撑腰，杨勇才算有了底气。有刘建中在,相信一切都不会是问题。

他迅速调整了自己的情绪,果断地回答:"请部领导放心,我们一定圆满完成任务。"

二

重庆市公安局党委迅速成立了由市公安局经济侦查总队为主的、相关部门配合的"3·25"案件专案组,由局党委委员黄伟任组长,经济侦查总队政委刘建中、副总队长杨勇和一支队支队长李开宇任副组长。

刘建中这年四十八岁,头发花白,举止沉稳。就在杨勇还在返回的路上时,刘建中就已经进入了角色。他深知,黄伟担负着全局工作,不可能把全部精力放在"3·25"案件上。这个案件理所当然要上,而且肯定会承担主要任务。目前,办理此类案件尚在摸索阶段,重庆市公安局也是第一次接触,借鉴经验的可能性几乎为零。所以,必须高度重视,慎重对待。就在杨勇接受完任务返回的同时,他立即进入了角色。他皱着浓眉,查阅了大量资料,反复研究、推敲,拟订出了一个切实可行的侦查方案。

3月30日,专案领导小组召开了第一次会议,确定工作方案、队伍组织等事项。

专案组组长、刑警出身的黄伟五十多岁,瘦长个子,脸显得有些小:"都说说。这个……这个犯罪构成是个什么形态?我对这个东西还是第一次接触,一点儿认识都没有。"

参加会议的党委成员、专案组领导们都嗫起了牙花子。

"我来说两句。"

沉寂了一会儿,刘建中清了清嗓子发言了:"非法经营金融结算犯罪是通过非法渠道将公营账户资金流向私人账户的金融结算,非法经营者通过结算从中收取佣金获利的行为。具体表现为非法经营者利用专门设立的多个公营私营账户,利用网上银行结算容易逃避监管,通过网银转账来实现公营账户资金向个人账户转移,破坏国家对资本金的监管。这就是俗称的地下钱庄……"

原来是这样。在座的党委成员、专案组领导如梦初醒,纷纷议论起来:"这真的是一种新型高智商犯罪!这些家伙还真有些头脑。"

"对金融秩序的破坏性极大,特别是破坏了国家对资本金的监管。不打掉,后果将十分严重。"

"原来是这样!建中,怎么整?说说你的想法。"黄伟如释重负。

刘建中浓眉扬了扬,胸有成竹地微微笑了笑。他的笑从来都是那种很沉静的笑,但又显得非常真诚:"目前各地现已办理的五起此类案件都耗时十多个月,其中最长的达十八个月,仅打击一个人头,而且还是判的缓刑。这种非法经营金融结算犯罪行为应当是由接受资金、中间操作、具体结算以及划拨流转等多个环节构成,其行为呈现团伙特性,因此,前面几个案件不论从效率上还是质量上看都不理想。"

他看了一阵自己的笔记本,才抬起头来继续说下去。

"部、局党委的目标是希望我们大胆探索办理此类案件的路子,办成经典案件。什么叫经典案件,就是对全国公安机关今后办理此类案件具有指导意义的案件。根据部领导指示精神,我们应该把目标定为追求案件侦办的高水平、高速度、高质量,必须在效率和质量上下工夫。无论如何,我们不能拿出个事实不清、打击不力、时间上拖拖拉拉到让人无法忍受的案子来向各级领导汇报!所以,我的想法是我们要从以下几个方面来办理这个案件……"

在座的一听这话都纷纷准备好笔记本,一边听一边快速地记录。

"第一是时间上追求高效率,快速侦办,快速结案。绝不能办成个拖拖拉拉,长时间不能结案的案件。在这一点上我相信是会找到办法的。第二是追求一网打尽。力争把各个环节的犯罪嫌疑人、涉案资金全部收入网中,尽可能地将在网上流转的资金冻结,挽回经济损失。这项工作需要集中优势资源,以经侦……主要是专管金融犯罪的一支队为主,刑侦、技侦、网监多警种通力合作,确保侦查能力最大化。这个应该不是问题。当然,还特别要加强保密。第三是查清犯罪事实向两极延伸。洗钱是将黑钱漂白、将非法变为合法的过程,这就决定了源头上肯定有很多非法甚至违法犯罪资金。清查这些资金又能发现很多新的犯罪。当然这里面还涉及管辖等许多问题,这个下去后再好好研究。"

"好大的气魄,除恶务尽,不使一个犯罪嫌疑人漏网。我赞成。建中,就按你说的办,至于相关配合力量的问题我来解决。"黄伟沉吟了一下毅然说道,"办案力量由你决定,你需要什么就提出来,在重庆公安局管辖范围内所有的人你都可以抽调,还有,要什么给什么,但必须把案件办成经典。"

"我会努力争取。"黄伟的赞许并没有让刘建中有丝毫的志得意满。

这就是重庆市公安机关受理的第一例非法经营金融结算案件。非法经营金融结算犯罪,是 2009 年颁布的《刑法修正案》新增设的非法经营犯罪在金融领域的表现形式,是商品经济发展到一定阶段所产生的一种新型犯罪。犯罪嫌疑人针对少数单位、企业和个人规避人民银行对资本金监管的需求,采用专门设立的公、私账户,将国家监管的公营账户资本金转入私人账户,实现现金套现。这种行为(俗称地下钱庄)既掩饰犯罪收益,给形形色色的犯罪提供了条件,又妨碍了国家对资本金的监管,威胁到国家资本金安全,直接扰乱了国家金融管理秩序。

3月27日晚上,刘建中把我叫到他办公室,说是有重要事情要谈。

那时,重庆市公安局正处于非常时期,民主法制经受着严峻挑战,法制成了绊脚石,法制干部人人自危。(当时在重庆,法律虚无主义甚嚣尘上,甚至公开提出:不论什么法律,只要人民群众认为是不对的,就要把它推翻。具体到侦查破案上,更是明确要求只要能破案,不论什么手段都可以采取,还说什么要学习古代司法经验,一度被基本遏止的刑讯逼供、体罚虐待、插手经济纠纷等违法办案行为又死灰复燃,还"创造"了将人民法院执行程序交由公安机关行使、人民法院判决之前由公安机关先行没收财产等司法奇观。)刘建中就是因为拒绝了当时炙手可热、权倾全市的局长多次让人带信让他去单独"汇报思想"而被作为绊脚石调离的。那时,我在法规科从事公安行政立法工作。他被调离时,把科长董舵、副科长冯小军和我安排进"3·19"打黑除恶专案组,进了专案组就等于进了保险箱。"3·19"打黑除恶专案是法制指导得比较成功的一个专案。我们中途介入时,案件已经陷入进退维谷、举步维艰的境地,极有可能沦为一般刑事案件。我们介入后,指导专案组搜集到大量的组织特征、经济控制特征、暴力特征等方面的证据,发现了一大批新的犯罪事实,还挖出了该组织非法购买三支枪的线索,并成功缴获了一支。我们把一个可能沦为一般刑事案件的打黑专案抢救过来,最后判处三名主要犯罪嫌疑人死刑缓期二年执行,其余十余名成员分别被判处有期徒刑。

刘建中带着他惯常的微笑谈起了"3·19"案件。

"我听检察院的同志们说了,你指导的这个专案创造了三个第一。全部犯罪嫌疑人当庭认罪;没有一个证据被否定;没有一个犯罪嫌疑人提出公安刑讯逼供。同时具备这三点,是其他专案都没能做到的。"

我满足地笑了笑:"这不是我个人的功劳,主要是董眼镜、小军他们做的工作。"

"他们初期介入了一下,你是一直盯到最后结案的。我了解了一下,后来案件侦查都是按你的思路进行,所以才有这个结果。不错啊,给法制部门争了光。"

"你不会是叫我来总结'3·19'案件的吧,刘处长?"我还是愿意叫他刘处长,尽管他年龄比我小了许多。

"来'3·25'吧。这是个央批案件,全国尚无办成功的案例,我市更是首例,涉案金额创下了新中国成立以来之最。发挥你法制方面的特长,协助专案组把把脉。我想把这个案件办成真正的经典案例。"

他的神色有些黯然,想了想还是说了出来:"这可能是我的收关之作了,怎么也得像模像样的。今后到底是怎么回事……管他的,不去考虑它。"

我就这样进了"3·25"专案组。

二

专案组以重庆市公安局经济犯罪侦查总队专门侦办金融犯罪案件的一支队为骨干,从全市各级公安机关抽调了精兵强将二十余人,还聘请了人民银行反洗钱处专家张建同志参与办案。

一支队是一支专事金融犯罪案件侦查的专业队伍,支队长李开宇年富力强,作风硬朗,思维缜密,综合素质强,是个不可多得的人才。这支队伍也被他带成了一支生龙活虎、能打善战的过硬队伍,因办理了不少大案要案而闻名遐迩。只经过几天摸排,案件基本情况就凸显出来。

4月4日晚上10点,经侦总队小会议室里灯火通明,案件分析研判会正在沉闷的气氛中进行。坐在中央位置的刘建中脸上没有丝毫表情，一直侧着身子，专注地听讲解。他左边的杨勇紧锁着眉头，也专注地听着，费力地思考。两人都像泥塑的一样，都没有说过一句话。参加会议的专案组十多名同志也都一反常态，没有一个人插嘴或提问。

会议室侧边临时架设的投影仪屏幕上映出侦查员邹渝精心制作的案件关系结构图，一个一个的人头像把涉案人员的关系清晰明了地表现出来，密如蛛网的线条代表着资金流向，把各个涉案公司之间的关系紧紧联系在一起。站在屏幕前手持教鞭逐项讲解的是一个三十出头的小伙子。他叫邹渝，一说话就爱笑的他今天却怎么也没有了那种长期挂在脸上的轻松表情。

"经过调查，情况已经基本明朗。'3·25'案件主要是由四个团伙组成。分别是张绍成（化名，下同）、陈惠萍（化名，下同）为首的十三人，开办有领尚电脑销售部等九家公司；陈鹏（化名、下同）、林伟（化名，下同）等十一人，开办有略高商贸有限公司等四家公司；连庆芳（化名，下同）、蔡嘉芬（化名，下同）等八人办理有顺扬昊通讯设备销售中心等五家公司；欧阳吉木（化名，下同）、黄文强（化名，下同）等三人。这是四个主要的团伙，成员基本是亲属关系。他们办理的公司都是空壳公司，无任何经营业务和纳税记录，其实就是为洗钱服务的。这些团伙组成了一个遍及全国大部分省、自治区、直辖市的地下洗钱网络。他们主要采取的手段是借用这些空壳公司账户接纳从全国各地吸纳的大量公营账户资金，利用金融管理上的地域政策差异和网上银行容易逃避监管的便利条件，通过网银操作，以各种各样虚构如工资、劳务费、赞助费等多种可公转私名目，将公营账户资金转移到私人银行卡上，完成公转私结算。再按客户要求分散流转到多个个人银行卡上，客户就可取现。他们从中收取手续费……我根据他们的交易流水判断，手续费应当在万分之五到千分之一至三的比例……"

邹渝眼大，手长，身子长，发音浑厚，他的讲解终于使密如蛛网、让人眼花缭乱的示意图一下变得清晰明了。室内气氛开始活跃起来。

"你等等……"刘建中嘴角洋溢起一丝笑意。这是他特有的习性，不论多么复杂的情况，不论再难的案子，他都是嘴角洋溢着一丝微笑。他推了推眼镜，向邹渝发问："这个……规模有多大？还有 IP 的量？"

邹渝的嘴角上翘，狡黠地微笑着往下说："案件特点是重庆为洗钱操作主要环节，共涉及十九家公司、三十八个个人账户。我们摸排发现，全国各地共有四百余家公司参与了吸纳资金，其中大量的是一些正常经营、正常纳税的公司。这些公司吸纳的资金进入重庆完成公转私后，再分散流转回原地进入多个个人账户。现在摸出来的四百家公司以深圳、珠海、东莞、广州等地企业为主。与重庆资金来往超过十亿的有十二家，上亿的有五十一家，资金流向涉及大陆十多个省、自治区、直辖市乃至港、澳、台地区以及美国、俄罗斯、意大利等国。总金额达到……"

邹渝狡黠地笑着，露出自己都不敢相信的神色，顿了顿，终于鼓起勇气说了出来："初步摸出来的金额达到三百九十七亿，IP 地址在重庆有七千余个，全国大概在四万个左右。"说完，他咧着厚嘴唇，憨厚地笑着。

在座的虽然长期与大案要案打交道，但面对这天文数字无一不瞠目结舌，一阵惊愕后便互相交头接耳，"嗡嗡嗡"地议论起来。

刘建中也吃了一惊，他搔了搔花白的头发，看了看笔记本，又沉思了一阵，征询地看看身边的杨勇，见刚从惊愕中醒来的他只是摆了摆手，表示无话可说，便清了清嗓子，提醒大家注意。他仍然微笑着说道："下一步怎么办？大家都谈谈吧。"

他的微笑有些苦涩。

他的话一出来，室内便鸦雀无声了。大家都紧锁眉头，冥思苦想着。

抽烟的男同志开始腾云驾雾，我当然也在其中。对于经济犯罪案件我接触不是很多，直接参与侦查更少，自然不敢随便造次，只好加入紧锁眉头、冥思苦想行列。

办理经济犯罪案件以初查为前置条件。传统作法是从查账开始，沿着资金流转轨迹，网上交易的IP地址顺藤摸瓜，确定涉案人员，查清资金性质、流量和去向，证实有犯罪事实发生，方才立案，进入侦查环节，继而采取强制措施。可这个案件这么大的量，几十万笔交易、几万个IP地址落地，以现有力量，没有几年时间根本拿不下来。更重要的是，现阶段侦查处于绝密级别，一旦泄露，分布在全国各地的犯罪嫌疑人、资金就会像水银泻地一般瞬间消失得无影无踪，专案组确定的目标将难以实现。但如果率先对犯罪嫌疑人采取强制措施，一个月的刑事拘留时间肯定不够。正因如此，大家心里就像压上了一扇磨盘一样沉甸甸的。

"难不成我们也花费两三年时间把资金链条梳理完后，才立案侦查？那样的话，黄花菜都凉了！绝对不能这样干！"一个穿着白衬衣，肩上佩戴着三级警监警衔的老同志终于首先发言了。他个子不高但敦实，紫红的脸上印满岁月留下的痕迹。他就是退居二线的原老支队长曾德明。他把责任支队长李开宇从民警一步一步扶上支队长位置，退居二线后仍一心一意地辅佐其工作，是一支队的灵魂人物。

他坐姿端正，挺胸昂首，双眼炯炯有神。说完后，他想了想，又说道："按照我们一贯做法来办，肯定无法实现刘政委提出的目标。我觉得，我们应该把思路打开，路肯定是有的，这就要靠大家多动脑筋。"

"曾支队长说得对，肯定要从另外的路子着手。按照传统思路搞，几万个IP地址、数十万笔交易查都要查疯你。这么长的时间,再笨的嫌疑人都会听到风声,还不早就跑了。追求一网打尽、高效率都是空话了。所以,我们得想法改变这种被动现状。"这是赵嘉庆,一个即将退休的老同志,高大的身材,满腹经纶,很善于审时度势。

这是一支队多年来形成的习惯。每当讨论问题,总是这两个老同志先进行提纲挈领式的发言,将大家的思路引上正确的轨道。

他们的意见立即引起了共鸣。大家围绕着这个问题纷纷议论起来。

"哎呀,你们这些烟鬼们少抽点儿行不行?满屋子尽是烟味。"脏污的空气让人憋闷难受,从不吸烟的刘建中皱着眉头埋怨了几句,要烟鬼们少抽点儿。

"快点儿,快点儿。你们两个,去把窗户打开。"这是个膀大腰圆、虎背熊腰的中年人,略小的眼睛总是一副探究的神情。他就是支队长李开宇。他吩咐人赶快把会议室的窗户打开,室内空气变得好些了。

大家议论着,刘建中思索着,不时往笔记本上记着什么。少顷,他若有所悟地盯着斜对面一个正龇牙笑着的老头,微笑着说:"专家同志,给大家讲讲金融结算、资金链梳理,怎么样?"

这个老头个子不高,身材精瘦,满头银丝,精神矍铄,不大的眼睛鼓鼓的。他就是人民银行反洗钱处专家张建同志,特地被聘请来参加专案办理。他在金融方面堪称专家,他鼓着眼睛,讲起话来语速极快,就像连珠炮似的:"简单地说金融结算就是将相关资金分流,分送到各个账户的过程。资金链就是资金流向各账户形成的链条。你们觉得像这种地下钱庄案件梳理资金链很复杂,其实,只要掌握到诀窍,资金链梳理并不复杂,以结算为基点,按照上一级下二级的办法查,其实很简单。也就是以重庆实现资金公转私的账户为基点,上查一级。这一般都是收取了源头客户手续费后提供给重庆操作的中间环节。下查二级即以重庆实现公转私的账户为第一级，第二级是将已经实现公转私资金发送给终端客户。去掉两头的来源客户和终端客户，剩下的就是洗钱的犯罪嫌疑人。这就是洗钱的一般资金链，使用这个方法梳理，快得很，应该不会用太多时间。"

"如果通过你们的系统帮助我们把资金链拉出来，需要多长时间？"

"你就是担心办案时间不够用嘛。拉单子我负责，一天时间就够。至于确定哪些是犯罪嫌疑人那就得看你们梳理情况来定。按照我说的办法梳理，办案时间基本够。至于怎么下决心就看你们，我就管不着了。"他说完，滑稽地眨巴着小眼睛，龇了龇有点儿凸出的上门牙。

张建的介绍使大家有了豁然开朗的感觉，纷纷议论起来。刘建中一边听着大家的议论，一边低着头思考了一会儿，精神一下振作起来。

他看大家议论得差不多了，清了清嗓子："哎哎哎，静一下。我们真得感谢老张，他为我们解决了大问题。梳理资金链有了时间保证，其他问题就迎刃而解。"

张建得到刘建中的肯定，得意地"嘿嘿嘿嘿"地笑。

刘建中毅然说道："不能让资金链牵着我们走。人民银行反洗钱机构确认这些组织严重违反了《人民银行法》、《人民银行金融结算管理办法》，他们已经构成犯罪，初查实质上已经没有意义。更何况，审查资金链工作量这么大，这个过程基本无法保证不泄密，犯罪嫌疑人逃匿、毁灭证据的风险就更大。另外，他们还有可能舍弃 IP 地址落地。马上核实犯罪嫌疑人用以开户的身份证是否是本人，只要这关没有问题，我们动用大情报信息系统，不愁找不到人。我想，直接立案侦查，摸清犯罪嫌疑人，采取强制措施。怎么样，大家议一议？"

一石激起千层浪,大家恍然大悟,会议室里顿时开了锅,纷纷提出许多相关问题。许多同志担心资金链没有梳理清楚就动手,证据可能灭失,犯罪收益被转移、资金梳理受到影响等。

李开宇发言了。他是个才三十多岁、身高一米八二的彪形大汉,两只眼睛炯炯有神,脸上时常挂着憨厚的微笑。他坐在座位上就像那里堆了一座山。他发言的时候,神情变得十分严肃:"政委这个方案非常好,我坚决支持。实施这个方案,就要求每一个环节都必须确保精准无误,整个行动必须做到万无一失,否则就会给资金链审查带来严重影响,这就是考验我们队伍纪律性的时候。所以,我要求我们每一个同志必须做到一切行动听从建中政委、曾支队长的指挥,不准随意行动,但可以临机处置。各地同时动手,行动迅速、准确,一击到位,不给嫌疑人反应的时间……"

"只要这些家伙都被收进网里了,我们还有啥担心的!"曾德明的话无疑给大家吃了定心丸。

"我来谈谈吧。"李开宇身边的宋颖发言了。她是一个体形姣好,语态柔中带刚的小个子女同志,坐在李开宇这个彪形大汉旁边形成鲜明对照,就像大山与劲松一般。她是专案组里另外一位集队伍管理、后勤保障、法制监督指导于一身的灵魂人物,任支队政委。因为她的和蔼灵秀,也因为她的能力,上了年纪的亲切地称她为宋小妹,年轻民警则叫她宋姐。法制干部出身的她,讲起话来法理味十足:"根据大家谈的情况,我分析认为,这起案件的犯罪证据构成主要还是以客观证据为主。交易流水、公司资料、手机短信、电脑IP地址等,这些关键证据基本没有灭失的可能性。实物证据如电脑、手机、银行卡、U盾,还有可能存在的账簿等,只要我们在抓捕时保证突然性,不给嫌疑人时间,搜查时认真细致,证据灭失也基本能避免。当然,这就要看李支队长的运筹帷幄了。"她盯着李开宇意味深长地笑了笑。

"宋姐说得精辟,指出了下一步工作的要害。大家也都动动脑筋，看怎么才能防止犯罪嫌疑人毁灭证据。"在这么一位大姐面前，李开宇心悦诚服，连连称是。

这番研讨，确定了侦查方案，形成了基本思路，动用大情报信息系统、刑事侦查系统、重点人员信息轨迹系统，进而定位犯罪嫌疑人，实施抓捕。大家又有针对性地提出了许多补充意见，诸如摸清钱庄具体人员相互之间的关系、把握行动时机、全国各地如何统一协调，如何防止犯罪嫌疑人闻风而逃，等等。

会后，刘建中、李开宇将这一方案向黄伟作了专题汇报。黄伟听了后，立即表示赞同，并指示："我看这样，局里所有能够动用的手段，包括技侦全部都上，只要案件需要！"

指令一下达，刑侦、网监、技侦以及大情报信息系统、重点人员信息轨迹系统等闻风而动，迅速投入专案侦查。各种现代化手段迅速发挥出综合效益，各种触角伸向犯罪嫌疑人工作、生活领域，从通信轨迹、金融交易、公司资料、房屋租赁乃至交通住宿等各方面将信息源源不断地搜集汇总起来，实施有效监控。大情报信息中心集中兵力分析研判，技术侦查手段紧跟而上，牢牢锁定目标对象。一张大网就这样悄悄地罩住了新中国成立以来最大的一伙洗钱犯罪嫌疑人。

三

侦查方向的确定使案件侦查工作走上了高速路，海样的数据源源而来，犯罪嫌疑人被锁定，实施抓捕的时机日益成熟，大战即将来临。

经侦总队一支队及其他单位抽调来的二十余名侦查员们都憋足了一口气，只等命令下达，立即给地下钱庄以毁灭性打击。

"3·25"专案侦查进入了白热化阶段，侦查员们没日没夜四处奔忙，尽可能搜集一切相关信息，以确保毕其功于一役。情报信息中心不分昼夜处理源源不断涌来的海样信息，加紧研判迅速得出结论，及时发给专案组；技侦、网监开动全部高、精、尖端设备，密切追踪着嫌疑人踪迹……

这一切都在极端秘密的情况下高效地进行。

专案组办公室设在经侦总队顶楼一间民警文化室里。为了保密，这个地方从此再也不许其他无关人员进出。其他民警只知道又上了一个代号"3·25"的大案，只看到这儿一天到晚灯火通明，民警进出不断。

李开宇从行动方案确定下来后，就一直没有回过家，吃住都在这儿。侦查方案具体组织实施的重任就像一座山一样压着，让他喘不过气来，以致到了眉头紧锁、忧心忡忡、寝食难安的地步。饭桌上，他用四个手指握着筷子（他习惯用四个指头握筷子）竟不知道该往哪一盘菜下筷子；晚上，他窝在专案组办公室里，灯火通明直到凌晨。

行动方案的终极目标是将全部犯罪嫌疑人一网打尽，而要实现这一目标就必须保持行动的突然性。

严格保密自然不用说，问题的关键是侦查工作是一个动态行为，十九名犯罪嫌疑人分散在重庆、广州、深圳、东莞、罗湖等地。这些地下钱庄共同织成一张非法经营金融结算大网，环环相连，牵一发而动全局，一旦对任何一个部位采取强制措施，比泥鳅还狡猾的犯罪嫌疑人就会察觉，就会如惊弓之鸟般逃之夭夭。另外账户冻结更是个大问题，稍有风吹草动，账户上的资金便会如水银泻地一样瞬间消失得无影无踪。千余个账户，分散在全国各地，哪来那么多人手。即使有那么多人，奔赴全国各地一个一个地寻找开户行进行冻结，中间的时间差不知有多大。长期与金融犯罪打交道的他深知，哪怕只有几分钟的时间，犯罪嫌疑人也能轻易地完成抽逃账户资金，然后遁形。

这天晚上,就在李开宇还沉浸在冥思苦想之中时,刘建中推门进来。

"李支队长,方案考虑得怎么样了?"刘建中也是眼圈红红的,花白的头发有些乱,但精神还算不错。

他听李开宇谈了顾虑后笑笑说:"顾虑重重啊!别忘了,这个案件是全国几个公安机关配合,具体抓捕由部里统一协调、指挥。以我为主,相关的公安机关统一行动,把嫌疑人全部收进网中应该没有问题。另外,我和张建谈了谈,人民银行总行可以直接通知全国银行系统冻结相关账户。只是时间点要选好,我们还得再衔接、沟通。"

几天来,李开宇终于第一次舒心地笑了。

"只是……"刘建中十分无奈地摇摇头,没有往下说。

李开宇有些发怔地盯着刘建中。

原来,局里又有新的指示,"3·25"专案也要像打黑除恶专案一样,将嫌疑人单独关押。局里已经指定在长江大桥南桥头原武警办公室设立基地,抓获的嫌疑人都将统一送那儿关押、看守。

"到处设监狱啊,把法制当……"

"法制永远都是对的。局里从上到下都只是提纠正其他部门的问题和错误,而法制只提完善……我们怎么办?"这个消息让李开宇紧张不已。

"什么话都听不进去,还能怎么办!投入最大的力量,确保安全。看守可不是儿戏,我担心……就这样吧。"

第二天一上班,李开宇布置好准备基地事项后立即找来了张建。他得了解一下冻结账户具体该怎么操作。

"开宇,不怕。人民银行可以直接下达指令到各家银行,冻结相关账户。我们把冻结文书准备好,人民银行下达通知后,我们逐个送达法律文书,这样就把时间抢回来了。但出面协调得你们公安机关才行。"张建鼓着小眼睛,不管不顾地打断李开宇,语速快得就像炒豆子似的。

专案组迅速拿出方案,报到公安部二局。二局认为,这是个切实可行而且很有见地的方案。二局表示近期将与人民银行协调,在适当时机召开部分相关公安机关会议,协调行动。这给专案组注入了一剂强心剂,大家顿时热火朝天行动起来。所有人员全力以赴,投入临战前的准备。

在一台计算机前,台面上放着牙周康、眼药水,两颗人头凑着荧屏,不分昼夜紧张操作。荧屏的闪光映出,大高个的腮帮肿得像馒头,不时"嘶嘶嘶"地吸气。个子稍小的年轻民警眼睛红得像桃子,不时地摘下眼镜揉搓一番。这是民警赵嘉庆带着傅华在清理相关账户。他们必须赶在公安部二局协调会之前,从人民银行监控系统中提取的数十万个数据堆里逐个筛选出涉嫌账户,为办理冻结作准备。

大高个赵嘉庆是经侦总队老民警,已经五十七岁,沉稳、老练,对工作认真负责,一丝不苟。而且,他考虑问题周密、细致、长远。他接受了配合公安部二局与人民银行协调冻结事宜后,立即想到,必须先把相关账户清理出来。"不然,与人民银行协调时你拿什么说话,你说是不是?"

聪颖的傅华连连点头称是。

不用领导吩咐,两人就这样一头扎进数据堆里干起来。三天两夜,他们困了打个盹,饿了吃盒饭,实在熬不住了冷水洗把脸,从数十万个数据堆里提取出了涉及十余家银行的近千个涉嫌账户,经过反复核对后,便马不停蹄地报批、开具法律文书。

他们的未雨绸缪收到显著效果。数据刚刚整理完毕,公安部二局就要求将相关数据传递到二局,以协调中国人民银行,待公安机关确定行动日期后人民银行指定相关银行按公安机关确定的时间先行对涉嫌账户进行冻结,法律文书由办案单位后补。

后期案件进展事实证明，他们的工作卓有成效，近千个被冻结账户没有发现任何错漏。

5月4日，广州、深圳、东莞、珠海八家公安机关首脑齐集深圳，公安部二局"3·25"案件协调会顺利召开。会议统一认识，协调部署。形成了以重庆为核心，广、深等地公安机关联合行动机制。会议根据重庆市公安机关提出的方案确定：整个行动以重庆为主，相关公安机关密切配合。行动时间定在2011年5月6日凌晨5时。

与会的广州、深圳、东莞等地公安机关均表现出大局意识，为不惊动"3·25"案件犯罪嫌疑人，他们主动推迟了准备对其他地下钱庄实施的抓捕。

战前准备工作立即进入白热化。作为负责具体执行的副组长，李开宇和分管后勤事宜的宋颖更是忙得晕头转向，组织抓捕力量，配置技侦随队作战，与相关公安机关商讨组织抓捕、临时关押、协调资金冻结、交通工具、经费、队伍出发时间和顺序，等等。宋颖带着内勤女民警赵琴有条不紊地做好前方行动的保障工作。

就在这个节骨眼上，一直甘当人梯的曾德明罕见地与李开宇产生了激烈争执，以至于达到了脸红脖子粗的地步。"你翅膀长硬了，不听我的了?!"敦实的曾德明怒气冲冲。

"我是主官，只能这样安排。"一向言听计从的李开宇罕见地寸步不让。

"你别忘了，四支队周魏强政委只是因为说了一句实话就被双规。这个案件如果出了差错，你背得起吗？"

抓捕行动在重庆和东南沿海两个地域进行。重庆是本土作战，天时地利人和俱全，且只有八名犯罪嫌疑人，全部集中在高新区，易于抓捕。广州、深圳等地抓捕是跨区域、多单位配合作战，涉及十一名犯罪嫌疑人，情况相对复杂，出现意外等不可预料情况可能性非常大。在非常时期，重庆民警人人自危。与此同时，经侦总队四支队政委周魏强因为在研究食品打假案件时提出：此类案件应当由食品监督机构牵头，调查发现有犯罪行为移交公安机关后，公安机关再立案侦查，即被冠以"反对党中央"被双规。（该同志被双规三个多月，因《刑法》没有反对中央的罪名，专案组查遍了该同志从警二十多年所办理的全部案件亦没有发现问题，最后以下基层检查工作中收过红包，以受贿移交检察院提请批捕。检察院因公安机关无权侦查受贿案件，且未发现有犯罪证据为由不予批捕。本来试图将其劳教后又因为周的家属在新闻单位工作，投鼠忌器，最后责令其调出公安机关。十八大后，周的案情方得以纠正。）稍有处置不当，极有可能带来灭顶之灾。曾德明抢先要求负责沿海抓捕行动，李开宇对这些情况了然于胸。李开宇考虑到曾德明腰、手、胃等多处有伤病，特别是腰椎在一次追捕行动中受过重伤现在还时常复发，他不想让这个已经临近退休的老师承担风险，准备亲自前往。

"你的位置在指挥部，我老胳膊老腿的，风险我来担。"曾德明一副壮士断腕的气势。

"那你去吧。不过，千万注意安全。"争执一番后，李开宇只好无可奈何地说。

就这样，曾德明争得了这项任务。

5月4日，异地抓捕小组在曾德明的带领下出发，李开宇亲自驾车将曾德明送到机场，目送这位尊敬的师长消失在安检口里。

6日凌晨，抓捕行动展开，在技术侦查手段引导下重庆、沿海共七支抓捕小组犹如一支支利箭直射向嫌疑人驻地。5时许，抓捕行动正式开始。

曾德明不愧为老支队长，到达深圳后，立即与当地公安机关共同研究行动方案，确定嫌疑人现在所处位置，分配抓捕力量。

接近凌晨5时，他亲率抓捕小组来到嫌疑人刘兴国（化名，下同）驻地，随队技侦民警再次确认嫌疑人在家后，便立即将事先摸清的嫌疑人住所团团封锁，然后轻手轻脚地来到六楼6-3号。叩门，没有响动；再叩，屋里有了动静。一个男人的嗓音睡意蒙眬地问："哪一个？"当地民警回答："派出所查户口。"就听里边的男人嘟哝着："深更半夜查什么户口，麻烦死了。"对方踢踏着脚步来到门前，防盗门里边哐啷啷地一阵响动，开了一道缝，抓捕小组一拥而入，就势将刘兴国按在地上……

此时此刻，女嫌疑人洪娜（化名，下同）被女民警从被窝里叫起来，戴上了手铐；林龙（化名）正要出门，刚打开车门就被抓获……沿海十一名犯罪嫌疑人无一漏网。

与此同时，李开宇带着专案组民警在重庆的行动更是一帆风顺。由于技侦事先锁定了嫌疑人的位置，专案组民警们就像刨地瓜一样一家一家从被窝里将嫌疑人掏出来，戴上手铐。是役，被摸排出的十九名犯罪嫌疑人除一名事前因故离开外，其余全部落网。

与此同时，早已接到中国人民银行指令的各大银行同一时间启动了冻结程序，分布在全国各地的一千三百余家涉嫌账户瞬间被全部冻结，被冻结资金达到四点五亿元。

四

重庆长江大桥南桥头临江边矗立着一座五层小楼，旁边是一个封闭、有高大围墙的小院，有人值班，有犬守护。这里原是守桥武警部队驻地，现在成了"3·25"专案组办公室兼嫌疑人关押地点。二、三楼为专案组办公室，一楼房间经过改造，把原来的大房间隔成一个个小间，门窗上加装了铁栅栏，每个房间都安装了摄像头,实行二十四小时监控。十八名犯罪嫌疑人就被关押在这里。从 5 月 8 日犯罪嫌疑人全部押回重庆开始,这里就灯火通明,没明没夜地运转……

9 号晚上,专案组成员们齐聚在四楼会议室,等待刘建中、李开宇来召开专门会议,布置下一步工作。首战告捷,公安部发来贺电,二局领导还将带着视察组到专案组来视察、慰问,市委也给予了肯定,全局上下更是一片叫好。这给一直沉寂的专案组注入了一剂强心剂,民警们个个兴奋异常,大家连说带比画,回味着抓捕的精彩过程,会议室里笑语喧哗,气氛热烈欢腾。

会议室门被推开了,刘建中、李开宇一前一后走进来。

李开宇率先出现,他一手掩着推开的门侧身让刘建中走进来时,惯常的轻松表情荡然无存,动作显得僵硬甚至有些粗暴。

刘建中一手拿笔记本,疾步走进来时,脸上阴云密布,嘴抿得紧紧的。他疾走向正中空着的位置站住,扫了一下会议室内人员:"小宋,你过来一下。"

正与大家一道谈笑风生的宋颖赶快收拾好自己的笔记本、点名册等,抱在怀里走过去。

长条形的会议室里并没有惯常的会议桌,沿墙摆了一圈沙发,供参会人员落座。正中位置上,刘建中、李开宇、宋颖三人自成一体,完全不为热烈气氛所影响,他们头碰头简单商量了一下,会议正式开始。

刘建中还是满面严肃,开口就呛了大家一下:"开心嘛,当心乐极生悲!"

一句话让喜形于色的同志们顿时收敛了谈笑,正襟危坐。

刘建中指出,目前虽然初战告捷,但接下来不仅任务重,而且风险极大。他言语中不乏愤懑。

"首先是工作量大,人头众多,资金交易量巨大,交易笔数用浩如烟海来形容也不为过。如果不能在法定时间里完善证据、提捕，就不能实现把案件办成经典的目标。这势必辜负部领导对我们的期望，也给同志们带来了风险。大家别忘了，周魏强被双规仅仅是因为说了一句话而已。最大的风险还不在这儿，最危险的是我们看押着这十八名嫌疑人，于审讯来说，方便倒是方便，可你们想到没有，这是十八个定时炸弹，随时随地都可能给爆出大事来。看守，你们谁干过，知道看守是怎么回事？"

他适时刹住了话头。大家这才意识到问题的严重性，纷纷议论起来。

"这真是典型的拍脑袋决策，随便找个地方就敢关押犯罪嫌疑人，法制十多年努力毁于一旦哪！"

"法制就像王大爷（重庆俚语，对惹是生非者之流的谐称）腰间挂的酒壶，晃里晃荡的。要就是个宝，不要分文不值。王大爷本质上是要酒，有没有酒壶没有关系。"

宋颖从进入公安机关就一直在法制部门工作，最近才调整到四支队政委任上。一贯快人快语、敢作敢当的她冲口而出一句话把大家逗得哄堂大笑："王大爷，他才不睬事呢。"

板着脸的刘建中也笑了起来。他提醒大家："现在不要谈论这些，而是要考虑怎么办的问题。考虑怎么建立一套行之有效的办案机制，确保案件办理达到预定目标。"

李开宇赶快叫大家住口，集中主题讨论，不要随便议论这些问题："现在是非常时期，大家不要乱讲话，免得惹事。嗯……我觉得一个方面是加强队伍管理，进一步严明组织纪律，我们对现有力量要进行合理组合，形成最优化结构，利于激发出最大潜力。另一方面我觉得应当再增加力量，我们十几个人应付这么大的工作量肯定不行。最近不是有一批警校毕业生来实习嘛，把他们用起来，做些辅助工作。比如看守嫌疑人、清点整理赃物，做记录这些都可以交给他们去做。这样就可以集中主要力量办案。"

"小宋，你说说。"刘建中见宋颖欲言又止。他在法制总队主持工作时就非常清楚，这个女政委很有见地。

宋颖理了理一头秀发，清清嗓子，一字一句地说道："因为我们是第一次接触这类案件，没有可资借鉴的经验，这是一个挑战。正因为如此，我们就必须采用最科学的办法来应对。我建议建立以法制指导监督为主导的办案机制，统管全案。具体来说就是强化法制指导监督能力，好在法制上增加了市局法制总队经验丰富的王老革命，力量强大了。"

她调皮地冲我扬了扬下巴，我只好微微笑一笑，算是回答。

"我想请王老师多费心，在法制方面做一个通盘考虑，特别是在侦办方式方法、时效、证据规格、强制措施适用这些方面加强指导。我们的民警有了法制规范，办起案来就不会走弯路。我觉得这就是最大的提高效率。"

刘建中一直微微咧着嘴，笑容满面地仔细听着宋颖的讲话。这时他又追问了一句："还有没有，这就完啦？"见她表示没有什么可说的了，才清清嗓子，开始讲话。

"我觉得很好，这些意见都很不错。往往很多人把法制部门理解为仅仅是监督机构，这其实是错误的。法制的一个重要功能是指导，通过指导提高执法能力。刚才小宋的想法切中了要害，正是因为我们没有办过这类案件，所以就更需要法制指导作坚强后盾。我想这样，法制组拿出侦查工作方案，指导案件办理。专案组每天早上点名，汇总头一天工作情况，研究当天工作。李支队长和小宋把关，法制组进行指导。另外，要特别注意对嫌疑人的看守。建立健全看守值班制度，值班人员二十四小时必须在岗，都得盯着监视器。这是我们这个案件最大的风险，特别要高度重视，无论如何一定要确保安全。最后还要提醒大家一句，一定要依法办案，严禁打骂、体罚、虐待犯罪嫌疑人……别人不要法制，我们一定要坚持。"

李开宇和宋颖立即组织法制组进行研究，与会的赵嘉庆、内勤和我均提出了许多意见，进而确定了侦查方面、证据规格以及看守工作标准。特别提出具有较强指导意义的证据规格意见：一是客观证据，犯罪嫌疑人为非法经营金融结算支付业务办理的公司资料、银行交易流水、网上交易操作用的U盾、银行卡、电脑、手机及信息；二是团伙构成及与其他团伙之间的联系、成员基本情况、职责、地位；三是资金链。从源头客户资金进入到非法经营公司、实现公转私、到最后流转回终端账户，每个环节都要有相应的证据佐证，形成完整的证据链条。根据国内已经办理的案件情况，要求每个团伙至少要落实两百万以上，这样才能达到打击标准。

侦查规范形成使侦查工作有了明确方向，审查提捕工作瞬时进入了白热化。法制组认真审查材料，逐个研究方案，选择突破点，拟定审讯提纲；审讯组交替运用审讯策略，先声夺人、敲山震虎、声东击西、苦口婆心……这些举措就像一记记重拳直击犯罪嫌疑人心理防线，摧毁了其顽固的意志，迫使其缴械投降……

这个犯罪团伙均是以亲友团的模式纠合组成，其中不乏累犯或受过公安机关打击处理人员，成员与成员之间、钱庄与钱庄之间有着千丝万缕的联系。亲缘关系决定了嫌疑人互相包庇，拼命想逃脱惩罚，身陷囹圄后仍然困兽犹斗，甚至采用过激手段进行对抗。

5月10日中午1点左右，我吃完午饭从梯坎下边的食堂慢悠悠地走上来，脑子里还在转着今早点名会上，负责审查最大的陈鹏团伙的邹渝提出的一个棘手问题：该团伙非法经营金融结算数额达到二十八点四亿元，是四个团伙中的龙头老大。审查其资金链发现，林雄（化名，下同）进入陈鹏账户资金中，有七千余万元没有源头客户账户和银行流水佐证。陈鹏，一个四十多岁的中年人，中等身材，具有南粤人特有的高颧骨、凹面颊特征。细小的双眼看似温驯，但细细品味就能发现眼光里透出的却是冥顽不化,就是他做出了令后来新闻记者们大书特书的惊人之举。他一次误把八百万资金转给了一个无关账户,他不是先行追讨,而是立即向朋友借高利贷,并将自己房产作抵押,凑齐八百万转进应该转的账户,然后再追讨。此举使他在业界奠定了大佬的地位。就是这么个人,甭指望他能老老实实地推举揭发其他人的违法犯罪行为以便找出另外部分资金来源。

我就这样冥思苦想着,爬完梯坎踏上楼前操场。我准备散散步,然后午睡一会儿,下午好继续工作。

红蓝相间的塑胶跑道边,民警们有的悠闲散步,有的三三两两聚在一起聊天,抽烟的我等自觉地站在垃圾箱附近,以防烟头掉落损坏塑胶跑道……很闲适、很轻松,完全不像正处于激战状态下的专案组。

"老王,来,来。金永给了我一盒高级烟,品尝一下,如何?"赵嘉庆迎过来,掏出一盒极品天子烟给我一支点上,抽了一口,仰面朝天徐徐呼出:"啊,真香……哎,你知道金永是谁吗?"

"金永?"很有些印象,应该不会是武侠祖师爷金庸。我正在思忖,赵嘉庆带点儿卖弄地说道:"你肯定感兴趣,就是原来的42中学校长,现在的九龙坡区育才中学校长。"

"都是名校哦。我儿子就是从42中考进公安大学,在北京大兴当公安的。"我瞬间回想起来,去42中参加家长会时,听过金校长的讲话,非常有水平。

"岂止是名校,他还是个名人。他说是要译遍天下奇书,已经译注了《资本论》、《易经》……"他居高临下地看着我,饱经风霜的脸上漾起得意的笑容。

"哦?这样的名人怎么也得介绍我认识……"《资本论》我读过,但不怎么懂。《易经》也看过,更是云里雾里的。有了译注,相信读起来会别有洞天。我就想,如果能向译注者好好地讨教一下,肯定会获益匪浅。

"快快快……走,走。"面朝小楼的他眼光越过我头顶看向办公楼方向,语气急促地说完,拔腿飞奔而去,高大的身躯显得非常灵活。

我诧异地回头一看,只见办公楼门口一个负责监视关押人员的实习生惊慌失措、手舞足蹈地喊叫着什么,操场上散步的人们顿时炸了窝一样纷纷拥向办公楼。

我赶快跑了过去,拼命挤进巷道,就见关押着女嫌疑人洪娜的监室里,李开宇正与洪娜极力纠缠着。洪娜嘴上、胸襟上沾满鲜血,床沿、地上都洒落着斑驳陆离的血迹。因为洪娜是个女嫌疑人,其他民警都手足无措地不知如何是好。

"咬舌自杀!"我立即拨开人群冲了进去。右手抓住她疯狂抓打着的左手,另一只手直接卡进她的嘴,阻止她咬舌。哪知她拼命一咬,我的虎口顿时钻心地疼痛。

绝对不能让她咬断舌头,那样的话很难止血,十有八九会送命,后果不堪设想。我情急智生,将她推倒在床上,右手直接卡进她嘴里防止她继续咬舌头,大声吼叫着:"快,快,快拿湿毛巾来。"

我同时将衣袖裹着手掌塞进她嘴里,以使她上下颚无法咬合,并恶狠狠地训斥她:"你这样做,怎么面对你家人?今后你的女儿问起来,你能说是因为畏罪自杀受的伤?嗯?"我知道她有一对双胞胎女儿。

这句话立即见效,洪娜顿时就停止了撕咬,连连摇头表示不再自杀了。我手上的疼痛也消失了,但我不敢掉以轻心,仍将手塞在她嘴里。直到其他民警将湿毛巾拧成绳拿来,我才将手抽出来,和大家一起七手八脚将毛巾塞进洪娜嘴里,并在她脑后紧紧地打上死结。

不一会儿,黄伟、刘建中、杨勇等都来了,救护车也来了,洪娜被及时送到医院去了……

这一事件能够被及时发现得益于看守组认真负责，不放过任何一点儿异常现象，以确保在押人员安全。他们二十四小时目不转睛地盯着监视器，定时进入监室巷道巡查，当洪娜刚开始借助床沿磕打下巴，企图咬断舌头时就被值班的实习民警发现了。他们并没有意识到这是嫌疑人企图自杀，只是觉得异常，就按要求及时报告，从而赢得了处置时间。洪娜只是舌头受了轻微伤，治愈后继续接受了审查，最终接受了审判。

　　正是因为专案组形成了强有力的机制，确保案件侦查排除了大环境干扰依法有序地进展。各个团伙均被突破，犯罪事实日益清楚。就在民警们劲头十足，乘胜追击时，李开宇却陷入了深深的思索之中。

　　经过法制组会诊，陈鹏部分资金来源问题获得突破，陈鹏手下交代了是广东东莞谢辉（化名，下同）所为。这个谢辉很有头脑，他意识到这是违法犯罪行为，但为高额利润所驱使，他仍然决定涉足这一行，采取现金往来而且只与这一行以仗义、敢担当闻名遐迩的大佬陈鹏交易结算。他以为没有银行流水等客观证据，就可逃避公安机关打击。这部分事实成立与否并不影响陈鹏非法经营金融结算犯罪事实成立，但毕竟是个遗憾。如果将其缉拿归案，将要花费相当大的人力物力。自从十八名犯罪嫌疑人被缉拿归案以来，后续工作量之大，大大超出预料。单是涉及分布在全国各地的各家银行，就必须到当地一家一家提取证据，银行盖章方才产生法律效力。仅此一项，投入全部警力都显得捉襟见肘。如果再抽调力量抓捕谢辉，警力更是雪上加霜。可如果将谢辉放弃，则与将此案办成经典的决心相悖。

　　15日傍晚，李开宇组织小伙子们赤膊打起了篮球，哪一队输了就请大家吃晚饭。两队人马均使出了吃奶的力气一争高下，一个个汗流浃背，就像是刚从水里捞起来一样。

　　李开宇身强力壮、精力充沛加上球技不错，满场飞跑，吆五喝六。无奈对手邹渝膀大腰圆、球技精湛、指挥得当，加之场外观众全力助威，摇旗呐喊，邹渝不仅频频阻截其凌厉攻势，而且进攻屡屡得手。激战正酣，李开宇篮下接过右前锋传球，抓住时机，双脚一蹬，身子拔地而起就是一个跳投，眼看两分唾手可得。哪知，一直紧盯不放的邹渝同时飞身跃起，轻舒长臂，"嘣"的一声，一个盖帽将球打得飞向自己的前场。邹渝的前锋队员极为机智，顺势将球揽入怀中，他双眼骨碌碌地一转，见无人防守，索性潇洒地来了个表演味极浓的三步上篮，篮球画了道漂亮的弧线，"刷"的一声入了篮网……

全场欢呼声中，被邹渝盖帽一屁股坐在地上的李开宇恨恨地瞪着一副得意相、大眼睛兴奋得直闪光的邹渝，他一把拂开邹渝伸出的手自己爬起来，狠狠甩了甩头。"不来了，下回再收拾你们几个。你跟我来。"说着就要往楼上走。

"那晚饭呢？"邹渝原地未动，甩着两只长手，忽闪着两只大眼睛呵呵地笑着。

"还能少了你们！"看着邹渝的滑稽样，李开宇也笑了，头也不回地向办公楼走去。

在二楼办公室里，李开宇摘下挂在墙上的大毛巾一边擦汗水，一边给邹渝交代任务：率领朱晨曦等人到广州、深圳地区突击，通过银行调取交易流水记录；查找取得资金源头客户和终端客户的证据材料，达到每个团伙二百万以上的交易量；请求当地公安机关配合捉拿谢辉。

"小分队突击讲求效率，时间上要抓紧，质量上要保证，以确保在押犯罪嫌疑人能够按时提捕。有啥问题没有？"

邹渝老老实实地坐在椅子上，静静地听着。末了，他才浅浅地笑了笑说道："这还有啥说的！你只要安排下来，我一定尽最大努力，争取圆满完成任务。"

5月16日，邹渝、朱晨曦等八名侦查员登上了飞往深圳的飞机，从落地开始，就像上足了发条的机器一样飞速运转起来。他们两人一组，分头跑银行、工商、税务等部门，调取银行交易流水、工商和税务登记资料等书证。晚上就将资金源头客户通知到深圳市公安局经侦支队办公室里询问（为了打消源头客户担心，他们没有在宾馆进行询问），有时还要去其单位核实相关情况。

5月19日下午，广东东莞机场一如既往地繁忙，车辆、人流穿梭不息。机场航站楼外车辆入口处，头发梳理整齐、衣着规整、举止得体的朱晨曦带着几个着便装的民警警惕地观察着来往车辆。显然，陈鹏的落网已经惊动了谢辉，几天来，他们追踪着谢辉的踪迹在广州、深圳、东莞等地来回穿梭，几次下手均因其突然改变路线而失之交臂。特别是17号中午，他们在东莞高速公路收费站处设卡堵截，这家伙竟然在高速公路上原地掉头，逆行逃之夭夭。今天，监控显示，谢辉将要乘坐飞往泰国的航班，可能是出逃。朱晨曦带着民警预先在此设下埋伏。下午3时25分，目标车辆进入了视线，谢辉刚打开车门，脚还未落地，他们一拥而上，给谢辉戴上了手铐。

小分队仅用了十多天时间，就圆满完成任务。是役，他们共取得了源头、终端客户及银行、工商、税务部门出具的证据材料七百余份，落实每个团伙源头资金量均大大超过二百万元，捉获重要嫌疑人谢辉，还发现了一大批犯罪所得的车辆、房产等赃物，当即实施了扣押。

2011年6月12日，重庆市人民检察院依法作出了对陈鹏、连武、洪娜等十三名犯罪嫌疑人批准逮捕的决定，后来又对谢辉批准逮捕，其他嫌疑人因为罪行轻微且危害不大等原因，未作逮捕，建议直诉。专案组立即对将作直诉的犯罪嫌疑人分别采取了取保候审、监视居住等措施。

取得清剿地下钱庄的彻底胜利指日可待！

五

　　只有具有较高的政治水准、道德修养、人格魅力且知识渊博的领导才是公安民警真正崇敬的对象。因为他们认识到，只有这样的领导者才能真正顺应民主法制历史潮流，带领队伍去践行全心全意为人民服务、维护社会治安秩序、打击违法犯罪的神圣使命。当这种发自内心的崇敬外化到行动中，那就是巨大的能动作用，就是个体潜力的巨大发挥。刘建中即将下课，这是有目共睹的事实，但专案组里全体民警的情绪没有因此受到丝毫影响，而是齐心协力，积极为将此案办成经典案件作出了贡献。

　　青年民警赵侃同志从政法大学毕业后进入公安机关，法律功底深厚，且喜欢研究问题。参加"3·25"案件后，他深厚的法律功底立时在所承担的工作中产生了立竿见影的效果。由于他对案件的认识到位，搜集、固定证据质量过硬，保证了承办案件的速度和质量，还先后两次拒绝犯罪嫌疑人家属送的现金各一万元。三十多岁的傅华一直致力于资金链清理，战果显赫，从最初的三百余亿一下子扩大到六百七十余亿，而且没有任何差错。白白净净的林毅积极协调网监部门将犯罪嫌疑人的手机、电脑盘、U盾的数据提取出来，转换成了诉讼证据。他快速搜集犯罪嫌疑人为非法经营金融结算办理的工商执照、税务登记、身份信息等资料，保证了案件证据的完整。支队内勤赵琴同志在队部和基地之间来回奔走，全力保障专案人员出差经费、衣食住行、物品保管乃至夏天防暑降温、专案组成员午间休息用具等。被抽调来参加专案的唐华、文家银、李丹、钟惠等同志以及刚从警察学院毕业还处于见习期的李世佳、张小川等，都为专案的成功办理作出了贡献。

侦查进入预审环节，神速进展使大家都松了一口气。很明显，只要不出大的意外，"3·25"专案就可以胜利告终了，但令人匪夷所思的事件还是发生了。

2011年8月，刘建中因公出国到越南。这期间，市局党委个别人因为《重庆晨报》登载了由检察院发布的关于清剿地下钱庄的消息（这是清剿地下钱庄消息首次向社会公开）而大为光火，把专案组组长、副组长爹娘老子地臭骂一通后，要求上下配合，马上展开宣传攻势，压倒检察院。在重压之下，已经全部撤换成了新人的宣传部门仓促上马，没有宣传工作经验的宣传部门简单了解了一下情况，对这种新型犯罪方式方法特别感兴趣，全盘提供给了新闻媒体。媒体记者们不啻发现了新大陆，便借此大肆渲染。结果，轰轰烈烈的宣传导向一下变成了犯罪方式方法的演示，进而演变成对金融系统监管漏洞的追究和声讨。

大感意外的这名领导气急败坏，愤而对宣传部门再次大动杀伐，又一次撤换了一名主要领导和两名中层领导。如此还不解气，觉得这是个机会，进而追究专案组副组长刘建中的责任。于是，事发时及事后均在越南，对此一无所知的刘建中承担了无过错责任。到当年年底刘建中成为述职不合格成员之一，被免去一切职务，成为了刑警总队的一名巡视员。

在刘建中被迫承担无过错责任时，任何明眼人都知道，这是即将被免职的前兆，他本人更是心知肚明。他不仅没有对案件有丝毫放松，反而更加紧了对案件的管控，特别是对最后关头的组证、程序规范进行了周密部署。9月12日，他最后一次召开了专案组会议，对下一步工作做出了妥当的安排布置。一是加紧提取相关数据，完善证据；二是加紧与检法机关沟通，确定证据形式、规格，以利于诉讼；三是加紧清理甄别相关账户，凡属于违法犯罪账户的继续冻结，将相关线索转交相关单位部门处理，对不属于违法犯罪的账户立即解除冻结。

"不能因为我们办案而影响正常经营企业的运转。"他如是说。

这段时间，我们基地热闹非常。自从冻结了那一千余个账户后，操着南北口音，前来接受调查，说明情况的法人、单位代表、个人络绎不绝。大多数民警都投入到了接待工作中去。我一边审查案件证据材料，确定是否符合起诉标准，以达到对十九名犯罪嫌疑人的起诉一次成功；一边也承担了相应的接待、调查工作。

这一天，从北部新区抽调来的唐华正在配合我接待一个个体工商户。这是一个四十多岁的东北妇女，在俄罗斯经营服装，赚得了大把的卢布。她以前是偷偷在行李中夹带回国，再想办法兑换成人民币，因使用这种方式经常被查获没收而遭受重大损失。后来，经人指点，她和地下钱庄搭上了线，加入了地下炒汇行列，从而实现了外币与人民币的兑换。

"你为什么不在当地正规渠道兑换或通过国内外汇管理部门进行兑换呢？"我一边快速打字，一边发问。

"老毛子专门欺负中国人，兑换价格压得很低不说，还要给他们塞红包，不然随便找个借口就给你没收了。邮寄到国内又有限额，真的，我们在国外做生意可受欺负呢。"

那妇女走了后，唐华就刨根问底地要我给他讲这类案件的犯罪构成。才二十多岁的他因为获知他们学习的教材《公安机关常见警情处置规范》竟是出自我和其他人之手，因此，成天找我请教。对这样的小伙子我当然喜欢，就倾其所知，一一给他讲解。

"哟，王老师在开讲座呀。"

宋颖出现在门口。近段时间，因为劳累过度，腰椎间盘突出使她不能弯腰，坐下就不能起来，更不能坐软沙发，每次开会都要给她搬一张藤椅，她才能够卡着腰落座。但她依然每天按时出现在早点名会上，点名、讲评、布置工作……

唐华赶快起身让座，搬椅子。

"不用了。我找你有点儿事。一会儿你来一下，好不好？"她微笑着说完，向我点点头，一手扶着腰，一步一扭地走了。

当我在她办公室里坐下来时，才仔细地端详了她一下。接近四十，原本充满活力的她，现在显得消瘦、疲惫，脸色有些暗淡，眼角有了明显的鱼尾纹，短马尾辫也没有以前那么规整。但她依然笑容不减。

她先问了一下案件证据材料情况。

"依我的看法，达到起诉标准应该没有什么问题，其余的一些扫尾工作看来问题不大。"我沉吟了一下，还是毅然说道，"宋政委，我倒觉得现在该着手清理冻结的账户了。清理这一千多个账户的工作量确实不小，要花费很大的精力，还有处理方面工作量更大。"

她一直认真地听着，待我说完，竟爽朗地笑起来："不愧为老法制，我找你来就是为这个事。"

"这项工作我想由你来亲自做，整个队伍就这些人，只有你才是最佳人选。你觉得怎么样？"

确实，要从几千个账户中清理出涉嫌违法犯罪的，不仅需要时间，更重要的是需要对事实认定把握的能力。她把全部民警摸了个遍，好像还只有我资历略长一点儿。

"怎么样，还有什么困难？我们另外给你配备一名民警，如何？"

"我想，清理出来的涉嫌违法犯罪账户全部采取转办，转交给有管辖权的相关机关办理。公安管辖的转当地公安机关，走私一类的转海关……"

"这些工作都已经衔接好了。经过清理后，凡是不涉嫌违法犯罪的账户都要及时解除冻结，以免给那些正常经营的企业带来影响。"

原来，她已与检察院、海关、税务、工商、外汇管理以及其他相关行政机关联系过，将清理出来的案件线索分门别类移交相关机关处理。

"到底是女同志，小宋政委考虑得真是周到细致。"

"哈……啊、啊……呃、呃……"正在谈笑的她脸色突然变得非常难看，喉头肌肉不断地抽搐。她拼命捂着嘴强忍着，最后终于忍不住……

地下钱庄对国家金融管理危害之大，真是触目惊心。大量的违法犯罪活动都是通过地下钱庄才得以进行。国企高管将下属企业经营款项通过地下钱庄兑换成外汇汇入澳门赌场还赌博输掉的一千余万赌债，数额惊人的象牙、珠宝走私，盘踞于粤港澳的炒卖外汇集团炒卖外汇数亿元，众多大型企业偷逃税款、虚报注册资本金等均是通过地下钱庄来实现。在被冻结的一千余个账户中，涉嫌违法犯罪行为的占了百分之八十以上。只有少数是在正常经营活动中，按对方要求转账而误入地下钱庄。我和小陈天天在账户中甄别，每甄别出一批，就研究一批，然后根据情况将涉嫌违法犯罪的线索转交相关机关处理，对正常经营中误入地下钱庄的账户则立即解冻。

每隔几天就要解冻一批账户，这可苦了赵嘉庆。他这段时间一直肿胀着牙龈，右半边脸鼓起一个大包，带着相关手续全国各地满天飞，到相关账户所在银行办理解冻手续。

"宋小妹呀宋小妹，你不把我这把老骨头折腾散架你是不会罢休的，万一哪天飞机从天上掉下来……"他如是说。

"乌鸦嘴，呸呸呸，不许乱说。我还指望着你给我减轻负担呢。"宋颖差点儿就真生气了。

起诉准备工作进入到冲刺阶段，还有最后一个问题：六百七十余亿元的资金链证据包括书证、物证浩大到不可想象，仅纸质材料就可能有上百公斤。如果按照传统办案方式组证，加上前期收集到的相关物证等，可能一个房间都装不下，不仅是搜集整理困难，于诉讼也极为不利。

这天中午，在饭桌上，李开宇挨着张建边吃饭边商量："张老师，有个事还得麻烦你辛苦一下，你看行不行？"

"我也是专案组的一员，组长安排，我就得听。你说，啥子事？只要我能办得到的，一定尽力而为。"张建摇晃着头，龇着牙，爽快地说。

"我们想把诉讼证据全部转换成电子数据，便于法庭诉讼……"

"你不外乎就是叫我通过人民银行把数据链全部拉出来嘛！明天就交给你。但是，如何使它能够转换成诉讼证据，还有，检察院、法院是否认可，得由你们自己解决，我就无能为力了。"他快速地说完，还调皮地眨了眨眼睛。

李开宇笑了："这项工作我们已经做了。"

之前，专案组邀请了高检、高法相关领导会商，就案件诉讼相关问题进行研究，统一了认识，达成了将诉讼证据转换成电子数据的共识。

网监部门大力配合，"3·25"案件浩大的证据仅用一张小小的光盘就全部囊括了。

2011年9月中旬，历经六个月侦查，数额高达六百七十余亿元的"3·25"案件正式移交人民检察院起诉。之后，全部犯罪嫌疑人被押上了法庭，接受司法审判，分别被人民法院依法判处两年至七年不等的有期徒刑。

十八大以后，重庆市公安局新一届领导班子拨乱反正，实事求是地纠正了过去的一系列错误并予以平反。刘建中恢复了原来职务，调任出入境管理总队政委；已被迫调出公安机关的周魏强的问题也得以澄清，现任市交通局中层领导干部。